GOLDM

Buch

Inspektor Napoleon Bonaparte versucht auf seine eigene unkonventionelle Weise den Mord an dem Viehhirten George Kendall aufzuklären. Bony taucht inkognito in dem Städtchen Merino in Neusüdwales auf und wird prompt von der dortigen Polizei verhaftet. Dennoch gelingt es ihm, den Fall zu lösen und das seltsame Tatmotiv des Mörders aufzudecken.

Autor

Arthur W. Upfield, geboren 1888 in England, wanderte nach Australien aus und bereiste per Anhalter diesen Kontinent. Seine dabei als Pelztierjäger, Schafzüchter, Goldsucher und Opalschürfer gewonnenen Erfahrungen fanden Eingang in 28 Kriminalromane. Hauptfigur ist der sympathische Inspektor Bonaparte, der mit faszinierender Findigkeit verzwickte Situationen und menschliche Probleme zu entwirren versteht. Upfield starb 1964, und *Reclams Kriminalromanführer* meint zu seinem schriftstellerischen Lebenswerk: »Seine Krimis gehören zum Besten, was die australische Literatur zu bieten hat.«

Von Arthur W. Upfield außerdem im Goldmann Verlag:

Bony kauft eine Frau. 236 • Bony übernimmt den Fall. 2031 • Bony und die Maus. 1011 • Bony und die Todesotter. 2088 • Bony und die weiße Wilde. 1135 • Das rote Flugzeug. 5158 • Der Pfad des Teufels. 5195 • Der schwarze Brunnen. 224 • Der sterbende See. 214 • Der streitbare Prophet. 232 • Die Giftvilla. 5903 • Die Junggesellen von Broken Hill. 241 • Die Witwen von Broome. 142 • Ein glücklicher Zufall. 1044 • Fremde sind unerwünscht. 1230 • Gefahr für Bony. 2289 • Höhle des Schweigens. 5147 • Tödlicher Kult. 5132 • Viermal bei Neumond. 4756 • Wer war der zweite Mann? 1208

Arthur W.
Upfield

Bony und der Bumerang

Kriminalroman

Aus dem Englischen
von Heinz Otto

GOLDMANN VERLAG

Der Originaltitel: »Death of a Swagman«

Umwelthinweis:
Alle bedruckten Materialien dieses Taschenbuches sind chlorfrei und umweltschonend. Das Papier enthält Recycling-Anteile.

Der Goldmann Verlag
ist ein Unternehmen der Verlagsgruppe Bertelsmann

Neuausgabe 11/95

Umschlaggestaltung: Design Team München
Foto: Süddeutscher Verlag Bilderdienst, München / Hubertus Kanus
Druck: Elsnerdruck, Berlin
Krimi 1281
AB · Herstellung: sc
Made in Germany
ISBN 3-442-01281-3

7 9 10 8 6

I

Diese Mauer wurde nicht von chinesischen Bauern errichtet, die mühsam die Erde in Körben heranschaffen mußten, auch nicht von Männern oder Frauen oder Kindern, die in ihren zerschundenen Armen Steine heranschleppten. Kein Kaiser Schih-huang-ti herrschte über sein Volk, als diese gewaltige Barriere errichtet wurde, die sich in der Südwestecke des Staates Neusüdwales quer durch den Busch zieht. Das Land ist rötlich-braun, und auf dieser rötlich-braunen Erde baute der Wind mit sanfter Hand einen Wall aus schneeweißem Sand, zwölf Meilen lang, dreiviertel Meile breit und über hundert Meter hoch. Niemand weiß, wann der Wind die Kraft besaß, diese gewaltige Sandbarriere zu errichten, und niemand weiß, wer sie zum erstenmal ›Chinesische Mauer‹ nannte.

Am Morgen des zwölften Oktober wurde in einer einsamen Hütte, die im Schatten der Chinesischen Mauer lag, die Leiche des Viehhirten George Kendall gefunden, und alle Umstände deuteten darauf hin, daß der Mann ermordet worden war. Aus diesem Grund mußte sich Kriminalsergeant Redman nach Merino begeben, einem kleinen Marktflecken drei Meilen westlich dieser Hütte. Begleitet wurde der Sergeant von einem Fotografen und einem Beamten der Spurensicherung. Die Kriminalbeamten fuhren zunächst zur Polizeistation, und nachdem die Bewohner des kleinen Städtchens verhört worden waren, ging die Fahrt weiter zum Tatort. Die Beamten fotografierten die Hütte und suchten nach Fingerabdrücken.

Die Ankunft von Kriminalinspektor Napoleon Bonaparte – seine Freunde nennen ihn Bony – spielte sich ganz anders ab. Beim Studium des von Sergeant Redman verfertigten Untersuchungsberichts war das Interesse des Inspektors geweckt worden, und sechs Wochen später kam er nach Merino – als Farmarbeiter. Im einzigen Hotel des kleinen Städtchens trank er mit dem Wirt zwei Schnäpse, dann setzte er sich vor dem Hotel auf eine Bank und rauchte eine selbstgedrehte Zigarette.

Merino ähnelt in jeder Hinsicht den anderen kleinen Städtchen im Westen von Neusüdwales. Die Häuser, die Läden und die Verwaltungsgebäude bestehen aus Holz, Eisen und Blech, und der einzige Versuch, den Ort zu verschönern, bestand darin, daß man zu beiden Seiten der Hauptstraße Pfefferbäume angepflanzt hatte. Nur ungefähr achtzig Menschen – die Kinder eingeschlossen – lebten in dem Städtchen, als Bony nach Merino kam.

Was die ersten Siedler veranlaßt haben mochte, diesen Ort zu gründen, blieb Bony ein Rätsel. Das Städtchen liegt am Ostrand einer weiten Hochebene. Die Straße von Mildura führt über dieses Plateau und an den beiden großen Stauseen vorbei, die den Ort mit Wasser versorgen. Nach einer Meile erreicht man dann das westliche und damit obere Ende der Hauptstraße. Auf der anderen Seite des Städtchens zieht sich die Landstraße, leicht abfallend, über weitere zwei Meilen dahin, dann biegt sie scharf nach Norden ab, weil sie den gewaltigen Sandwall nicht überwinden kann, der von den Einwohnern ›Chinesische Mauer‹ genannt wird.

Das Hotel dient den Reisenden, die aus Mildura kommen, als erster Aufenthalt. Von der Veranda aus konnte Bony die Straße hinunterblicken, zwischen den beiden Reihen der Pfefferbäume hindurch bis zu dem in der Ferne aufgetürmten weißen Sandwall.

Gegenüber vom Hotel stand eine große Wellblechgarage, deren Besitzer – so verkündeten rote Buchstaben auf einem weißen Schild – Alfred Jason hieß. Dieser Mann war außerdem Stellmacher und der Besitzer des Bestattungsinstituts. Sein Haus stand neben der Garage, aber weiter von der Straße zurück. Daran schloß sich das eingezäunte Grundstück der Polizeistation mit den Stallungen, dem Gefängnis und dem Leichenschauhaus an. Etwas weiter unten an der Straße konnte man die Schaufenster der Läden erkennen und – auf der Seite des Hotels – die Schule und die Kirche.

Am Nachmittag herrschte tiefe Stille. Niemand kam ins Hotel, um ein Gläschen zu trinken, und so hatte Bony die Bank ganz für sich allein – wenn man von den Fliegen und einem Hund absah. In der Autowerkstatt konnte er zwei Männer beobachten, er hörte Hämmern und das schrille Kreischen eines Metallbohrers. Der Nachmittag war warm, und Bony war an diesem Tag weit marschiert. Nun legte er sich auf die Bank, die Deckenrolle diente als Kopfkissen, und während er darüber nachdachte, ob er sich dem Polizeibeamten zu erkennen geben oder seine Ermittlungen lieber inkognito führen solle, schlief er ein. Doch schon kurze Zeit später wurde er von einer barschen Stimme geweckt.

»He! Wie heißen Sie?«

Bony war ein Mischling, und von seinen Vorfahren mütterlicherseits hatte er die Fähigkeit geerbt, sofort hellwach zu sein, doch er öffnete nur verschlafen ein Auge und sah einen uniformierten Polizeibeamten, dessen breites, wettergegerbtes Gesicht deutliche Mißbilligung verriet. »He, Sie! Wie heißen Sie!«

»Robert Burns«, erwiderte Bony träge und gähnte. »Lassen Sie mich doch in Ruhe!«

Der Polizeibeamte – er hatte den Rang eines Sergeanten – ärgerte sich weniger über Bonys Worte als vielmehr über das Gähnen. Sergeant Marshall war es nicht gewöhnt, daß ihn ein Farmarbeiter angähnte, der obendrein am hellichten Tage vor dem Hotel schlief.

»Hm, dieser Name ist wohl genauso gut wie jeder andere.« Wie viele hünenhafte Männer sprach auch der Sergeant sehr leise, wenn er sich ärgerte. »Wo kommen Sie her?«

Bony blieb ruhig liegen, öffnete aber nun auch das zweite Auge, doch seine Stimme klang betont gelangweilt.

»Unten aus Texas.«

»Ach nein, tatsächlich?« meinte der Sergeant sarkastisch. »Und wohin soll Sie Ihr Weg führen?«

»Zu meinem kleinen grauen Häuschen im fernen Westen«, erwiderte Bony.

»So, so!« Eine große Faust packte Bony am Hemd und riß ihn hoch. Neben der hünenhaften Gestalt des Sergeanten wirkte der Inspektor klein und schmächtig. Das Gesicht des Polizeibeamten hatte sich dunkel verfärbt, und seine Stimme klang bissig. »Sie nehmen Ihren Mund ganz schön voll, mein Freund. Und nun will ich Sie zu Ihrem kleinen grauen Häuschen im fernen Westen begleiten. Besser, Sie nehmen Ihr Bündel mit, sonst könnten Sie heute nacht frieren.«

Bony mußte lachen, unterdrückte es aber. Sein Oberarm war wie in einem Schraubstock eingepreßt, als er über die Straße zur Polizeistation geschoben wurde. Im Dienstraum saß, in Hemdsärmeln, ein Beamter der berittenen Polizei und hämmerte auf der Schreibmaschine herum.

»Achten Sie gut auf diesen Zugvogel, Gleeson«, befahl der Sergeant, und der Wachtmeister baute sich neben dem Häftling auf. Der Sergeant setzte sich an seinen Schreibtisch und füllte ein Formblatt aus. Dann blickte er den Festgenommenen an. »Vorführnote wird erstellt, weil Sie: erstens einem Polizeibeamten unrichtige Angaben gemacht, zweitens sich einem Polizeibeamten gegenüber ungebührlich aufgeführt haben, drittens offensichtlich keine Mittel für den Lebensunterhalt besitzen und viertens vor einer Gastwirtschaft herumgelungert haben. – Gleeson, sperren Sie ihn ein.«

»Da wäre eigentlich noch ein fünfter Punkt, aber den möchte ich lieber verschweigen.« Bony konnte sich diese Bemerkung nicht verkneifen, doch da wurde sein Oberarm erneut in einen Schraubstock gespannt, und dann wurde er zu seinem kleinen Häuschen im fernen Westen geführt – in eine der beiden Zellen des Gefängnisses.

Als der Wachtmeister zu seiner Schreibmaschine zurückkehrte, hörte er den Gefangenen laut lachen.

Bony setzte sich auf die breite Pritsche, die ihm nun als Bett dienen mußte. Seine blauen Augen funkelten amüsiert, während seine schlanken Finger eine Zigarette drehten, die in der Mitte die übliche Verdickung aufwies. Schon oft hatten ihm Polizeibeamte mit Festnahme gedroht, weil sie ihn für einen Tramp gehalten hatten, aber nun war er zum erstenmal tatsächlich ins Gefängnis gesteckt worden. Die Zelle war sauber, doch unter dem Wellblechdach herrschte eine unerträgliche Hitze, denn die Ventilation bestand lediglich aus einer kleinen, mit Eisenstangen gesicherten Öffnung im Dach und einem kleinen Gitterfenster in der Tür.

Bony seufzte resigniert und legte sich auf die Pritsche. Er überlegte, ob es ratsam sei, sich Sergeant Marshall sofort zu erkennen zu geben. Es hatte gewisse Vorteile, erst einmal inkognito zu bleiben.

Nach einer Stunde hörte Bony, wie eine Kiste vor die Tür geschoben wurde. Gleich darauf spähten zwei große, dunkelgraue Augen durch das Gitter. Er nahm die Füße von der Pritsche und setzte sich auf.

»Guten Tag«, sagte er höflich, und als er weiterhin nur schweigend gemustert wurde, stand er auf.

»Bleiben Sie, wo Sie sind, oder ich gehe!« befahl eine Kinderstimme.

»Schön«, meinte Bony und setzte sich wieder. »Nun, was hältst du von mir? Du hast mich doch nun lange genug angeschaut, nicht wahr?«

»Wie heißen Sie?« Die Kinderstimme erinnerte an die Stimme des Sergeanten.

»Bony.«

»Bony! Und wie weiter?«

»Nur Bony. Alle nennen mich Bony. Und wie heißt du?«

»Ich heiße Rose Marie. Ich bin acht Jahre alt. Mein Vater ist Polizeibeamter.«

»Rose Marie«, wiederholte Bony bedächtig. »Ein schöner Name.«

»Es ist eigentlich nicht mein richtiger Name«, sagte das Mädchen. »Mein richtiger Name ist Florence. Der junge Mr. Jason hat mich Rose Marie genannt. Fein, daß Ihnen der Name gefällt. Mir gefällt er auch. Und auch Miss Leylan. – Weshalb sind Sie eingesperrt?«

»Weil ich mich gegen den Sergeanten ungehörig benommen habe.«

»Oh, das war mein Vater. Er mag es nicht, wenn man sich ihm gegenüber ungehörig benimmt. Und warum waren Sie frech zu ihm?«

Bony erzählte, wie es zu seiner Festnahme gekommen war, dann lachte er, und – völlig unerwartet für ihn – das Kind lachte ebenfalls.

»Sie wollten aber gar nicht frech zu ihm sein, wie?« fragte das Mädchen, wieder ernst.

»Nein, natürlich nicht. Es sollte nur ein Scherz sein. Darf ich jetzt zur Tür kommen? Es ist etwas schwierig, von hier aus zu sprechen.«

»Ja, Sie dürfen.«

Als sein Gesicht am Gitter erschien, musterten ihn die großen grauen Augen interessiert.

»Ist es sehr heiß da drin?« fragte Rose Marie besorgt, als sie die dicken Schweißperlen auf der dunkelbraunen Stirn bemerkte.

»Ziemlich«, erwiderte Bony. »Und wie ist es da draußen?«

»Im Schatten ganz angenehm. Mögen Sie eine Tasse Tee?«

Er nickte erfreut und bewunderte Rose Maries hellbraunes Haar, das selbst im Schatten noch das Sonnenlicht zu reflektieren schien. Das Mädchen hatte ein hübsches, frisches, ovales Gesicht.

»Ich werde Ihnen eine Tasse Tee machen«, sagte sie feierlich. »Sie müssen großen Durst haben in dieser heißen Zelle. Warten Sie, das Wasser im Kessel kocht schon. Ich hatte Mutter versprochen, daß es kocht, wenn sie vom Pfarrhaus zurückkommt. Es wird also nicht lange dauern.«

Bony sah dem kleinen Mädchen nach, wie es über den Hof zur Hintertür der Polizeistation ging. Die aufrechte Haltung und den bedächtigen Gang ahmte sie offensichtlich ihrem Vater nach. Ihr Haar schimmerte im Sonnenlicht, und die beiden langen Zöpfe schienen aus purem Gold zu sein.

Zehn Minuten später kehrte sie zurück. Sie trug ein Tablett, das mit einem Tuch zugedeckt war. Vor der Tür setzte sie das Tablett auf den Boden, dann blickte sie Bony an.

»Versprechen Sie mir, nicht wegzulaufen, wenn ich die Tür öffne?« fragte sie energisch. – »Selbstverständlich.«

»Dann kreuzen Sie die Finger und versprechen Sie es laut. Halten Sie die Hand hoch, damit ich es sehen kann.«

Bony versprach laut, nicht wegzulaufen – und fügte schmunzelnd in Gedanken hinzu, daß er nicht einmal für hundert Pfund davonlaufen würde.

Rose Marie schob die Kiste weg, ließ den schweren Riegel zurückschnappen und öffnete die Tür. Dann trat sie mit dem Tablett ein.

»Mein Gott!« rief sie und setzte das Tablett auf die Pritsche. »Ist das heiß hier drin!«

»Wir lassen die Tür am besten offen«, schlug Bony vor. »Dann wird rasch kühlere Luft hereinkommen. Oh, du hast ja zwei Tassen mitgebracht. Und Kuchen! Du bist wirklich sehr lieb, Rose Marie. Du möchtest sicher Tee mit mir trinken?«

Sie nahmen an beiden Enden der Pritsche Platz, das Tablett stand zwischen ihnen. Mit der Geschicklichkeit einer routinierten Gastgeberin stellte das Mädchen Tassen und Teller zurecht. Das Geschirr hatte am Rand zwei blaue Streifen, und der Teewärmer aus weißer Wolle wies ebenfalls zwei blaue Streifen auf. Offensichtlich servierte Rose Marie nicht zum erstenmal Nachmittagstee.

»Nehmen Sie Milch und Zucker?« imitierte sie ihre Mutter.

»Danke sehr – und einen Löffel Zucker bitte«, erwiderte Bony amüsiert. »Du hast ein sehr schönes Teeservice.«

»Ja, es ist recht hübsch. Den Teewärmer habe ich selbst gestrickt, damit er dazu paßt. Miss Leylan meinte, ich hätte dabei vier Fehler gemacht. Können Sie sie entdecken?«

»Nein, ich sehe keine Fehler. Da muß sich Miss Leylan wohl irren. Wer ist sie denn?«

»Sie kommt dreimal in der Woche von der Wattle Creek Station herüber. Sie ist unsere Handarbeitslehrerin. Ich mag sie sehr gern. Ihrem Bruder gehört die Wattle Creek Station. – Würden Sie bitte das Tischgebet sprechen? Mr. und Mrs. James tun das immer, wenn sie bei Mutter zum Tee eingeladen sind.«

»Ich nehme an, daß du das Tischgebet viel besser sprechen kannst«, sagte Bony rasch, und nachdem das Mädchen gebetet hatte, fragte er: »Wer ist denn dieser Mr. James?«

»Der Pastor. Er ist ein nichtsnutziger Träumer und seine Frau seine Sklavin. So sagt meine Mutter immer. Ich muß Mr. James einmal fragen, wovon er immer träumt. – Haben Sie Geschwister? Ich nicht. Ich habe mal gehört, wie Mrs. James zu Mrs. Lacey gesagt hat, es sei eine Schande, daß ich keine Geschwister habe.«

Bony schüttelte den Kopf. Er merkte, wie das kleine Mädchen seine Tischmanieren beobachtete, und er hoffte, daß sie nichts daran auszusetzen hatte.

»Nein, ich habe ebenfalls keine Geschwister«, antwortete er, und dann erzählte er, wie man ihn als Baby im fernen Norden von Queensland unter einem Sandelholzbaum gefunden hatte, und wie er schließlich in der Schwester der Missionsstation, zu der man ihn gebracht hatte, eine Mutter gefunden hatte. Das führte zu weiteren Fragen, die er geduldig beantwortete – schließlich war das kleine Mädchen ja seine Gastgeberin. Dafür erfuhr er dann, daß Wachtmeister Gleeson der einzige Assistent ihres Vaters und daß ihre Mutter der Ansicht war, der alte Mr. Jason sei nicht ganz richtig im Kopf, während ihr Vater meinte, dies sei lediglich die Folge von Mr. Jasons Mißerfolg als Schauspieler. Der junge Mr. Jason habe ihr den Namen Rose Marie gegeben und werde sie später einmal heiraten. Und dieser Kriminalsergeant Redman aus Sydney sei ein ganz gräßlicher Mensch.

»Warum ist er denn so gräßlich?« wollte Bony wissen, der ebenfalls nicht viel von diesem Mann hielt.

»Er ist eben gräßlich.« Die grauen Augen funkelten, und die blonden Zöpfe flogen, als das Mädchen heftig mit dem Kopf ruckte. »Er war immer grob zu dem jungen Mr. Jason. Ich hasse diesen großmäuligen Kerl. So hat ihn Mr. Gleeson genannt. Ich habe Sergeant Redman gesagt, daß ich ihn hasse, aber er hat nur gelacht. Als ich es dem jungen Mr. Jason erzählte, sagte er, er würde den Sergeanten auf die Nase hauen, wenn er mich noch einmal auslachen würde.«

»Aber warum war denn Sergeant Redman so grob zu deinem jungen Mr. Jason?« bohrte Bony weiter.

»Weil der junge Mr. Jason die dummen Fragen des Sergeanten nicht beantworten wollte.«

»Oh! Was waren das denn für Fragen – weißt du das?«

»Über den armen Mr. Kendall, der draußen in seiner Hütte umgebracht worden war.«

»Aber der junge Mr. Jason konnte doch gar nichts davon wissen, oder?«

»Natürlich nicht«, erwiderte Rose Marie entrüstet. »Niemand hat diesen Sergeant Redman gemocht. Mein Vater auch nicht. Mein Vater sagte . . . Hm, versprechen Sie mir, es ihm nicht weiterzuerzählen?«

Bony nickte.

»Mit gekreuzten Fingern!« befahl sie.

Gehorsam hob Bony die gekreuzten Finger.

»Vater meinte, daß Sergeant Redman vielleicht ganz tüchtig ist, wenn er in Sydney einen Dieb fangen muß«, sagte sie ernst. »Aber bei einem Mord hier draußen im Busch ist er verdammt fehl am Platz. Ich habe gehört, wie er das zu Mutter sagte.«

»Hat dein Vater wirklich ›verdammt‹ gesagt?« fragte Bony mit übertriebenem Entsetzen.

»O ja, das sagt er oft, wenn er wütend ist.«

Über den Hof näherten sich Schritte, und Rose Marie blickte erschrocken zur Tür.

»O je!«

Im Türrahmen erschien die hünenhafte Gestalt von Sergeant Marshall. Rose Marie hatte die Hände im Schoß gefaltet, über ihr

Gesicht huschte ein Ausdruck tiefer Resignation. Wahrscheinlich machte es ihre Mutter ebenso, wenn ein Sturm auszubrechen drohte.

Bony stand auf. Der Sergeant musterte seine Tochter und betrachtete das Teegeschirr. Die Stille war drückend. Doch einen Augenblick später explodierte Marshall.

»Verdammt noch mal!« belferte er los.

»Ich darf Sie daran erinnern, daß Sie sich in Gesellschaft einer Dame befinden«, sagte Bony mit ernstem Gesicht, doch seine Augen funkelten amüsiert.

2

»Florence, bring die Sachen ins Haus zurück und warte im Büro auf mich.«

»Ja, Vater.«

Sergeant Marshall stand hoch aufgerichtet, der gerötete Hals blähte sich über dem Uniformkragen. Unwillkürlich erinnerte er Bony an einen gereizten Leguan. Die Augen des Sergeanten glitzerten wie kleine braune Kieselsteine in dem ziegelroten Gesicht. Rose Marie stand würdevoll auf, stellte gelassen das Geschirr zusammen, nahm das Tablett und ging ruhig aus der Zelle. Sie bewahrte auch jetzt noch ihre aufrechte Haltung.

»Gut, daß Sie keinen Versuch unternommen haben, zu fliehen«, sagte der Sergeant zu Bony.

»Wissen Sie, der Gedanke an Flucht ist mir gar nicht gekommen«, erwiderte Bony ernst. »Ich habe übrigens einen Brief für Sie.«

Die Augen des Sergeanten bildeten schmale Schlitze, er richtete sich steil auf. Schweigend, ohne sich zu regen, beobachtete er, wie Bony sein Bündel aufschnallte. Trotzdem schien er auf dem Sprung zu sein, falls der Gefangene eine Waffe hervorholen sollte. Seine Augen zogen sich noch mehr zusammen, als er einen Umschlag überreicht bekam, auf dem sein Dienstrang, Name und Station standen.

Es war eine Instruktion seines Amtschefs, dem Kriminalinspektor Napoleon Bonaparte, der die Ermittlungen in Sachen George Kendall wiederaufnehmen würde, jede gewünschte Unterstützung zu gewähren.

Der Sergeant schob den Brief in den Umschlag zurück und steckte ihn in die Tasche. Sein Gesicht hatte sich jetzt mit einer dunklen Röte überzogen. Redman hatte ihm einmal von diesem Napoleon Bonaparte erzählt – der beste Kriminalist von ganz Australien, hatte er gesagt. Und er, Richard Marshall, Polizeichef von Merino, hatte ihn eingesperrt ... Er kämpfte um Haltung.

»Tut mir leid, Sir, daß ich Sie festgenommen habe«, sagte er.

»Sie konnten mich ja nicht kennen, Sergeant«, beruhigte ihn Bony. »Setzen Sie sich zu mir, dann können wir uns in aller Ruhe unterhalten.«

»Aber – ach, du liebe Tante!«

»Was ist mit Ihrer Tante los?« meinte Bony lächelnd.

Dieses Lächeln brach das Eis, und langsam kroch über das Gesicht des Sergeanten ein Grinsen. Dann schnippte er mit den Fingern und lachte dröhnend. Bony rollte sich eine Zigarette, so daß der Sergeant sein Gesicht nicht erkennen konnte.

»Sie können sich denken, Sir, daß es ein ziemlicher Schock ist, wenn man plötzlich entdeckt, einen Kriminalinspektor verhaftet zu haben«, meinte er ernüchtert. »Ich hielt Sie für einen gewöhnlichen Misch ... für einen gewöhnlichen Farmarbeiter. Und weil unser Zaun gestrichen und die Zellen geweißt werden müssen –«

»Arbeitskräfte sind knapp, wie?«

»Nein, aber unsere Geldmittel.«

»Und da verhaften Sie einfach einen Fremden, der in diese Stadt kommt, lassen ihm acht oder vierzehn Tage aufbrummen und drükken ihm Farbtopf und Pinsel in die Hand. Dafür erhält er dann drei Mahlzeiten und ein Bett, und pro Tag zwei Schillinge, damit er abends hinüber ins Hotel gehen kann. Gute Idee. Der Tramp kann sich auf diese Weise ausruhen, und der Steuerzahler spart Geld. Aber Sie sollten vorsichtig sein, keine Polizeiinspektoren oder Gewerkschaftsführer einzusperren. Gesetzt den Fall, ich wäre der Boß der Malergewerkschaft?«

»Das wäre zu schlimm – für den Gewerkschaftsboß.«

»Wieso?«

»Weil er dann den Pinsel nehmen müßte oder –«

»Oder was?«

»Oder er müßte in der Zelle schwitzen.«

»Er würde schon lospinseln«, prophezeite Bony vertrauensvoll. »Lieber arbeiten als schwitzen. Ich habe hier schon ganz schön geschwitzt. Und schimpfen Sie ja nicht Rose Marie aus. Sie hat mir das Leben gerettet mit ihrem Tee. Ja, ich hatte auch den Eindruck, daß Ihr Zaun frische Farbe nötig hat. Auf diese Weise habe ich einen prächtigen Grund, mich in Ihrer Nähe aufzuhalten. Wann wollen Sie mich vor den Richter bringen?«

»Was!« fuhr der Sergeant auf.

»Wann werden Sie mich vor Gericht stellen, weil ich erstens einem Polizeibeamten unrichtige Angaben gemacht, zweitens mich ihm gegenüber ungebührlich aufgeführt habe und so weiter?«

Zwischen den Brauen des Sergeanten gruben sich zwei steile Falten ein. »Das ist doch wohl nicht Ihr Ernst, Sir?«

»Doch. Sie werden Anklage erheben, und ich werde mich schuldig bekennen. Zuvor werden Sie dem Richter flüstern, daß er mich vierzehn Tage ins Gefängnis steckt und mir nicht etwa eine Geldstrafe aufbrummt. Ich werde hier logieren und die ausgezeichnete Verpflegung Ihrer Gattin genießen. Ich sehe Ihnen deutlich an, daß sie eine vorzügliche Köchin sein muß. Und jeden Abend um halb sechs werden Sie mir zwei Schillinge auszahlen, mit denen ich drüben im Hotel meinen Durst lösche. Auf diese Weise werden sich die Leute ungehemmt mit mir unterhalten – dem armen Opfer der verdammten Polizei! Vor Kriminalinspektor Napoleon Bonaparte würden sie ihren Mund nicht aufbekommen. So ist alles ganz einfach.«

»Aber wenn unsere Vorgesetzten davon erfahren?«

»Wer führt die Ermittlungen – Sie oder ich?«

»Ich bin gewissermaßen verantwortlich für alles, was in meinem Dienstbereich passiert«, meinte der Sergeant skeptisch.

»Das sind Sie auch. Aber ich führe die Ermittlungen in der Mordsache Kendall. Wir werden zusammenarbeiten und gut dabei fahren. Hier handelt es sich nicht um einen gewöhnlichen Totschlag nach einer Sauferei. Wäre es das, brauchte ich jetzt nicht hier zu sein. Es gibt einige Gesichtspunkte in diesem Fall, die mich interessieren, die aber Sergeant Redman entgangen sind, und – so darf ich behaupten – auch Ihnen. So glaubt zum Beispiel Sergeant

Redman, und mit ihm alle anderen, daß Kendall in seiner Hütte am Sandy Flat ermordet worden ist. Ich bin bis jetzt noch nicht dort gewesen, aber ich weiß, daß Kendall nicht in dieser Wellblechhütte umgebracht wurde.«

»Aber das Blut auf dem Boden – und an der Leiche!« widersprach der Sergeant.

»Natürlich, das Blut!« pflichtete Bony ruhig bei. »Wurde eigentlich nachgeprüft, ob es sich um menschliches oder um tierisches Blut handelt? Natürlich nicht! Der Mann lag in einer Blutlache, also mußte es sein eigenes Blut sein! Nun ja, man kann Ihnen keinen Vorwurf machen, wenn Sie glaubten, Kendall läge in seinem eigenen Blut. Aber ich will die richtige Reihenfolge einhalten. Ich erscheine nie in Uniform und in Begleitung von Beamten des Erkennungsdienstes am Tatort. Außer den Polizeibeamten weiß meist niemand, wer ich bin. Darauf lege ich größten Wert. Ich bin kein gewöhnlicher Polizist, Marshall, ich kläre vielmehr die Gewaltverbrechen auf, die im australischen Busch begangen wurden. Und deshalb bin ich jetzt hier, um den Mord an dem Farmarbeiter Kendall aufzuklären. So, und nun erzählen Sie mal von sich. Wie lange sind Sie schon in diesem Bezirk?«

»Seit elf Jahren, Sir. Eine lange Zeit.«

»Sie sind mit Redman nicht sehr gut ausgekommen, wie?«

»Hm, Sir, gewissermaßen überhaupt nicht«, gab Marshall zu, und er dachte daran, daß er in Sergeant Redmans Bericht sehr schlecht weggekommen war. »Sehen Sie –«

»Ich weiß schon«, unterbrach ihn Bony und nickte. »Redman ist ein Stadtmensch. Er kennt sich im Busch nicht so aus wie Sie oder ich oder Ihr Wachtmeister Gleeson. Redman ist gewöhnt, leichte Mädchen und kleine Diebe ins Verhör zu nehmen, und schon hat er alle gewünschten Informationen. Wir aber müssen unser Gehirn anstrengen und uns unsere Informationen aus dem Sand, von den Vögeln und aus allen möglichen Spuren zusammentragen. Möchten Sie nicht in eine größere Stadt versetzt werden?«

Der Sergeant nickte. Bonys Augen blitzten amüsiert auf, und der Sergeant erkannte die starke Persönlichkeit dieses Mischlings. Als Bony weitersprach, war nichts mehr von den sanften Tönen seiner mütterlichen Vorfahren zu hören, seine Stimme klang vielmehr wie die des weißen Mannes, der gewohnt war, Autorität zu besitzen.

»Hervorragende Verwaltungsbeamte wie Sie werden von ihren Vorgesetzten oft übergangen. Ich habe schon oft mit Männern wie Ihnen sehr gut zusammengearbeitet. Sie herrschen hier über ein Gebiet von Tausenden von Quadratmeilen, und alles läuft wie am Schnürchen. Ihr Chef kümmert sich nicht weiter um Sie, weil Sie ihm keinen Kummer bereiten. Ich habe meinem Chef schon manchen Kummer bereitet – und habe es damit zum Inspektor gebracht. Ich werde Ihnen zeigen, wie Sie Ihre Beförderung erreichen und die Versetzung in die Großstadt, wo Rose Marie bessere Zukunftsaussichten hat. Wir verstehen uns, und wir kennen den Busch. Redman aber war wie ein unwissendes Kind –«

Marshall nickte. »Allerdings – so ist es.«

»Schön, wenn Sie sich also einmal freimachen können von Ihrem Papierkrieg und Ihren Statistiken über Schafe und Grenzzäune und Wasserstellen und Stinkkraut und all die anderen stupiden Dinge, die eigentlich die Polizei überhaupt nichts angehen, dann erzählen Sie mir einmal in chronologischer Reihenfolge die Umstände von Kendalls Ermordung. Ich kenne zwar Redmans Bericht, aber ich möchte die Geschichte von jemandem hören, der im Busch lebt.«

»In Ordnung, Sir. Die Statistik kann warten.«

»Äh – bevor Sie beginnen: Nennen Sie mich doch bitte Bony. Das könnte ja durchaus der Spitzname von Robert Burns sein. Hoffentlich begegne ich keinem Schotten! Also, alle nennen mich Bony, von meinen Kindern bis zu meinem hohen Chef.«

Marshall nickte. Dieser Bony war für ihn eine völlig neue Erfahrung, der Mann gefiel ihm immer besser. Der Sergeant räusperte sich.

»Am elften Oktober wurde hier ein bunter Abend abgehalten«, begann er. »Die Veranstaltung war gut besucht. Aus Merino waren fast alle anwesend, ebenso von den umliegenden Schafstationen. Mrs. James, die Frau Pastor, organisierte diesen Abend zugunsten der Eingeborenenmission – und wenn sie etwas in die Hand nimmt, wird es auch ein Erfolg. George Kendall, der als Viehhirte auf der Wattle Creek Station beschäftigt war und in einer Hütte am Sandy Flat wohnte, war ebenfalls anwesend. Diese Hütte liegt drei Meilen östlich von Merino dicht bei der Chinesischen Mauer. Wir wissen nicht viel über Kendall. Er kam vor ungefähr einem Jahr von einer Schafstation am Darling River und erhielt auf der Wattle Creek Station Arbeit. Er war unverheiratet und besaß offensichtlich keine Angehörigen. Sein Alter wurde auf achtunddreißig Jahre geschätzt. Er war ein guter Schafhirte. Er trank nicht übermäßig und machte uns auch sonst keine Schwierigkeiten. Er war ein Spieler, aber ein schlechter Verlierer. Am elften Oktober nun kam er gegen sechs in die Stadt und mietete sich für die Nacht ein Zimmer im Hotel. Sein Pferd stellte er im Stall des Hotels ab, dann trank er an der Bar ein paar Gläser und aß Abendbrot. Später hat Gleeson, mein Wachtmeister, gesehen, wie er mit drei Durchreisenden Poker spielte. Dann verließ Kendall mit dem Wirt und dessen Frau das Hotel, um den bunten Abend im Gemeindesaal zu besuchen, der um acht beginnen sollte. Zunächst waren die üblichen Unterhaltungen vorgesehen, von zehn bis zwölf sollte getanzt werden.«

»In dieser Nacht war Vollmond?« fragte Bony.

»Ja, der Mond schien – und ich glaube, es war Vollmond.«

»Wie war das Wetter?«

»Wind und klarer Himmel.«

»Wie stark war der Wind etwa?«

»Kann ich nicht sagen. Nicht sehr stark.«

»Macht nichts. Das kann ich noch herausfinden. Fahren Sie fort.«

»Ich war nicht bei diesem bunten Abend«, berichtete Marshall weiter. »Ich mußte wieder mal irgendwelche dummen Aufstellungen machen, aber Gleeson war dienstlich dort und hatte von mir die Erlaubnis, auch mal zu tanzen. Er ist sehr beliebt, wenn man sich das vielleicht auch kaum vorstellen kann, wenn man ihn so sieht. Wachtmeister Gleeson ist nämlich ein großer Paragraphenfuchser. – Meine Frau hatte Florence mitgenommen. Wie mir Gleeson erzählte, war die Veranstaltung um acht Uhr in vollem Gange. In einer Ecke des Saals wurde Whist gespielt, und in einer anderen wurden die Kinder unterhalten. Ab und zu ging jemand auf die Bühne und sang ein Lied oder trug etwas vor. Als Kendall in den Saal kam, spielten die Kinder gerade ›Reise nach Jerusalem‹. Mrs. James spielte Klavier, und jedesmal, wenn sie aufhörte, rannten die Kinder zu den Stühlen, und wer sich nicht 'ranhielt, fand keinen, weil stets einer zu wenig da war. Kendall ging auch hinüber und sah zu, während Mrs. James Klavier spielte und die Kinder in einem Kreis um die Stühle marschierten. Als nun Mrs. James zu spielen aufhörte, scheint Florence kurz überlegt zu haben, zu welchem Stuhl sie laufen solle, und Kendall gab ihr einen – allerdings unnötig starken – Schubs, so daß sie hinfiel. Dem Kind ist nichts weiter passiert, aber sie bekam natürlich keinen Stuhl mehr. Der Pfarrer, Mr. James, machte Kendall Vorwürfe, weil er sich eingemischt hatte. ›Ich habe dem dummen Balg doch nur gezeigt, wohin es laufen soll‹, antwortete Kendall. Darauf ist der junge Jason, der Sohn vom Garagenbesitzer, auf Kendall zugegangen, hat ihn am Kragen gepackt und aus dem Saal gebracht. Möglicherweise hat es dann eine Rauferei gegeben, aber das hat Gleeson nicht gesehen. Gleeson gegenüber hat Kendall später erklärt, das Ganze sei ein unglücklicher Zufall gewesen. Der junge Jason kam in den Saal zurück, und nachdem Gleeson mit Kendall gesprochen hatte, kam auch der wieder herein. Um halb zehn gab es ein gemeinsames Essen. Danach gingen die Kinder nach Hause, und der Tanz begann. Während Gleeson gerade tanzte, sagte Kendall etwas zu dem jungen Jason, und die beiden gingen hinaus und machten die Sache unter sich aus. Das Resultat: Kendall siegte, und Tom Jason wurde in dieser Nacht nicht mehr gesehen. Am nächsten Morgen ging der Hausknecht des Hotels in den Stall und sah, daß Kendalls Pferd weg war, und das Mädchen stellte fest, daß Kendall sein Zimmer überhaupt nicht benützt hatte. Am späten Vormittag des zwölften Oktober kam der Besitzer der Wattle Creek Station zur Hütte am Sandy Flat, um Verpflegung zu bringen. Kendalls Pferd stand gesattelt vor dem Tor zur Koppel, und dann fanden sie Kendall – er lag tot in seiner Hütte. Der Tisch war umgeworfen und ein Stuhl zerbrochen. Die Tür war geschlossen. Kendall lag in einer Blutlache, und der Arzt, der ihn untersuchte, stellte fest, daß er mit einem stumpfen Gegenstand getötet worden war. Man hatte ihm den Schädel eingeschlagen.«

»Wann erschienen Sie am Tatort?« fragte Bony.

»Vier Minuten vor zwei Uhr.«

»Wie war das Wetter?«

»Schön und Westwind.«

»Wie stark war der Wind?«

»Mittelstark, möchte ich sagen, nicht sehr stark, aber der Staub wurde aufgewirbelt.«

»Gibt es Eingeborene im Bezirk?«

»Ja, aber die sind viel auf Wanderung. Wenn sie hier sind, kampieren sie gewöhnlich am Wattle Creek.«

»Wo waren sie, als Kendall ermordet wurde?« fragte Bony.

»Sie hatten ihr Lager am Wattle Creek – unterhalb des Herrenhauses.«

»Wurde einer von ihnen vor dem Tanzsaal gesehen?«

»Nein. Aber am nächsten Tag wurden zwei nach Sandy Flat geholt, sie sollten nach Spuren suchen. Doch der Wind hatte bereits die von Kendall hinterlassenen Spuren verwischt. Übrigens – würden Sie mir wohl sagen, wieso Sie so überzeugt sind, daß Kendall nicht in seiner Hütte ermordet wurde?«

»Ich will Ihnen etwas verraten, aber noch nicht alles«, erwiderte Bony lächelnd. »Ich entdeckte diese Tatsache auf der Fotografie, die der Beamte des Erkennungsdienstes aufgenommen hatte. Die Aufnahme von der Vorderseite der Hütte.«

»Die habe ich auch gesehen, aber ich habe keinen diesbezüglichen Hinweis entdecken können.«

»Redman ebenfalls nicht. Aber ich habe den Beweis gefunden, und deshalb bin ich hier.« – »Aber was . . .?«

»Später werde ich Ihnen zeigen, was mich veranlaßt hat, die Ermittlungen aufzunehmen.« Bony sah, wie der Sergeant die Brauen hochzog, und da konnte er es nicht lassen, ein wenig zu prahlen. »Sehen Sie, Sergeant, ich habe mich noch nie mit einem gewöhnlichen Mord abgegeben. Ich wähle mir meine Fälle sorgfältig aus – nicht weil sie besonders einfach sind, sondern weil sie ungewöhnliche Umstände aufweisen. Meine Vorgesetzten sind deshalb oft unzufrieden mit mir – aber das läßt mich kalt. Sehen Sie mich an. Nun, was sehen Sie? Sagen Sie schon.«

Marshall zögerte.

»Sie sehen einen Mischling«, fuhr Bony fort. »Einen Inspektor der Kriminalpolizei. Die Schwester der Missionsstation sorgte dafür, daß ich eine gute Erziehung erhielt. Ich besuchte die Universität in Brisbane und legte das Staatsexamen ab, und damit bewies ich wieder einmal, daß der australische Mischling keine Abart des Känguruhs ist. Aber ich mußte größere Hindernisse überwinden als soziale Vorurteile. Ich muß immer wieder aufs neue die fast unüberwindliche Kraft besiegen, die der australische Busch über mich ausübt. Sie leben lange genug im Busch, um diese Macht selbst zu spüren, und Sie sind ein Weißer. Das einzige, was mich davor bewahrt, zu kapitulieren, ist Stolz und Selbstvertrauen. Ich habe bis jetzt noch nie einen Mißerfolg gehabt. Sollte ich aber einmal einen Fall nicht lösen können, dann würde ich dieses Selbstvertrauen verlieren, und aus dem Kriminalinspektor Napoleon Bonaparte würde der Mischling Bony, ein ruheloser Nomade.«

Der Inspektor schwieg, und Sergeant Marshall fühlte sich unbehaglich. Er war lange genug Polizeibeamter im Innern Australiens, um mit den Problemen der Mischlinge vertraut zu sein. Er wußte, daß sie sehr intelligent waren, und er wußte auch, daß sie durchaus den Weißen ebenbürtig waren, wenn man ihnen nur eine Chance gab.

»Kendall wurde getötet«, fuhr der Inspektor fort, »und der Busch verbarg vor allen, die ihm bisher das Geheimnis zu entreißen versuchten, die Spuren des Mörders. Aber mich wird der Busch nicht narren, denn ich bin weder weiß noch schwarz. Ich besitze die Vernunft des Weißen und das geheimnisvolle Wissen des Schwarzen. Der Busch wird mir seine Geheimnisse verraten. – Ich glaube, da ruft jemand nach Ihnen.«

Der Sergeant stand auf. Schnelle Schritte näherten sich dem Gefängnis. Bony erhob sich ebenfalls. Im nächsten Augenblick erschien Wachtmeister Gleeson in der Tür.

»Mrs. Fanning ist drüben im Büro, Sergeant«, sagte er ruhig. »Sie meldet soeben, daß sie ihren Vater tot an der Tür seiner Blechhütte gefunden hat, als sie ihm einen Braten bringen wollte. Unter seinem Kopf sei Blut.«

»Wir gehen gleich hin, Gleeson«, erwiderte Marshall unbeeindruckt. Er wandte sich an Bony, der die Fingerspitzen zusammengelegt hatte und das Kinn darauf stützte. Der Inspektor wirkte recht zufrieden.

»Klingt vielversprechend«, murmelte Bony.

»Da könnte etwas dahinterstecken – wollen Sie mitkommen?« fragte Marshall.

»Sie vergessen, daß ich im Gefängnis sitze. Aber Sie könnten mich ja als Spurensucher mitnehmen«, schlug Bony vor. »Erklären Sie Wachtmeister Gleeson rasch, wer ich bin, dann können wir uns auf den Weg machen.«

3

Edward Bennett stand im sechsundachtzigsten Lebensjahr. Zu Lebzeiten hatte er wie sechzig gewirkt, aber jetzt im Tode – so meinte der Leichenbestatter von Merino – sah er nicht sehr friedvoll aus.

Mit siebzig hatte er aufgehört, hart zu arbeiten. Seine Frau war tot, seine einzige Tochter mit dem Fleischer von Merino verheiratet. Sie hatte ihrem Mann vorgeschlagen, den Vater zu sich zu nehmen, und er hatte auch eingewilligt, aber der alte Bennett hatte energisch abgelehnt.

Edward Bennett hatte sich am Ostrand von Merino ein kleines Häuschen mit zwei Zimmern gebaut. Von dort blickte man über das öde Land, das sich nach der Chinesischen Mauer hin leicht senkte.

Mrs. Fanning, die Tochter des alten Bennett, war nach Hause geschickt worden. Die Polizeibeamten gingen die Straße hinunter und holten Dr. Scott ab. Der Arzt ging zwischen den beiden Polizeibeamten, Bony folgte in einigen Schritten Abstand. Sie kamen an zwei Läden, mehreren Häusern, der Schule und dem Gemeindesaal vorbei und gelangten schließlich zu dem schmalen Pfad, der zu dem Häuschen des alten Mannes führte.

»Ich habe damit gerechnet«, sagte der Doktor. »Immer wieder habe ich ihm gesagt, daß er jede Minute tot umfallen kann, und deswegen riet ich ihm, doch endlich auf seine Tochter zu hören und zu ihr zu ziehen.«

»Haben Sie ihn in letzter Zeit untersucht?« fragte Marshall.

»Erst letzte Woche. Aber er sagte nur: ›Ich denke nicht daran, mich verarzten zu lassen! Wenn ich sterbe, dann sterbe ich in den Sielen.‹ Und so war es nun wohl auch, Sergeant.«

Bony ging nicht mit hinein. Was da drin passiert war, konnten die drei leicht feststellen. Ihn interessierte vor allem, was außerhalb der Blechhütte passiert war.

Diese bestand aus zerschnittenen Benzinkanistern, die auf das hölzerne Rahmenwerk genagelt worden waren. Das Dach war aus Wellblech. Um das Häuschen lief ein Zaun aus Gestrüpp, der lediglich an der Vorderseite durch eine niedrige Tür unterbrochen wurde. Innerhalb dieses Zaunes hatte der alte Bennett den Schutt von zerschlagenen Termitennestern ausgebreitet und nach einer gründlichen Wässerung festgetrampelt. Der Boden war also hart wie Beton, kein Mensch konnte hier Spuren hinterlassen.

Außerhalb des Zaunes war der Boden sandig und stellenweise geriffelt. Von der Gartentür aus wand sich der Pfad zum Gemeindesaal, wo er in die Hauptstraße mündete. Auf diesem Pfad waren deutlich die Fußspuren des alten Mannes und seiner Tochter, die immer Tennisschuhe mit Gummisohlen trug, zu erkennen.

Jeder Mensch hat einen anderen Gang. Und auch dieser Gang verändert sich, sobald jemand krank oder erregt ist. Wenn ein Eingeborener den Eindruck eines nackten Fußes sieht, wird er sofort sagen können, wer ihn hinterlassen hat.

Die beiden Polizeibeamten und der Arzt hatten sich – Bonys Wunsch entsprechend – neben dem Pfad gehalten, und Bony, der hinterhergegangen war, hatte automatisch ihre Fußeindrücke registriert. Bis er den Fall gelöst hatte, würde er weder diese Spuren noch die von Mrs. Fanning vergessen, ebensowenig wie ihre Gesichter.

Marshall trug Stiefel Größe dreiundvierzig. Beim Laufen übte er einen besonders starken Druck auf die Hacken aus, wobei er die Füße parallel aufsetzte. Der starke Druck des Absatzes deutete auf einen energischen Mann, der eine harte Ausbildung genossen hatte. Die Schuhspitzen des Doktors waren ein wenig mehr nach außen gerichtet, als es normalerweise der Fall ist, der größte Druck lag an der äußersten Spitze, was auf einen leicht erregbaren Charakter hinwies. Sein Schritt war viel kürzer als der des Sergeanten, was darauf deutete, daß dieser Mann klein oder dick war. Gleeson stellte die Stiefelspitzen leicht nach innen, der größte Druck lag auf der Innenseite der Sohlen. Dieser Stiefeleindruck konnte von einem Viehhirten stammen, der die meiste Zeit auf einem Pferd saß, aber die Regelmäßigkeit der Schritte ließ darauf schließen, daß der Mann eine militärische Ausbildung genossen hatte – in

Gleesons Fall bei der kasernierten Polizei. Er hatte Schuhgröße einundvierzig, der Doktor Schuhgröße zweiundvierzig.

Die Spuren des Verstorbenen waren auf dem Pfad deutlich zu erkennen, daneben die Löcher von seinem Stock. Diese Spuren waren außerhalb des Zaunes überall zu finden, sie führten zum Holzhaufen und dem winzigen Aborthäuschen. Dort waren ebenfalls Spuren eines großen Hundes zu sehen – dem an der rechten Vorderpfote ein Zehennagel fehlte – und außerdem befanden sich dort die Spuren von einem kleineren Hund. Im Augenblick bellte lediglich ein einziger Hund hinter dem Holzstoß. Weiterhin waren die Spuren von den nackten Füßen zweier weißer Kinder zu erkennen, die vor ungefähr zwei Tagen zu Besuch hiergewesen sein mußten.

Bony schlenderte zu dem Holzhaufen, um nach dem Hund zu sehen. Es war ein Kelpieweibchen, das an eine alte eiserne Zisterne gekettet war. Bei seinem Näherkommen bellte es laut und zerrte an der Kette. Das Tier gehörte offensichtlich dem alten Bennett, und Bony brauchte nicht erst die rechte Vorderpfote zu untersuchen, um festzustellen, ob sie noch alle Nägel besaß. Der Hund, dessen Zehennagel fehlte, war höchstwahrscheinlich aus der Stadt gekommen und hatte das Kelpieweibchen besucht.

Bony umkreiste die Hütte, gelangte wieder zu dem Pfad. Dann machte er eine zweite Tour, diesmal ungefähr fünfzig Meter von der Hütte entfernt. Er ging auf Zehenspitzen, leicht nach vorn gebeugt. Als er auf der Rückseite, ungefähr gegenüber dem Gartentor, angekommen war, entdeckte er etwas, das sofort sein Interesse weckte.

Wie wir bereits festgestellt hatten, blickte man von der Hütte nach Osten über das offene Land, das sich zur Chinesischen Mauer hin leicht senkte. Mehrere große, rote Lehmkuhlen waren zu sehen – hart wie Beton, durch schmale Sandstreifen voneinander getrennt. Überall wuchsen Salzdornbüsche, und ausgetrocknete Wassergräben liefen im Zickzack nach Nordosten zu dem ebenfalls ausgetrockneten Bachbett, das von Buchsbäumen gesäumt wurde.

Bonys Interesse galt einem schmalen Sandstreifen. Seine scharfen Augen hatten das feine Raster erkannt, das vom Abdruck eines Sackes herrührte. Dieser Sack war jedoch nirgends zu sehen, aber auch keine menschlichen Spuren, falls jemand diesen Sack weggebracht hatte.

Bony ging nun schneller, folgte dem Rande der Lehmfläche. Auf der gegenüberliegenden Seite war der Sandstreifen nur dreißig Zentimeter breit, dann kam die nächste Lehmkuhle. Er durchquerte auch diese und gelangte nun zu einem breiteren Sandstreifen. Hier fand er an fünf Stellen die Abdrücke des Sackes, doch von dem Sack selbst war immer noch nichts zu sehen. Neben den Sackspuren tauchten aber jetzt die Spuren eines Hundes auf, dem ein Zehennagel fehlte. Der Hund war von dem Bach im Nordosten gekommen.

Bony verfolgte die Spur dieses Hundes zurück und erkannte sehr rasch, daß das Tier demjenigen gefolgt war, der diese Sackspuren hinterlassen hatte. Die Sackspuren konnte allerdings nur ein sehr erfahrener Tracker bemerken. Offensichtlich hatte sich jemand Sackleinen um die Füße gewickelt, um im Sand keine sichtbaren Spuren zu hinterlassen, denn diese Spuren waren unauffälliger als die eines kleinen Vogels.

Nun kehrte Bony wieder zu der Stelle zurück, wo er zuerst diese Sackspur gefunden hatte, dann wanderte er scheinbar ziellos im Zickzack zum Gartentor. Er fand auch hier zwei Abdrücke, den zweiten ungefähr drei Meter vom Tor entfernt.

Bony wandte sich um, ging in seiner eigenen Spur zurück und verfolgte dann noch einmal die Spur des Hundes. Die war sehr einfach, und der Hund war offensichtlich der Spur des Mannes nachgegangen, der seine Füße mit Säcken umwickelt hatte. Der Unbekannte hatte sich also der Hütte von Norden genähert, doch ungefähr eine Viertelmeile von der Hütte entfernt bog die Spur nach Südosten, zur Straße hin ab. Neben einem Salzdornbusch hatte sich der Hund niedergesetzt und gekratzt. Bony fand einige Haare, die ihm die Farbe des Tieres verrieten.

Er folgte der Spur weiter, sah, daß sie nach Südosten abbog, der Unbekannte also von der asphaltierten Hauptstraße gekommen war.

Die Sonne stand tief im Westen. Bony sah, wie die Polizeibeamten und der Arzt die Hütte verließen. Er drehte sich eine Zigarette, zündete sie an und schlenderte die Hauptstraße entlang, in der jetzt die Leute ihre Einkäufe besorgten und schwatzend beisammenstanden. Manche musterten den Mischling nur neugierig, andere grüßten ihn. Ein paar Kinder trieben zwei Kühe und eine Ziegenherde die Straße hinab. Vor der Garage tankte ein großer Mann in einem Overall einen Lastwagen auf. Unter den Pfefferbäumen saßen einige ältere Leute auf den Bänken und genossen die kühle Nachmittagsbrise. Merino war also ein recht freundliches Städtchen.

In seiner Gefängniszelle erwartete Inspektor Bonaparte Sergeant Marshall.

»Nun, wie wurde der Mann getötet?« fragte er, als der Sergeant eintrat.

»Entschuldigen Sie – aber viel Interesse haben Sie nicht gerade gezeigt«, erwiderte Marshall und zog die Brauen hoch.

»Oh, doch«, meinte Bony mit einem Anflug von Spott. »Ich war überzeugt, daß zwei Polizeibeamte und ein Arzt durchaus feststellen können, worauf der Tod des alten Mannes zurückzuführen ist. Meine Aufgabe aber war es, festzustellen, wer ihn getötet hat.«

Der Sergeant zögerte kurz. »Edward Bennett wurde nicht getötet. Er ist eines natürlichen Todes gestorben. Und als er umfiel, hat er sich an der Schwelle den Kopf aufgeschlagen. Doktor Scott meinte, daß der Sturz nicht den Tod herbeigeführt hat. Die Todesursache sei vielmehr ein Versagen des Herzens.«

»Ist dieser Doktor Scott tüchtig – oder ist er gleichgültig?«

»Er ist erstklassig. Ich verlasse mich vollkommen auf sein Urteil. Er wird auch die Sterbeurkunde ausstellen.«

»Und wie ist Ihre eigene Meinung – nach der Lage des Toten und allen anderen Gesichtspunkten?«

»Ich bin, genau wie Gleeson, der Ansicht des Doktors«, antwortete Marshall. »Dem alten Bennett wurde offensichtlich schlecht, und da wollte er sich Hilfe holen. Er kam bis zur Tür, brach zusammen und schlug mit der Stirn auf die Türschwelle. Der Tod muß schon eingetreten gewesen sein, bevor er auf dem Boden aufschlug.«

»Wann?«

»Der Tod trat vor mindestens zwölf und höchstens zwanzig Stunden ein. Er starb also in der vergangenen Nacht.«

Bony blies einen Rauchring, der sekundenlang in der Luft stand.

»Wie war er denn gekleidet?« fragte er.

»Er trug einen Pyjama.«

»Wo befindet sich das Bett?«

»Im hinteren der beiden Zimmer.«

»Der alte Mann starb also direkt an der Haustür, die unmittelbar in das Wohnzimmer führt?«

»So ist es. Zwischen Wohn- und Schlafzimmer ist keine Tür.«

Bony schwieg, Marshall zog Notizbuch und Bleistift aus der Tasche und machte sich einige Notizen. Schließlich warf Bony den Zigarettenstummel durch die Tür auf den Hof und fragte, was mit der Leiche geschehen würde.

»Ich habe die Leiche freigegeben. Die Angehörigen veranlassen alles Nötige, so daß die Beerdigung morgen nachmittag stattfinden kann. Die öffentliche Leichenschau könnte dann am folgenden Tag abgehalten werden.«

»Aha!« Bony seufzte. »Und ich hatte einen netten Mord erwartet, mit ähnlich mysteriösen Umständen wie bei Kendall.«

Ein Lächeln glitt über das Gesicht des Sergeanten, und plötzlich lachte auch Bony.

»Sie müssen dafür sorgen, daß ich morgen zu vierzehn Tagen harter Arbeit mit Farbtopf und Pinsel verurteilt werde«, sagte er. »Ich glaube, ich werde meinen Aufenthalt in Merino genießen. Wird der Richter Ihrem Wunsch nachkommen?«

»Er wird Ihnen einen Monat aufbrummen, wenn ich ihn darum bitte.«

»Wir wollen es lieber bei vierzehn Tagen belassen. Können Sie mir übrigens sagen, wer einen ziemlich großen, braun-weißen Hund besitzt?«

»Ja«, kam die prompte Antwort. »Der gehört dem jungen Jason.«

4

Am nächsten Morgen um zehn Uhr betrat Wachtmeister Gleeson Bonys Zelle, um ihn in den Gerichtssaal zu bringen.

»Ihre Verhandlung ist angesetzt, Sir«, sagte er mit ernstem Gesicht.

Als Bony lachte, lächelte Gleeson frostig, dann marschierten sie über den Hof und betraten das Gericht durch einen Seiteneingang, von wo aus ein paar Stufen zur Anklagebank führten. Bony mußte an der Tür warten. Schließlich wurde er vom Gerichtsassistenten aufgerufen. Bony trat mit dem Wachtmeister neben den Tisch des Anwalts. Der Gerichtsassistent verlas die Anklage, die in vier Punkte aufgegliedert war, und Bony bekannte sich schuldig.

Nun trat der Sergeant in den Zeugenstand und leistete den Eid. Daraufhin berichtete er, wie er den Angeklagten auf einer Bank vor dem Hotel gefunden habe, wo er seinen Rausch ausschlief. Bonys Interesse galt allein dem Richter.

Er saß am Richtertisch, die Hände auf dem Protokollbuch gefaltet. Er hatte ein langes, schmales Gesicht mit einer hohen Stirn, das spärliche dunkle Haar war grau meliert. Die Nase war dünn und gerade und schien den struppigen Schnurrbart zu zerteilen. Haar und Bart, zusammen mit den dunklen Augen, die auf Sergeant Marshall gerichtet waren, unterstrichen die Blässe des Gesichtes – eine Seltenheit in diesem Teil Australiens.

Marshall hatte seine Zeugenaussage beendet, und der Richter blickte Bony an. Die schwarzen Augen schienen den Angeklagten zu durchbohren. Für einen Mann, dessen Hände deutlich verrieten, daß er schwer arbeitete, klang seine Stimme erstaunlich gepflegt und warm.

»Haben Sie dazu etwas zu bemerken?« fragte er.

»Jawohl, Euer Ehren«, erwiderte Bony und wandte sich an Marshall. »Sie haben unter Eid ausgesagt, daß ich meine Augen geöffnet und gegähnt habe, nachdem Sie mich nach meinem Namen gefragt hatten. Ich habe aber nur ein Auge geöffnet, nämlich das linke.«

»Ich habe überhaupt nicht davon gesprochen, daß Sie die Augen geöffnet haben«, erwiderte Marshall, und sein wettergegerbtes Gesicht verriet deutliche Überraschung. »Ich sagte –«

»Verlesen Sie die Aussage des Zeugen«, ordnete der Richter an.

Der Gerichtsassistent verlas die Aussage.

»Nun?« fragte der Richter und musterte Bony mit seinen dunklen Augen.

»Dann muß ich mich geirrt haben«, murmelte Bony.

»Haben Sie sonst noch Fragen an den Zeugen?«

»Nein. Nur eins noch – ich habe wirklich keinen Schaden angerichtet, als ich auf der Bank geschlafen habe.«

»Was haben Sie sonst noch zu Ihrer Verteidigung anzuführen?«

»Nichts, Euer Ehren.«

»Hm! Na schön – wir können es nicht zulassen, daß die Leute am hellichten Tag auf den Bänken schlafen. Ich verurteile Sie zu zehn Tagen Haft.«

»Was! Nur zehn Tage? Und ersatzweise keine Geldstrafe?« rief Bony.

Der Gerichtsassistent riß den Mund auf, und Wachtmeister Gleesons Oberkörper schien zu schwanken.

»Die Zahlung einer Geldstrafe wird abgelehnt«, sagte der Richter bedächtig, aber streng. »Zehn Tage Haft.«

»Kommen Sie.« Gleeson legte Bony die Hand auf den Arm und führte ihn in die Zelle zurück.

»Enttäuscht, Sir?« fragte er unterwegs.

»Ach nein. Es war für mich lediglich eine völlig neue Erfahrung, Gleeson. Wie heißt der Richter eigentlich?«

»Das ist Jason, unser Garagenbesitzer.«

»Oh, das ist Mr. Jason.«

»Ein seltsamer Vogel«, fuhr Gleeson fort. »Er ist Friedensrichter und gerichtlicher Leichenbeschauer unseres Bezirkes, aber auch ein guter Stellmacher.« – »Und seine Frau?«

»Ich habe sie nie gekannt. Als er vor acht Jahren mit dem Jungen nach Merino kam, war sie bereits tot. Er soll früher Schauspieler gewesen sein. Mit dem Jungen hatte er Schwierigkeiten.«

»Wieso? Erzählen Sie.«

»Er dürfte jetzt dreiundzwanzig sein. Dunkel wie sein Vater, aber nicht so groß, dafür viel kräftiger. Er hat eine Hasenscharte und eine schiefe Schulter. Ewig mürrisch und kein Respekt vor dem alten Herrn. Aber wenn man so verwachsen ist, kann man wohl kein sonniges Gemüt haben. Und um das Unglück vollzumachen, ist auch noch das eine Bein kürzer, und er hat Rückgratverkrümmung. Trotzdem ist er stark wie ein junger Stier.«

»Die Jasons wohnen gleich nebenan, nicht wahr?«

»So ist es. Eine Frau geht jeden Tag hin, räumt auf und kocht das Mittagessen. Wenn Sie heute nachmittag zur Beerdigung gehen, werden Sie ihn in seinem Leichenbestattergewand sehen, das ausgezeichnet zum Leichenwagen paßt. Sie werden das so schnell nicht vergessen.«

Gleeson ging hinüber ins Büro, und eine halbe Stunde später trat Sergeant Marshall in die Zelle.

»Was sollte eigentlich dieses Gerede über die Augen?« fragte er sofort.

»Ich wollte lediglich die Stimme des Richters hören«, erwiderte Bony. »Aber warum nur zehn Tage? Sollte ich nicht vierzehn kriegen?«

»Der alte Jason spurt manchmal nicht ganz so.« Marshall kratzte sich an der Nase. »Er hatte heute morgen schlechte Laune. Immerhin, zehn Tage sind besser als fünf Schilling Geldstrafe – nehme ich an.« Der Sergeant grinste, dann wurde er ernst, wenn auch seine Stimme leicht spöttisch klang. »Also – Sie bleiben jetzt für zehn Tage und Nächte in Haft. Die Zeit wird Ihnen etwas lang werden, und außerdem ist es tagsüber ziemlich heiß in der Zelle. Wenn Sie für mich ein paar Anstreicharbeiten übernehmen, dürfen Sie mit bei mir drüben am Tisch essen, und Sie erhalten außerdem täglich zwei Schilling, die Sie im Hotel vertrinken dürfen.«

»Klingt annehmbar«, erwiderte Bony und verzog ebenfalls keine Miene. »Dann führen Sie mich zu den Farbtöpfen.«

Marshall grinste. »Wollen Sie nicht erst mal eine Tasse Tee trinken, bevor Sie sich an die Arbeit machen? Sie müssen auch meine Frau kennenlernen. Ich habe ihr gesagt, wer Sie sind. Sie ist verschwiegen. Sonst hätte ich sie gar nicht geheiratet.«

»Sie sind ein kluger Mann.«

»Vielleicht. Sind Sie auch verheiratet?«

»Ja. Ich habe drei Söhne. Der älteste studiert in Brisbane. Er soll Missionsarzt werden. Ein guter Junge, Sergeant, aber chronisch pleite, und da versucht er immer wieder, mich anzupumpen. Dieser Ausdruck stammt von ihm, möchte ich ausdrücklich hinzufügen.«

Eine Minute später wurde er mit einer Frau bekannt gemacht,

die ebenso kräftig, aber noch etwas größer war als ihr Mann. Ihre grauen Augen strahlten Bony durch eine Nickelbrille an.

»Ich weiß Bescheid«, sagte sie, nachdem sie Bony begrüßt hatte und die Männer am Küchentisch Platz nahmen. »Ich soll Sie also Bony nennen. Und Rose Marie hat mir auch von der Teeparty erzählt – gestern in Ihrer Zelle.«

»Sie können stolz sein auf eine solche Tochter«, erwiderte Bony.

»Sie ist ein süßes Mädel, nur schrecklich altklug«, sagte Mrs. Marshall, nachdem sie ihrem Mann einen kurzen Blick zugeworfen hatte. »Es ist geradezu unheimlich, wo sie überall ihre Ohren hat. Ich brauche überhaupt nicht auszugehen und erfahre doch alles. Ich hoffe nur, daß sie nicht anderen Leuten erzählt, was sie bei uns hört.«

»Auf jeden Fall werden wir bei unserer Unterhaltung vorsichtig sein, wenn sie in der Nähe ist«, meinte ihr Mann.

»Wie ich gestern von Ihrer Tochter hörte, mag sie Sergeant Redman gar nicht«, bemerkte Bony. »Ich wundere mich eigentlich nicht darüber.«

»Wir mochten ihn auch nicht«, antwortete Mrs. Marshall. »Aber Rose Marie hat ihn geradezu gehaßt. Hat sie Ihnen auch den Grund genannt?«

Bony nickte. »Anscheinend mag Rose Marie den jungen Jason sehr gern, und dieser Redman hat den jungen Mann schikaniert.«

»Redman hat Tom Jason praktisch angeklagt, Kendall ermordet zu haben. Aber das hat er bei einem guten Dutzend anderer Leute ebenfalls getan«, erklärte Marshall.

»Und was halten Sie von dem jungen Jason?«

»Er ist ein mürrischer Bursche und alles andere als eine Schönheit«, erwiderte der Sergeant. »Aber eins muß man ihm zugute halten: Die Kinder mögen ihn und haben Vertrauen zu ihm. Unsere Florence hält lange Konferenzen mit ihm ab. Und manchmal ist noch ein halbes Dutzend Kinder dabei.«

»Er erzählt ihnen Märchen«, sagte Mrs. Marshall. »Aber wollen Sie wirklich hier bei uns Anstreicher spielen?«

»Natürlich«, erwiderte Bony. »Wissen Sie denn nicht, daß ich zu zehn Tagen Strafarbeit mit Farbtopf und Pinsel verurteilt worden bin?« Er stand auf. »In zwei Wochen werden Sie die Polizeistation nicht wiedererkennen. Dank für den Tee – und das Frühstück, das Sie hinübergeschickt haben.«

»Und ich soll Sie tatsächlich Bony nennen?«

Er betrachtete Mrs. Marshalls offenes und sympathisches Gesicht.

»Im Augenblick heiße ich Robert Burns – wobei ich mich bei den Schotten entschuldigen muß, diese Anleihe gemacht zu haben«, erwiderte er lächelnd. »Aber alle meine Freunde nennen mich Bony, und ich hoffe, daß ich Sie beide zu meinen Freunden rechnen darf.«

Nachdem Bony zusammen mit dem Sergeanten die Küche verlassen hatte, setzte sich Mrs. Marshall an den Tisch, schenkte sich eine Tasse Tee ein und starrte gedankenverloren auf den Küchenherd. Sie sah immer noch, wie sich dieser Mischling im Hinausgehen vor ihr verbeugt hatte.

Nach der einstündigen Mittagspause, die um ein Uhr begann, kehrte Bony wieder zu dem vorderen Zaun zurück, bei dem er mit dem Abkratzen der alten Farbe begonnen hatte. Der Himmel, der am Morgen noch klar gewesen war, überzog sich mit blauschwarzen Wolken, die gewaltige weiße Kappen trugen. Kein Lüftchen regte sich, es war drückend schwül.

Ab und zu blickte Bony die Straße hinab zu den schneeweißen Sandhügeln. Obwohl die Doppelreihe von Pfefferbäumen und die Dächer von Kirche und Gemeindesaal einen Teil der Chinesischen Mauer verdeckten, beherrschte sie doch seine Gedanken. Schon am Vortag hatte er sie betrachtet, und auch heute blickte er immer wieder hinüber, und jedesmal schien sie sich ihm in anderer Gestalt zu zeigen: Einmal wie der Gischt einer Woge, dann wieder starr wie Marmor, und jetzt schien sie sich wie ein Gletscher auf das Städtchen zuzuschieben.

Kurz vor drei hörte er mit der Arbeit auf und ging zur Hütte des alten Bennett. Gewaltige Wolken verdunkelten das Land zwischen dem Städtchen und der Chinesischen Mauer, die vor dem fernen Horizont im Sonnenlicht wie nebliger blauer Samt schimmerte, auf dem die blau-schwarzen Gewitterwolken ruhten.

Das Häuschen des Toten und die Menschenmenge, die vor dem Garagentor wartete, waren in helles Sonnenlicht getaucht. Die Blechhütte glänzte wie pures Gold, das mit feurigen Opalen bedeckt war. Flimmernde Hitze stand über den Kühlerhauben der Wagen, die hinter dem Häuschen parkten.

»Sieht so aus, als käme ein Gewitter, bevor Ted Bennett sein letztes Quartier bezogen hat«, sagte jemand, als Bony zu den Trauergästen trat.

»Fast ein Lotteriespiel«, meinte ein anderer. »Ich wette, daß die Beerdigung nicht durch Regen unterbrochen wird.«

»Top – einverstanden!« erklärte der erste. »Es geht um ein Pfund. Ah – da kommt ja Jason mit seiner Leichenkutsche!«

»Ich habe sie bisher noch nie gesehen, aber schon viel davon gehört«, sagte jemand.

»Na, dann werden Sie jetzt in Ihrem Testament gewiß bestimmen, darin zum Friedhof gefahren zu werden«, meinte ein anderer.

Am unteren Ende der Hauptstraße erschien ein langes schwarzes Gefährt, dessen gläserne Wände in der Sonne funkelten. Es folgte der Fahrspur der anderen Wagen, wendete und hielt schließlich vor dem Gartentor.

Der massive Aufbau hatte ursprünglich zu einem Pferdewagen gehört, war aber dann auf das Chassis eines Lastwagens montiert worden und besaß deshalb unmögliche Proportionen. Die einst versilberte Brüstung war mit weißem Band umwunden. Die Motorhaube und der offene Fahrersitz, der nicht einmal eine Lehne aufwies, wirkten vor dem riesigen Ungetüm winzig.

Mr. Jason kletterte von der Sitzbank herab. Er trug einen Zylinder, der aus dem vorigen Jahrhundert stammte. Der Gehrock schimmerte auf dem Rücken und an den Schultern grünlich und reichte fünf Zentimeter über die ausgebeulten Knie der einstigen Frackhose, die dafür etwas zu kurz war, so daß das Stoßband auf dem Oberrand der Stiefeletten aufsaß.

Mr. Jason ließ seinen Blick feierlich über die Trauergemeinde schweifen, dann trat er durch die Gartenpforte und ging zur Hütte.

Der Fahrer blieb auf seinem Sitz – ein junger Mann mit Hasenscharte und einer verkrümmten Gestalt. Er trug einen Overall und starrte mürrisch auf die Motorhaube, während er an dem Stummel einer selbstgedrehten Zigarette nagte. Die schmierige Sportmütze schien nicht ganz der Gelegenheit angepaßt.

»Wird's Regen geben, Tom?« fragte einer der Männer, die gewettet hatten.

Der junge Jason betrachtete den Himmel, schob den Zigarettenstummel in den anderen Mundwinkel und spie aus.

»Wenn's regnet, werden wir alle im Dreck steckenbleiben«, erwiderte er.

Weitere Erörterungen unterblieben, denn in diesem Augenblick erschien der Pastor im schwarzen Talar in der Tür der Hütte. Ihm folgten die Leichenträger mit den sterblichen Überresten von Edward Bennett. Sie stellten den Sarg auf ein Gestell im Hof, die Trauergäste traten näher an den Zaun, während sich die Angehörigen, die Leichenträger, Mr. Jason und der Pfarrer um den Sarg gruppierten. Der Geistliche klappte ein Buch auf und begann mit einer hohen, näselnden Stimme den Trauergottesdienst zu lesen, und mit jedem Satz schwang sich seine Stimme einen Ton höher.

Der Pastor war reichlich dreißig Jahre alt, und etwas sportliche Betätigung hätte ihm zweifellos gutgetan. So aber wirkte er verweichlicht. Seine blassen Augen in dem ungesund bleichen, viereckigen Gesicht verrieten keinerlei Gefühlsregung.

Als der Pfarrer sein Buch zuklappte, grollte ferner Donner. Mr. Jason gab den Trägern ein Zeichen, trat zurück und marschierte dann voran durch das Gartentor zum Leichenwagen. Mit einer dramatischen Geste öffnete er die gläserne Rücktür und dirigierte mit seiner tiefen Stimme das Hineinschieben des Sarges. Dann schloß er die Tür ebenso feierlich, wie er sie geöffnet hatte.

Die Trauergäste begaben sich zu ihren Wagen. Bony zählte fünf Autos. Der Pfarrer stieg in das erste, dann folgten zwei Männer. Mrs. Fanning kletterte mit ihrem Mann in den vierten Wagen, und eine große, knochige Frau mit einem Florentiner Hut und einem knappsitzenden Kostüm, die von zwei kleinen Jungen begleitet wurde, stieg in den letzten. Mr. Jason wartete neben dem Leichenauto, bis sich der Wagen des Pastors und die übrigen Fahrzeuge hinter dem Leichenwagen eingeordnet hatten. Erst als er überzeugt war, daß alles protokollgemäß Aufstellung genommen hatte, kletterte er auf das Leichenauto.

Aber auch jetzt setzte er sich noch nicht. Über das Dach des Leichenwagens hinweg blickte er auf die Trauerprozession, dann musterte er feierlich die schweigende Menge. Offensichtlich war er nun zufrieden, denn er stieß mit dem Fuß den Chauffeur an, der sofort den Motor anließ. Mr. Jason blickte nach vorn, hob die rechte Hand wie ein Dirigent vor dem Einsatz, dann senkte er sie mit einem Ruck. Das war für alle Fahrer das Signal, den Gang einzulegen, und nun begann Edward Bennetts letzte Reise. Mr. Jason setzte sich, er hatte seine Rolle offensichtlich genossen.

Langsam bewegte sich die Fahrzeugkolonne zur Straße, während ein langanhaltender Donner grollte.

Die übrigen Trauergäste gingen schweigend nach Hause. Bony hatte sich unter die Menge gemischt. Er beobachtete, wie die Autokolonne die Straße erreichte und dann auf den unbefestigten Weg einbog, der zu dem eine Meile entfernten Friedhof führte. Als Bony die Hauptstraße erreicht hatte, hüllte eine rote Staubwolke die Autokolonne ein. Wenn man den Himmel betrachtete, war auch Eile geboten.

Kurze Zeit später stand Bony wieder am Zaun der Polizeistation, in der einen Hand die Lötlampe, in der anderen ein Kratzeisen. Er blickte die Hauptstraße hinunter. Die Chinesische Mauer lag weiß unter einer schwarzen Wolkenmasse, und über dem nördlichen Ende des gewaltigen Sandwalls schien bereits der Regen herabzuprasseln. Der Staub, den der Leichenzug aufgewirbelt hatte, hing immer noch über dem Weg zum Friedhof.

Gleeson trat zu Bony.

»Die werden sich beeilen müssen. Wenn sie von dem Unwetter erwischt werden, verwandelt sich der Weg blitzschnell in einen Sumpf, in dem sogar ein Karnickel versinken würde.« – »Tatsächlich?«

»Die schlimmste Straße im ganzen Bezirk. Na, was halten Sie vom alten Jason?«

»In der Rolle des Leichenbestatters gefällt er mir besser als in der des Richters. Sehen Sie nur, die Gewitterwand schiebt sich auf den Friedhof zu. Wie die Chinesische Mauer von Sekunde zu Sekunde ihr Aussehen ändert.«

»Jetzt sieht sie aus wie ein zusammengerollter purpurfarbener Teppich!« meinte Gleeson. »Ich muß diesen Sandwall immer wieder betrachten. Jedesmal sieht er anders aus. Ah . . .!«

Die ersten Autos hatten die Straße erreicht, die anderen schienen im Dunst der Regenwand zu hängen. Hinter dem letzten Fahrzeug, das den Friedhof verließ, zuckte ein Blitz herab. Gleich darauf krachte der Donner, rollte langanhaltend, und die Erde schien zu beben. Der Rand des Wolkengebirges stand nun drohend über Merino, schien das Städtchen unter Schnee und Eis begraben zu wollen.

Die Männer kamen aus dem Hotel gelaufen und beobachteten die zurückkommenden Autos.

»Wette ein Pfund, daß der Doktor als erster in der Stadt ist«, rief einer.

Um Gleesons Mund zuckte ein Lächeln.

»Wenn es nicht gegen das Gesetz verstieße, an einem öffentlichen Ort zu wetten, würde ich auf den Leichenwagen setzen, falls ich sicher wäre, daß er als erster aus dem Friedhof gekommen ist«, meinte er.

Bony lachte. »Wir befinden uns innerhalb des Zaunes und deshalb auf einem Regierungsgrundstück – also nicht auf öffentlichem Verkehrsgrund«, erwiderte er. »Ich setze zehn Schilling auf die Jasons gegen das ganze andere Feld – bedingungslos.«

»Schön, Sir, ich setze zehn Schilling dagegen«, erwiderte der Wachtmeister.

»Gut, dann wollen wir aber auch etwas haben für unser Geld. Gehen wir auf die Straße. Warum haben Sie den Jasons nur Chancen eingeräumt, wenn sie als erste die Straße erreichen?«

»Weil sich der junge Jason von niemandem überholen lassen würde – das würde er vereiteln. Sieht so aus, als ob sie gerade noch rechtzeitig den Friedhof verlassen haben!«

Das erste Auto befand sich immer noch eine halbe Meile vom Städtchen entfernt. In dem aufgewirbelten Staub war nichts zu erkennen, nur manchmal tauchte kurz ein Schemen auf.

»Müssen fünfzig Sachen machen, Sir«, schätzte der Wachtmeister.

»Aber der Regen macht sechzig, Gleeson«, entgegnete Bony amüsiert. »Er wird sie bald einholen. Und bitte, sagen Sie nicht immer ›Sir‹ zu mir. Schließlich bin ich doch nur ein Farmarbeiter. Meine Freunde nennen mich Bony. Aber wenn Sie nicht mein Freund sein wollen, dann sagen Sie eben Burns. Ha! Der zweite Wagen hätte um ein Haar überholen können.« Er rieb sich die Hände. »Die Jasons führen! Feste, Jason, feste!«

»Nein, das ist nicht Jason«, rief jemand hinter ihnen. »Der Doktor führt. Fünf Schilling auf unseren Medizinmann, Jack!«

Ein Donner krachte, rollte davon über die geheimnisvolle Chinesische Mauer, von der nur noch der südliche Teil zu erkennen war.

»Es ist nicht der Doktor«, rief ein Mann triumphierend, als der Donner verstummt war. »Es ist der Pfarrer. Los, James – schneller!«

»Ich sagte es ja gleich!« rief ein anderer Mann, der weiter unten an der Straße stand. Er winkte mit dem Hut und schlug sich gegen die Schenkel. »Die Jasons führen. Guter alter Tom! Tritt aufs Gaspedal, Tom!«

Das erste Fahrzeug näherte sich nun dem asphaltierten Anfang der Hauptstraße. Ein dicker Regentropfen fiel mit lautem ›Päng‹ auf das Garagendach, gleich darauf ein zweiter auf das Dach der Polizeistation. Sergeant Marshall kam mit seiner Frau zum Gartentor. Die Männer in der Mitte der Straße kümmerten sich nicht um die Polizei, sie brüllten sich weiter ihre Wetten zu.

»Sie gewinnen Ihre zehn Schilling«, meinte Gleeson zu Bony. »Jetzt passen Sie auf, wenn die letzte Hürde genommen wird.«

Der Leichenwagen erinnerte an ein Pferd, das ein Hindernis nimmt, als er mit Vollgas auf die asphaltierte Straße schoß, und die übrigen Autos, die dicht auffolgten, vollführten ebenfalls deutliche Luftsprünge.

Ein greller Blitz blendete die aufgeregten Zuschauer, der augenblicklich folgende Donner ließ die Luft erzittern. Der Leichenwagen kam in voller Fahrt die Straße herauf. Das nächste Auto bog nach links ab zu dem Haus neben der Kirche. Bony konnte nun Mr. Jasons weißes Gesicht und daneben das runde seines Sohnes deutlich erkennen. Mr. Jason klammerte sich mit beiden Händen an die Oberkante der niedrigen Windschutzscheibe, sein Zylinder war nicht zu sehen.

Die Regentropfen prasselten nun auf die Blechdächer, es klang wie Maschinengewehrfeuer. Auf den Gehwegen spritzten kleine Staubbälle auf.

Der Leichenwagen donnerte an Bony und dem Wachtmeister, die unter einem Pfefferbaum Schutz gesucht hatten, vorüber. Nun konnten sie auch den Zylinder sehen: Er thronte prunkvoll hinter den Glasscheiben im Innern des Leichenautos. Mit quietschenden Reifen bog das riesige Gefährt in die Garage ein.

Nun brach der Wolkenbruch los. Die Wellblechdächer dröhnten. Der Wagen des Doktors bog von der Straße ab, ebenso das Auto der Fannings. Der letzte Wagen hielt laut kreischend vor dem Hotel, die Frau mit dem Florentiner Hut sprang heraus und stürmte zum Hoteleingang, die beiden Jungen hinterher.

Plötzlich kamen die beiden Jasons aus der Garage gerannt. Der Vater hatte den Zylinder unter den Arm geklemmt, der Sohn die Mütze verkehrt herum aufgesetzt. Sie verschwanden ebenfalls im Hotel.

Bony schien es nicht länger an seinem Platz auszuhalten, er verließ Wachtmeister Gleeson und den Schutz des Pfefferbaums und rannte auch zum Hotel.

5

Als Bony den Schankraum betrat, zählte er vierzehn Männer und den Wirt, der in diesem Augenblick verkündete, daß die Getränke auf seine Rechnung gingen.

Immer wieder wurde der dämmerige Raum von den aufzuckenden Blitzen erhellt, und der sofort folgende Donner übertönte die Stimmen und sogar das Dröhnen des Regens. Die Leute nannten ihre Wünsche, und ein Mann, der die Bestellungen entgegennahm, wandte sich auch an Bony.

Dieser Mann stammte offensichtlich nicht aus dem Busch. Er trug eine Tweedhose und schwarze Schuhe. Er hatte kein Jackett an, und das gestreifte Baumwollhemd, zu dem er eine Weste trug, hatte städtischen Schnitt.

»Sie haben heute vormittag zehn Tage aufgebrummt bekommen, nicht wahr?« fragte er mit einem freundlichen Lächeln. »Machen Sie sich nichts draus. Pech! Der Sergeant hat mir erst gestern gesagt, daß er jemanden sucht, der den Zaun anstreicht.«

Bonys weiße Zähne blitzten auf. »So etwas versuche ich mit Gelassenheit zu tragen.«

»Das ist die richtige Lebensauffassung. Mein Name ist Watson –

ich bin der hiesige Zeitungskorrespondent. Mir gehört die Zeitungsagentur und das Galanteriewarengeschäft unten an der Straße, Sie heißen Burns, wie?«

»Ja. Ich hoffe, daß kein Schotte anwesend ist.«

»Sie heißen Robert Burns? Wundervoll! Wissen Sie, ich finde es hier interessanter als in Sydney. Warten Sie noch mit dem Trinken. Sie werden gleich etwas beobachten können, was Sie in Ihrem Leben noch nicht gesehen haben.«

Die grauen Augen in dem whiskygeröteten Gesicht spähten gutmütig durch das Dämmerlicht. Der struppige graue Bart war am Mund angesengt, weil Watson seine Zigaretten bis auf den letzten Zentimeter rauchte.

Die Getränke wurden ausgeteilt, aber niemand schien durstig zu sein. Bony hatte den Eindruck, daß man auf ein Startzeichen wartete. Der Wirt hatte die Ellbogen auf die Theke gestützt, das runde, rote Gesicht ruhte in den breiten Händen. Alle schienen verstohlen Mr. Jason zu beobachten, der den Mittelpunkt bildete.

Er lehnte mit dem Rücken an der Theke. Der überdimensionale Zylinder saß schief auf dem Hinterkopf. Jason schnitt mit einem Taschenmesser Tabak von einer Tabakrolle. Schließlich ließ er das Messer zuklappen und schob es, zusammen mit der Tabakrolle, in die Hosentasche. Dann zerrieb er den Tabak mit den Handflächen und stopfte vorsichtig die große Kirschholzpfeife. Neben seinem rechten Ellbogen standen zwei Gläser Bier.

Nachdem er die Pfeife gestopft hatte, seufzte Mr. Jason lang und tief. Sein Gesicht verriet Kummer, er schien die Umstehenden völlig vergessen zu haben.

»Passen Sie auf!« flüsterte Watson.

Mr. Jason holte eine Schachtel Streichhölzer heraus, riß ein Zündholz an und legte es quer über den Pfeifenkopf. Tiefe Stille trat ein, alle sahen gebannt zu, wie Mr. Jason kräftig paffte, bis der ganze Pfeifenkopf in hellen Flammen zu stehen schien. Dann begann er den Rauch zu inhalieren. Er inhalierte dreimal ganz tief, ohne auszuatmen, dann wandte er sich langsam um, legte die Pfeife auf die Theke und trank nacheinander die beiden Glas Bier aus. Das war das erwartete Signal, und auch die übrigen Anwesenden tranken nun.

»Schenken Sie nach«, rief Mr. Jason mit seiner wohlklingenden Stimme dem Wirt zu und lehnte sich wieder gegen die Theke.

Er blähte seine Backen auf und seufzte, doch diesmal klang es zufrieden. Er zog seine schwarze Weste straff und schüttelte die Manschetten nach vorn. Dann blickte er seinen Sohn an, der sich gerade mit einer Hand eine Zigarette gedreht hatte und sie nun anzündete. Tom starrte zurück. Die schmierige Mütze saß immer noch verkehrt auf seinem Kopf. Die dunklen Augen wirkten unstet, und unwillkürlich erinnerte er Bony an den buckligen Glöckner von Notre-Dame.

»Das war die würdeloseste Beerdigung, die ich je durchgeführt habe«, sagte Mr. Jason, nachdem ein lange noch anhaltender Donner verklungen war. »Der Trauergottesdienst war eine Beleidigung für den Verstorbenen«, fuhr er streng fort. »Die Geschwindigkeit des Leichenzuges auf der Fahrt zum Friedhof war ungehörig, aber die Rückfahrt war ein Skandal.«

Er drehte sich um, nahm das Glas Bier und trank es in einem Zug aus. Das vierte Glas in der linken Hand, lehnte er sich wieder gegen die Theke.

»Na ja, wir wollten doch nicht im Dreck steckenbleiben, oder?« meinte der junge Jason verächtlich.

Jetzt begann Mr. Jason Rauch abzublasen. Er kam als dünner, gleichmäßiger Strom zwischen seinen Lippen hervor.

»Und ich wiederhole noch einmal: Der Trauergottesdienst war eine Beleidigung«, sagte er.

»Darüber sollten wir wohl kaum streiten, denn der Pastor ist nicht anwesend und kann sich nicht verteidigen«, entgegnete sein Sohn.

»Es wäre immer noch Zeit gewesen, das Grab wenigstens zur Hälfte zuzuschaufeln«, beharrte sein Vater, und der Tabakrauch quoll weiter aus seinem Mund. Er leerte das vierte Glas Bier, stellte es auf die Theke und fuhr mit der Hand durch die Luft. »Ich bleibe dabei, daß die Beerdigung auf unangemessene Weise überhastet wurde. Und ich bin auch nicht mit dem Totenschein von Doktor Scott einverstanden. Wenn jemals ein Mensch zu Tode geängstigt wurde, dann der arme alte Edward Bennett. Ihr hättet seinen Gesichtsausdruck sehen sollen. Ein Mensch ist nicht an einem Herzschlag gestorben, wenn er einen derartigen Gesichtsausdruck hat.«

Niemand sagte ein Wort. Draußen wurde es heller, der Regen hörte auf. Immer noch drang Rauch aus Mr. Jasons Mund. Der Rauchvorrat schien unerschöpflich, und die Anwesenden interessierten sich mehr für Jasons Kunststück als für seine Worte.

»Du denkst schon wieder an Mord«, knurrte der junge Jason. »Nur weil dieser Kendall umgebracht worden ist, bildest du dir ein, daß jeder, der in Merino stirbt, ermordet worden sein muß. Worüber regst du dich eigentlich auf? Wir können doch morgen die Grube zuschütten. Joe, schenken Sie nach – diese Runde geht auf meine Rechnung.«

»Warten Sie ab«, flüsterte Watson Bony zu. »Der alte Knabe ist noch nicht fertig. Bis jetzt qualmt er eine Minute und fünfzig Sekunden. Noch zwanzig Sekunden, und er hat seinen Rekord gebrochen.«

»Und wie steht der Rekord?«

»Zwei Minuten und fünf Sekunden. Das war an dem Tag, an dem George Kendall ermordet wurde.«

Bony bemerkte jetzt, daß Mr. Watson eine Stoppuhr in der Hand hielt. Mr. Jason öffnete seinen Mund weit, offensichtlich wollte er gähnen.

»Mr. Jason!« rief jemand erschrocken.

Mr. Jason klappte auch prompt den Mund zu, und die allgemeine Aufregung legte sich etwas.

»Nun?« fragte der Leichenbestatter.

»Worüber sollte sich denn der alte Bennett zu Tode erschrocken haben?«

»Woher soll ich das wissen? Wäre eine anständige Leichenschau abgehalten worden, wäre vielleicht etwas ans Tageslicht gekommen.«

Mr. Watson lächelte. Sein struppiges Bärtchen schien sich zu sträuben.

»Der alte Bennett starb selbstverständlich an Herzschwäche«, rief eine alte Frau von der Tür, die zum Flur führte. »Laßt doch die Toten in Frieden ruhen.«

Mr. Jason öffnete seinen Mund weit, und diesmal schloß er ihn nicht sofort. Eine gewaltige Rauchwolke quoll hervor und stieg zu der verräucherten Decke auf, wo sie sich nach allen Seiten ausbreitete. Das war das große Finale.

»Geschafft! Er hat seinen Rekord gebrochen, Herrschaften. Zwei Minuten und siebenunddreißig Sekunden. Gratuliere, Mr. Jason.«

»Genug!« tadelte Mr. Jason. »Heutzutage werden viel zuviel unsinnige Rekorde gebrochen.«

Er trat zwei Schritte vor und lüftete den Zylinder vor der Frau, die im Türrahmen stand. Sie trug einen Florentiner Hut und ein graues Kostüm. Ihr Gesicht war so braungebrannt, daß man sie leicht für einen Mischling halten konnte. Bony wußte nicht recht, wie alt er sie schätzen sollte, aber sie stand sehr aufrecht, und sie war schlank und kräftig.

»Mrs. Sutherland«, sagte Mr. Jason, »Ihr Tadel ist berechtigt. Man soll die Toten ruhen lassen. Dies ist, so fürchte ich, eine klägliche Nachfeier, und sie würde wohl kaum die Zustimmung des Verblichenen finden. Wollen Sie uns nicht Gesellschaft leisten und mit uns anstoßen zum Gedenken an einen großen Australier?«

»Das will ich gern, Mr. Jason. Aber ich pflichte Ihnen nicht bei, daß Ted Bennett ein großer Australier war«, erwiderte Mrs. Sutherland und trat zwei Schritte näher. »Der alte Bennett war tüchtig, er war zäh, er verstand sein Handwerk. Aber ich bestreite, daß er ein großer Mann war.«

Mr. Jason verbeugte sich. »Madame, ganz Ihrer Meinung.«

»Schön«, meinte die Frau grimmig. »Ein kleines Glas Wein bitte.«

Bonys Interesse an dem jungen Jason wuchs, als der junge Mann das Glas Wein von der Theke nahm und es Mrs. Sutherland brachte. Sie hob es in die Höhe, und die übrigen Anwesenden folgten ihrem Beispiel. Nach diesem stummen Toast wurde getrunken.

»Wer ist das?« fragte Bony den Mann von der Zeitung.

»Ach, ich vergaß ganz«, flüsterte Mr. Watson laut. »Das ist Mrs. Sutherland. Ihr gehört eine Schaffarm südöstlich von Merino. Ihr Mann starb vor ungefähr vier Jahren, und seitdem führt sie den Betrieb. Vom Markieren der Lämmer bis zur Schafschur macht sie alles allein. Sie kennt jeden hier in der Gegend.«

»Vielen Dank, Mr. Watson«, sagte die Frau mit dem Florentiner Hut. »Aber ich kenne Ihren Freund nicht. Bitte –«

Bony spürte, wie er am Arm gepackt und vorwärtsgezogen wurde.

»Das ist Robert Burns«, verkündete Mr. Watson. »Burns, das ist Mrs. Sutherland, die Erste Dame unseres Bezirks.«

»Erfreut«, sagte sie und reichte Bony die Hand. Bony faßte sie und spürte den harten Griff. Er schätzte die Frau auf vierzig Jahre und bemerkte die klaren Augen, die ihn ruhig und durchaus nicht kühl musterten. Es war einer seiner großen Momente. Seine Verbeugung stellte die von Mr. Jason in den Schatten.

»Ich freue mich, Sie kennenzulernen, Madame«, sagte Bony. »Im Augenblick sitze ich im Kittchen. Mr. Jason hat mir gestern zehn Tage aufgebrummt. Ich möchte diese Tatsache einer so charmanten Dame wie Ihnen nicht vorenthalten.«

Mrs. Sutherland mußte lachen. »Das stört mich nicht. Ich kenne alle Männer hier in der Gegend, und da ist nicht einer darunter, der nicht auch mal ins Gefängnis gehört hätte. Wenn Sie wieder frei sind, dann besuchen Sie mich doch mal. Ich werde dann Ihnen zu Ehren morden. Aber jetzt muß ich gehen. Auf Wiedersehen, allerseits.«

Sie lachte, drehte sich um und verließ die Schankstube. Ihr Schritt verriet, daß sie den größten Teil ihres Lebens auf dem Rükken der Pferde verbracht hatte.

6

Sergeant Marshall, der sowohl Verwaltungsbeamter als auch Polizist war, mußte feststellen, daß Inspektor Napoleon Bonaparte das reine Gegenteil von Sergeant Redman war.

Er zweifelte nicht daran, daß Sergeant Redman ein guter Kriminalbeamter war. Aber Redman hatte als Streifenbeamter in der Großstadt angefangen, hatte die Taktik im Kampf mit der Unterwelt von Grund auf gelernt, und später als Kriminalbeamter kämpfte er gegen denselben Feind. Hier im Busch aber war Sergeant Redman noch nicht einmal soviel wert wie Wachtmeister Gleeson, der immerhin in der Lage war, die Spur eines bestimmten Pferdes zu erkennen und ihr zu folgen. Gleeson konnte auch die Spur eines Hundes von der eines Fuchses unterscheiden.

Marshall hatte bisher noch nicht die Methoden von Inspektor

Bonaparte beobachten können, aber er hatte genügend über diesen Mann und seine Erfolge gehört. Er wunderte sich deshalb auch nicht, daß Bony als Farmarbeiter nach Merino gekommen war.

In ganz Merino würde wohl niemand auf die Idee kommen, daß dieser Mischling, der den Zaun der Polizeistation strich, ein berühmter Kriminalinspektor war, der den Mord an George Kendall aufklären wollte.

»Sie verwalten einen Bezirk, der rund neuntausend Quadratmeilen umfaßt«, hatte Bony an dem Morgen, der auf die Beerdigung gefolgt war, nach dem Frühstück gesagt. »Ein Bezirk, der nur von ungefähr hundertfünfzig Leuten bewohnt wird, von denen fast zwei Drittel hier in Merino leben. Vergleichen Sie mich mit einem Fischer. Ich werfe meine Netze aus und ziehe zu gegebener Zeit alle Leute ans Tageslicht, um sie näher anzuschauen. Alles harmlose Fische, aber darunter befindet sich ein Stachelrochen. Das ist keine aufregende Arbeit. Ich laufe nicht mit einer Pistole in der Tasche herum – das kommt bei mir nur selten vor. Wenn es nötig ist, daß geschossen wird, überlasse ich das den uniformierten Polizeibeamten. Ich kämpfe mit geistigen Waffen.«

Na schön! Und wann wird er nun mit seinen geistigen Waffen kämpfen? dachte Sergeant Marshall.

Er saß an seinem Schreibtisch und konnte durch das offene Fenster beobachten, wie Inspektor Bonaparte an der Straßenseite fröhlich pfeifend den Zaun anstrich. Als kurze Zeit später das Pfeifen verstummte, sah Marshall, daß seine Tochter Bony Gesellschaft leistete. Aber er konnte nicht verstehen, worüber die beiden sprachen, und so machte er sich an seine Arbeit.

»Guten Morgen, Bony!« sagte Rose Marie zu dem Maler.

»Guten Morgen, Rose Marie! Willst du zur Schule gehen?«

»Ja. Aber es ist noch sehr früh. Ich kann mich erst noch etwas mit Ihnen unterhalten, wenn Sie wollen.«

Bony klatschte mit dem Pinsel Farbe an den Zaun.

»Wie gefällt dir denn dieser Farbton?« fragte er.

»Ich hasse ihn.« Das kleine Mädchen betrachtete das helle Gelb. »Diese Farbe macht mich krank.«

»Mich macht sie müde, Rose Marie.«

Bony legte den Pinsel quer über den Farbtopf, setzte sich auf den Boden, lehnte sich gegen den ungestrichenen Zaun und drehte sich eine Zigarette. Das Mädchen nahm den Ranzen vom Rücken, legte ihn neben Bony auf den Boden und hockte sich darauf.

»Mutter hat gesagt, Sie sind der liebenswürdigste Mann, den sie je kennengelernt hat«, erzählte sie.

»Tatsächlich!«

»Ja. Ich habe es gehört, wie sie es zu Vater gesagt hat, als Sie gestern abend gegangen waren.«

»Oh! Wo warst du denn da?«

»Sie dachten, ich schlafe. Mein Zimmer liegt neben der Küche. Und wollen Sie wissen, was Vater über Sie gesagt hat?«

»Meinst du denn, daß ich es wissen sollte?«

»Ja, denn es war sehr nett. Ich würde es Ihnen nicht erzählen, wenn es etwas Schlechtes wäre.«

»Vielleicht wäre es besser, wenn du es mir gar nicht sagst. Sieh mal, vielleicht macht es mich nur eitel. Wie heißt eigentlich dein Lehrer?«

Bony beobachtete durch den Rauchschleier die dunklen Augen, die ihn voller Vertrauen betrachteten. Das kleine ovale Gesicht war noch nicht von der Sommersonne verbrannt.

»Mr. Gatehead«, erwiderte das Mädchen. »Er ist ein netter Mann, aber seine Frau ist nicht nett. Mrs. Moody sagt, daß Mrs. Gatehead eine nichtsnutzige Schlampe ist, und Mrs. Moody kapiert bis heute nicht, wie Mr. Gatehead Mrs. Gatehead hat heiraten können. Ich mag Miss Leylan. Sie ist unsere Handarbeitslehrerin. Sie ist mit einem Prediger verlobt, der in einem großen Lastwagen in Australien herumfährt. Miss Leylan meint, ich sei noch zu jung, um mich zu verlieben. Meinen Sie das auch?«

»Nein, Rose Marie, dazu sind wir nie zu jung – und auch nie zu alt.«

»Danke, Bony«, sagte sie feierlich. »Sehen Sie, eines Tages werde ich den jungen Mr. Jason heiraten. Er spart schon auf einen Buick, und dann werden wir von Mr. James getraut, und der junge Mr. Jason fährt mich geradewegs in Rose Maries Königreich.«

»Oh! Und wo liegt das?«

Die Schulglocke begann zu läuten, und die Kleine erhob sich. Während sie sich den Ranzen umschnallte, blickte sie auf Bony herab, und ihre Augen leuchteten.

»Versprechen Sie mir, es niemandem zu verraten?«

Er nickte.

»Kreuzen Sie die Finger, und versprechen Sie es laut!«

Bony gehorchte.

»Rose Maries Königreich ist dort, wo ich Königin sein werde und der junge Mr. Jason König.« Sie schien es auswendig gelernt zu haben. »Du folgst dem Neumond, bis er in der Glut der aufgehenden Sonne versinkt. Dort ist ein See aus flüssigem Gold und in der Mitte dieses Sees eine grüne Insel mit hohem Gras und blühenden Bäumen. Diese Insel ist das Königreich von Rose Marie, und sobald wir dort sind, werden alle Sterne vom Himmel fallen und in den Zweigen der Bäume hängenbleiben.«

»Ist das auch wahr?« fragte Bony.

»Ja, der junge Mr. Jason hat es mir erzählt. Gott, jetzt muß ich mich aber sputen! Es hat schon aufgehört zu läuten.«

»Versprichst du mir noch etwas, bevor du gehst?«

Sie kreuzte die Finger und nickte.

»Versprich mir, nie mehr das Wort ›Schlampe‹ in den Mund zu nehmen. Es ist ein scheußliches Wort.«

»Gut! Ich verspreche es, Bony. Auf Wiedersehen!«

Sie rannte davon, und ihre goldenen Zöpfe flogen.

Bony träumte gerade, wie schön es wäre, wenn er neben seinen drei Söhnen auch eine solche Tochter hätte, als ein Hund vor ihm stehenblieb und ihn anstarrte. »Guten Tag!« sagte er zu dem Hund.

Der Hund wackelte mit dem Schwanz. Es war ein großes Tier von unbestimmter Rasse, mit braunem Kopf, braunem Rücken und weißer Brust.

»Wie heißt du denn?« fragte Bony.

Der Hund schnupperte, aus seinen Augen wich jegliches Mißtrauen. Er kam näher, offensichtlich bereit, Freundschaft zu schließen.

»Komm, gib Pfötchen«, bat Bony, und der Hund hob gehorsam die rechte Vorderpfote. Als Bony die Pfote ergriff, sah er, daß ein Zehennagel fehlte.

Jemand pfiff schrill, der Hund machte sofort kehrt und verschwand in der Garagentür. Bony stand auf und strich weiter den Zaun an. Fünf Minuten später kam Mr. Jason aus der Garage.

»Guten Morgen, Burns«, sagte der Leichenbestatter und Friedensrichter und blieb vor Bony stehen. »Wie geht denn die Arbeit voran?«

»Gut, Mr. Jason. Aber es ist ein schrecklicher Farbton.«

»Da bin ich ganz Ihrer Meinung. Merino wird empört sein«, prophezeite Mr. Jason. »Wie der Barde von Stratford sagt: ›O welch schreckliche Nacht! So voller schrecklicher Gesichte, so voller gespenstischer Träume!‹ Ich beabsichtige, wegen dieser gräßlichen Farbe bei der Polizeidirektion schärfsten Protest einzulegen.«

Mr. Jason trug einen blauen Overall, der nicht recht zu Shakespeare passen wollte. Seine dunklen Augen hatten einen milden, fast väterlichen Ausdruck.

»Da gibt man sich alle Mühe, auch in den Busch etwas Schönheit zu bringen, aber nur wenige Menschen wissen das zu schätzen oder finden Freude an den Worten der großen Geister. Sie sollten viel lesen, Burns. Lesen Sie Shakespeare und Milton und Wordsworth. – Haben Sie eigentlich etwas Verdächtiges bemerkt beim Ableben des alten Bennett?«

»Äh – nein«, erwiderte Bony, überrascht durch diesen plötzlichen Themawechsel.

»Ich sah, wie Sie bei der Hütte des Alten nach Spuren gesucht haben«, erklärte Mr. Jason. »Sie haben gehört, was ich gestern gesagt habe – ich bin nicht überzeugt, daß er eines natürlichen Todes gestorben ist. Sie haben nicht zufällig irgendwelche ungewöhnliche Spuren gefunden? Ich nehme an, daß jemand den alten Bennett zu Tode erschreckt hat.«

»Aber warum sollte jemand dem alten Mann einen solchen Schreck einjagen?« gab Bony zu bedenken. »Er hatte doch keine Feinde, oder?«

»Ich weiß nicht. Aber ich habe das Gesicht des alten Mannes gesehen. Hatte der Sergeant Sie aufgefordert, mitzugehen?«

»Ja, er bat mich, ihn zu begleiten. Ich habe das Gelände rings um die Hütte abgesucht, aber ich konnte nichts Ungewöhnliches feststellen. Ich bin kein guter Tracker, lange nicht so gut wie die Eingeborenen.«

»Hm, das glaube ich gern. Also dann, ich will mir noch etwas Tabak kaufen. Guten Tag.«

Mr. Jason verschwand am unteren Ende der Straße in einem

Laden und kehrte auf der gegenüberliegenden Seite zurück. Zweimal blieb er stehen und unterhielt sich, einige Male wurde er auch angesprochen. Er sei ein heruntergekommener Schauspieler, hatte Rose Marie erzählt. Nun, Schauspieler mochte er gewesen sein, aber bestimmt nicht heruntergekommen, ganz gleich, in welchem Sinne man diesen Ausdruck verwendete. Bony war einmal zwei Monate lang in Westaustralien mit einem Viehtreiber zusammengewesen, der jedes Drama von Shakespeare wortgetreu rezitieren konnte, und er kannte einen anderen, der lange Passagen aus Balzacs ›Chagrinleder‹ aufzusagen vermochte.

Das Gewitter vom Vortage hatte überquellendes Leben zurückgelassen – stark wie der Duft von Lilien in einem stillen, von Nacht eingehüllten Garten, ein Elixier, das aus der regengetränkten Erde aufstieg. Ein paar Federwölkchen segelten über den türkisfarbenen Himmel, und selbst die Hitze wirkte milder. Und im Osten lag, wie das marmorne Monument einer untergegangenen Zivilisation, die Chinesische Mauer. Sie versetzte Bony in Unruhe, lockte ihn, einmal nachzuschauen, was auf der anderen Seite des gigantischen Sandwalls lag.

Um elf kam das Postauto aus Mildura. Es fuhr bis zum Postamt, wo die Postsachen ausgeladen wurden, dann wendete es und brachte die Passagiere zum Hotel.

Um zwölf wurde das Summen der Fliegen von den Stimmen der Kinder übertönt, die aus der Schule strömten. Rose Marie kam die Straße heraufgerannt, winkte Bony zu und sprang ins Haus.

Jeder grüßte Bony, der bei ihm vorbeikam. Einige blieben auch stehen und sprachen ein paar Worte mit dem fleißigen Maler, sprachen ihm ihr Mitgefühl aus, daß ausgerechnet er das Pech gehabt hatte, vom Sergeanten zum Streichen des Zaunes herangezogen worden zu sein.

Am Nachmittag kam Pfarrer Llewellyn James. Auch er begrüßte Bony.

»Guten Tag«, erwiderte Bony, richtete sich auf und drehte sich um. Er sah einen jungen Mann, der ihn mit seinen blaßblauen Augen intensiv musterte. Er trug keinen Hut, das braune Haar war zerzaust. Er hatte große, sehr weiße und sehr weiche Hände, und an dem angewinkelten Arm hing ein Spazierstock. Die graue Flanellhose und das schwarze Jackett unterstrichen noch sein weibliches Wesen.

»Ich habe zu meinem Bedauern von Ihrer Missetat und der dieserhalb verhängten Strafe gehört«, sagte er pathetisch mit deutlich Waliser Akzent. »Ich freue mich, daß Sie nun im hellen Sonnenschein ehrlicher Arbeit nachgehen, für die Sie Sergeant Marshall dankbar sein sollten. Wie heißen Sie?«

»Zunächst hätte ich gern gewußt, mit wem ich es eigentlich zu tun habe«, brummte Bony betont mürrisch.

»Ich bin Pfarrer James.«

Es klang hochmütig, und die blaßblauen Augen hatten einen harten Ausdruck angenommen. Bony wußte nun Bescheid und heuchelte Demut.

»Entschuldigung, Herr Pfarrer«, sagte er. »Mein Name ist Robert Burns. Ich bin fremd hier in der Gegend.«

Mr. James lächelte. »Sie sind aber wohl kein Nachfahre des großen schottischen Dichters? Ich vermisse bei Ihnen die kehlige Aussprache des Hochländers.«

»Ich bin in Australien geboren«, erklärte Bony. »Mein Vater war vielleicht ein Dichter, ich weiß es nicht. Ich wurde in einer Missionsstation in Nordqueensland aufgezogen, und wenn mich die Wanderlust packt, wandere ich durch Australien.«

Mr. James begann Fragen zu stellen, als ob er dazu berechtigt sei. Wie alt Bony sei, wollte er wissen, welche Erziehung er genossen habe, welche familiären Verpflichtungen er habe, und warum er sich hier im Südwesten von Neusüdwales aufhalte? Nach Bonys Religion fragte er allerdings nicht.

»Nun, Burns«, sagte er zum Schluß mit salbungsvoller Stimme, »denken Sie immer daran, daß Sie nicht in Ihre gegenwärtige Lage geraten wären, wenn Sie der Versuchung widerstanden hätten, Alkohol zu trinken. Haben Sie eigentlich schon eine Beschäftigung, wenn Sie Ihre Strafe abgesessen haben?«

Bony schüttelte traurig den Kopf.

»Dann werde ich mit Mr. Leylan sprechen. Er ist der Besitzer der Wattle Creek Station und ein sehr guter Freund von mir. Können Sie reiten?«

»Wenn das Pferd zahm ist, ja.«

»Gut! Nun, wir werden sehen. Und nun denken Sie über Ihre

Sünden nach, dann werden Sie am Ende noch einen Nutzen aus diesem Vorfall ziehen. Waren Sie nicht vorgestern zusammen mit Sergeant Marshall, Wachtmeister Gleeson und Doktor Scott in der Hütte des verstorbenen Mr. Bennett?«

»Ja, Herr Pastor, das stimmt.«

»Und warum sind Sie immer um die Hütte herumgelaufen, während die anderen drin waren?«

»Ich habe mich nur umgesehen, Herr Pastor.«

»Oh!« Mr. James betrachtete Robert Burns jetzt wohlwollend. »Und warum haben Sie sich umgesehen?«

»Nur so, Herr Pastor«, erwiderte Bony und blickte über die Schulter des Pfarrers. »Der Sergeant dachte, daß ich vielleicht Spuren finden könnte, weil ich doch ein Mischling bin. Der alte Herr hätte ja womöglich ermordet worden sein können.«

»Ah so, natürlich. Dann sind Sie ein Tracker?«

»Ach, ich bin nicht sehr gut – ich bin in keiner Hinsicht tüchtig.«

»Möglich, Burns, aber wir müssen uns Mühe geben, etwas aus unserem Leben zu machen.« Die Stimme des Pfarrers hatte einen singenden Tonfall angenommen. »Halten Sie sich stets auf dem rechten, leider so schmalen Pfad der Tugend. Ich werde Sie nicht vergessen. Vielleicht können wir sogar etwas aus Ihnen machen, denn ich sehe eine winzige Spur von Intelligenz in Ihrem Gesicht. Doch nun muß ich gehen. Ich wünsche Ihnen einen guten Tag.«

Über Bonys Gesicht huschte ein Lächeln.

»Guten Tag, Herr Pastor«, erwiderte er. »Ich werde über alles nachdenken, was Sie mir gesagt haben. Irgendwo habe ich gelesen: ›Ein Heiliger wird man nicht im Schlafe.‹«

Mr. James ging auf die Garage zu, doch plötzlich blickte er sich mißtrauisch nach dem Mischling um, der den Pinsel in den Farbtopf eintauchte. Offensichtlich wollte Mr. James noch etwas sagen, aber dann ging er weiter.

Bony begann mit mechanischen Bewegungen zu streichen. Seine Augen aber prägten sich die Fußspuren ein, die Pfarrer Llewellyn James in der weichen Erde des Fußwegs hinterlassen hatte.

7

Am siebten Tag seiner ›Gefangenschaft‹ schlug Bony vor, die Hütte am Sandy Flat zu besuchen, in der die Leiche von George Kendall gefunden worden war. Der Sergeant war nur zu gern einverstanden, denn er hatte schon länger hinter seinem Schreibtisch gesessen, als ihm lieb war.

Daß Bony erst nach sieben Tagen den Wunsch äußerte, den Schauplatz des Verbrechens zu besichtigen, empfand Sergeant Marshall – gelinde ausgedrückt – etwas seltsam. Aber immerhin hatte der Inspektor in diesen sieben Tagen nicht nur den Zaun angestrichen. Er hatte ausgiebig die Karten des Bezirks studiert, hatte sich die Lage der Farmen, der Straßen und Buschpfade, der Wasserstellen und Brunnen genau eingeprägt. Stundenlang hatte er über den Berichten von Sergeant Redman und über den Protokollen gebrütet. Nun kannte Bony fast jeden, der in Merino lebte.

Am fünften Dezember, kurz vor elf, fuhren sie mit dem Wagen des Sergeanten los. Mrs. Marshall hatte im Kofferraum einen Eßkorb und einen Teekessel verstaut. Es herrschte eine trockene Hitze, und es wäre unerträglich heiß gewesen, wenn nicht aus Westen eine leichte Brise geweht hätte.

»Ich verlasse mich sehr oft auf meine Intuition«, sagte Bony, als sie das Städtchen hinter sich gelassen hatten. »Zum Beispiel trügt mich mein Gefühl nie, wenn mein ältester Sohn wieder einmal eine finanzielle Unterstützung haben will.«

»Macht er sich gut?« fragte Marshall, der Flanellhose und Sporthemd trug. Er hoffte, auf dieser Fahrt Bony etwas näherzukommen und endlich ins Vertrauen gezogen zu werden.

»Sehr gut. Insgeheim bin ich stolz auf ihn. Und wenn mir mein Gefühl sagt, daß er wieder einmal ein Darlehen haben möchte, mache ich mich rasch aus dem Staub, damit ich ihm nicht weh tun muß, weil ich es ablehne. Was halten Sie eigentlich von Pfarrer James?«

»Nicht viel.« – »Wie meinen Sie das?«

Marshall löste für einen Moment seinen Blick von dem gewundenen Pfad und betrachtete Bonys Profil.

»Manchmal weiß ich nicht recht, ob Sie es ernst meinen oder ob

Sie mich nur auf den Arm nehmen wollen«, sagte er lachend. »Ich mag den Herrn Pfarrer eben nicht.«

»Dienstlich oder privat?«

»Privat natürlich. Warum heute morgen so spitzfindig?«

»Ich bin lediglich für exakte Begriffsbestimmung«, erwiderte Bony. »Und was halten die Leute von James?«

Der Sergeant zögerte.

»Um diese Frage zu beantworten, ist es wohl am besten, wenn ich einen Vergleich mit dem vorhergehenden Pfarrer ziehe«, meinte er schließlich. »James ist nun reichlich vier Jahre in Merino. Er kam acht Monate, nachdem der andere Pastor uns verlassen hatte. Sein Vorgänger war sehr beliebt. Er war ein älterer Mann, der Liebe und Respekt ausstrahlte. Sie wissen ja, was das Buschvolk von einem Pfarrer verlangt. Um mit dem Buschvolk gut auszukommen, muß ein Pfarrer nicht nur Geistlicher, sondern auch ein ganzer Kerl sein. James mag ein guter Geistlicher sein, aber er ist ein Waschlappen.«

»Sie scheinen nicht davon überzeugt zu sein, daß er ein guter Geistlicher ist?« bohrte Bony weiter.

»Ganz recht. Ich gehe nicht in die Kirche, aber meine Frau. Sie sagt, James sei immer noch besser als überhaupt kein Pastor, und außerdem würde das, was ihm mangelt, durch seine Frau wieder wettgemacht.«

»Oh!« Bony schwieg einige Sekunden. »Sie haben leider keine Zeit, Kriminologie zu studieren. Man glaubt, daß ein solches Studium für die Polizeibeamten unnötig sei. Ich habe einmal Statistiken über das Aussehen von Mördern zusammengestellt, und da ergab sich, daß ein außerordentlich hoher Prozentsatz von Mördern hellblaue Augen hat. Und James hat hellblaue Augen, wenn Sie sich erinnern.«

»He!« rief der Sergeant überrascht.

»Aber ziehen Sie deshalb keine voreiligen Schlüsse. Millionen Menschen haben hellblaue Augen, ohne in ihrem Leben jemanden umzubringen. Wir dürfen gegen Mr. James nicht voreingenommen sein. Ich erwähnte diese Tatsache nur nebenbei. Und dort drüben liegt also der Friedhof! Hm – er erzählt uns seine eigene Geschichte.«

»Was erzählt er denn?«

»Eine sehr einfache Geschichte, mein lieber Watson. Früher wurden die Leute dort drüben zu ihrer letzten Ruhe gebettet, doch dann kam das Auto, und die Kranken konnten schnell und bequem nach Mildura ins Krankenhaus gebracht werden. Nun wurden nur noch die Armen und diejenigen, die plötzlich starben oder durch einen Unfall ums Leben kamen, hier in Merino beerdigt. Habe ich recht?«

»Ja. Kendall war seit vielen Jahren der erste, der hier begraben wurde.«

»Es ist durchaus möglich, daß sehr bald noch jemand begraben wird.«

»Was!«

»Das ist nur meine Phantasie, Marshall. Sie geht manchmal mit mir durch. Hallo, da ist ja die Linkskurve!«

Anstatt auf der nach Norden führenden Straße weiterzufahren, hielt Marshall vor einem Gattertor, durch das ein schmaler Pfad nach Osten zur Chinesischen Mauer führte. Sie befanden sich jetzt zwei Meilen außerhalb von Merino, drei Meilen vom Herrenhaus der Wattle Creek Station entfernt, die an der nach Norden führenden Straße lag. Die riesige Barriere aus weißem Sand wirkte hier viel imposanter als von der Stadt aus, erhob sich über hundert Meter hoch wie die Rücken riesiger Wale. Nur spärlich wuchsen Zwergeichen, Blaubusch und Salzdornbusch auf der roten Erde, bis schließlich jegliche Vegetation aufhörte.

Bony stieg aus und öffnete das Tor des Drahtzaunes, dann trat er zurück und ließ den Wagen passieren. Seit dem Gewitter hatte kein Auto mehr diesen Pfad befahren, und die halb mit Sand gefüllte Fahrspur ließ Marshalls Wagen nur langsam vorankommen.

»Die Jasons sind ja beide – jeder auf seine Art – Originale, meinen Sie nicht auch?« bemerkte Bony.

»Allerdings«, antwortete der Sergeant kurz.

»Welcher von beiden ist eigentlich der Chef? Neulich kam ich in die Garage, und da hörte ich, wie der junge Mann zu seinem Vater sagte, er solle sich zum Teufel scheren. Der alte Jason stand gerade am Motor eines Lastwagens. Der Motor lief, und er starrte unter die geöffnete Kühlerhaube. Als ihn sein Sohn angebrüllt hatte, richtete sich der Alte lediglich auf und ging weg, nachdem er den Motor abgestellt hatte. Gesagt hat er nichts. Er hat seinen Sohn noch nicht einmal für die ungebührlichen Worte zurechtgewiesen.«

»Die beiden sind schon ein seltsames Gespann«, pflichtete Marshall bei. »Der Sohn ist Automechaniker, und zwar ein sehr guter, während der Alte sich um die Stellmacherei und die Sargschreinerei kümmert. Auf seine Art ist er ein ganz anständiger Kerl; denn er läßt sich eine Menge von seinem Sohn gefallen und trumpft nur selten auf. Wahrscheinlich tut ihm sein Sohn leid, weil er so verwachsen ist, und das nimmt ihm der Junge übel.«

»Woher kommen die beiden eigentlich?«

»Ich glaube, aus Bathurst.«

»Redman hat in seinem Bericht nicht angegeben, woher sie kommen, obwohl er sehr gegen den jungen Jason eingenommen ist. Das Vorleben aber ist oft sehr interessant. Viele Verbrechen beginnen nicht erst fünf Minuten vor der Tat. Die Wurzeln manchen Mordes liegen Generationen zurück, bis dann plötzlich jemand mit einem stumpfen Gegenstand zuschlägt.«

Die Landschaft veränderte sich nun rasch. Die Bäume wurden immer spärlicher, Wildgerste und Stachelgras wurden von Tussockgras abgelöst, diesem drahtigen und anscheinend nicht totzukriegenden Gras, das in den trockenen und unwirklichen Gegenden Australiens zu finden ist. Der rote Sand wurde schwerer, und dann endete ganz abrupt jegliche Vegetation. Der Sand, der bisher eine braun-rote Farbe hatte, war plötzlich schneeweiß, und auf diesem weißen Sandfundament erhob sich die Chinesische Mauer.

Vor ihnen stand eine Wellblechhütte, hundert Meter südlich davon ragten das Windrad und ein hohes Gerüst mit dem eisernen Wassertank empor. Von dieser Wasserstelle verliefen strahlenförmig die langen Reihen der Tröge.

Marshall hielt zwischen der Wellblechhütte und dem Fleischhaus an. Die Hütte besaß kein Fenster, lediglich durch eine Klappe in der Westwand konnte die Luft eindringen. Diese Klappe war jetzt geschlossen.

»Eine richtige Sommerfrische«, meinte Bony. »Wie man hier die saubere Luft, den Duft der Blumen, den Gesang der Vögel genießen kann . . . Steigen Sie noch nicht aus.«

»Ruhig ist es hier auf jeden Fall«, erwiderte Marshall und holte Pfeife und Tabak hervor.

»Wenn es nicht die Schmeißfliegen gäbe und die Krähen da oben auf der Chinesischen Mauer, würde man hier überhaupt kein Geräusch hören.« Bony nahm Tabak und Papier und drehte sich eine Zigarette. »Man kann es sich nicht vorstellen, daß an einem so friedlichen Ort jemand umgebracht werden könnte. Wie wahr ist doch das Wort: ›Das Böse kommt geritten, geht aber weg mit Schritten.‹ Noch nach Jahren wird man sich erzählen, daß hier ein Mord geschehen ist – vielleicht sogar zwei.«

Marshall hatte ein Streichholz angezündet, nahm aber die Pfeife noch nicht an den Mund.

»Wie war das?« brummte er.

»Was denn?« fragte Bony leise.

»Wie war das mit diesen zwei Morden?«

»Ach, ich ließ lediglich meiner Phantasie etwas die Zügel schießen. Doch Spaß beiseite. Beachten Sie, wie ich mich dieser Hütte nähere, und lernen Sie daraus – und dann denken Sie einmal daran, wie Sie und wie Redman mit seinen Leuten hierherkamen. Ich sitze bequem im Wagen und rauche eine Zigarette, während ich mir den Tatort ansehe –, und das Verbrechen geschah bereits vor mehreren Wochen. Nun lasse ich meiner Phantasie freien Lauf. Was aber haben Sie und Redman getan?«

»Nur zu, ich bin ein gelehriger Schüler«, brummte Marshall.

»Zunächst einmal kamen Sie mit Höchstgeschwindigkeit angebraust und bremsten scharf. Dann rissen Sie die Türen auf, sprangen aus dem Wagen, rannten schnurstracks in die Hütte, starrten auf die Leiche und die angeblichen Blutspuren und machten sich eine Menge Notizen. Ach – warum glauben die Menschen immer, daß man nur Erfolg hat, wenn man die Muskeln anstrengt?«

»So was!« murmelte Marshall. Er hatte seine Pfeife in Brand gesetzt und betrachtete seinen Begleiter, der den Tabakduft zu genießen schien.

»Hören Sie gut zu, Marshall, denn manchmal rede ich ganz vernünftiges Zeug«, fuhr Bony fort. »Diese Hütte ist kein Haus, auch keine Wohnung und kein Büro. Sandy Flat ist keine Stadt. Eine Morduntersuchung muß hier also völlig anders geführt werden. Nehmen wir einmal an, daß in dieser Hütte sich die Leiche eines Ermordeten befindet, und daß wir nun herausfinden wollen, wie er starb und wer ihn getötet hat. Nun würden Sie und Redman einfach in die Hütte gehen – anders vielleicht Gleeson, der ja mit dem

Busch vertraut ist. Sie würden die Lage der Leiche feststellen, sich die Einrichtung ansehen, denn das Innere dieses Blechmonstrums ist ja für Sie ein Raum. Sie würden nach einer Mordwaffe suchen und nach Fingerabdrücken, die der Mörder hinterlassen haben könnte. Nun – so ist es doch?«

Marshall nickte.

»Was aber tue ich?« Bony blickte den Sergeanten nachdenklich an. »Ich überlasse die Leiche einem uniformierten Polizeibeamten, und die Feststellung der Todesursache einem Arzt und dem Leichenbeschauer. Und den Experten überlasse ich die erkennungsdienstliche Bearbeitung. In einer Großstadt ist der Tatort von größter Wichtigkeit, denn dort handelt es sich um einen Raum, ein Büro, eine Wohnung. Und falls die Tat auf der Straße geschieht, handelt es sich ebenfalls um einen beschränkten Umkreis von wenigen Metern. Hier im Busch aber muß der Täter zunächst an den Tatort gelangen, und nach Begehung des Verbrechens muß er ihn wieder verlassen. Da der Täter keine Flügel hat, muß er laufen, und somit hinterläßt er auch Spuren, die ich erkennen kann. Für die Kriminalbeamten in der Stadt sind Fingerabdrücke wichtig – für mich aber die Fußspuren. Nun verstehen Sie vielleicht, warum mich die Umgebung eines Hauses oder einer Hütte viel mehr interessiert als das Innere. Nehmen wir einmal an, daß sich dort drüben in der Hütte eine Leiche befindet. Was bemerken wir von außen?«

Bony schnippte ein abgebranntes Streichholz in Richtung zur Hütte.

»Redmans Fotograf hat ein sehr gutes Bild von der Hütte geliefert«, fuhr er fort, »die Tür geschlossen, genau wie jetzt. Ich bin überzeugt, daß es lediglich einem glücklichen Zufall zu verdanken ist, wenn die Tür bei der Aufnahme geschlossen war. Auf jeden Fall zeigt das Foto die verblichene Zeichnung an der Tür, die wir noch jetzt sehen können. Was halten Sie eigentlich von dieser Kreidezeichnung?«

»Weiß nicht«, erwiderte Marshall. »Sieht fast aus wie dieses Spiel, das Florence manchmal mit ihrer Mutter spielt. Ich glaube, es heißt ›Nullen und Kreuze‹.«

»Richtig, Marshall. Ich nehme an, daß unser scharfsichtiger Redman der Ansicht ist, Kendall hätte in seiner Freizeit mit sich selbst ›Nullen und Kreuze‹ gespielt. Wahrscheinlich hielt er den

Mann für geistig beschränkt, weil er ja an einem derart einsamen Ort lebte. Was wieder beweist, wie absurd es ist, einen Stadtmenschen mit der Aufklärung eines Verbrechens im Busch zu beauftragen. Für Redman war es einfach unverständlich, daß ein Mensch die Einsamkeit lieben könnte. Redman erwähnt dieses Spiel ›Nullen und Kreuze‹ auch gar nicht. Für ihn bedeutet es nichts, aber mir schreit es entgegen, daß George Kendall bereits tot war, als man ihn zu dieser Hütte brachte.«

Marshall seufzte tief. Er fand diese Herumsitzerei ein wenig langweilig.

»Nur Geduld!« rief Bony. »Was sehen wir noch?«

»Sand. Nichts als verdammten Sand. Und hinten im Kofferraum warten der Eßkorb und der Teekessel.«

»Sehen Sie denn nicht die Spuren auf der Erde?« bohrte Bony weiter. »Sie werden sich erinnern, daß es nach der Beerdigung von Edward Bennett stark geregnet hat. Das war vor sechs Tagen. Es hat so stark geregnet, daß sich alle Vertiefungen mit Wasser füllten. Seitdem sind die Tiere zum Trinken nicht mehr an die Tröge gekommen. Es bestand auch kein Grund, daß jemand von der Schafstation herüberkam, um nachzusehen, ob die Tröge noch genügend Wasser gaben. Nur an zwei Tagen hat der Wind mit Stärke drei geweht, zuletzt gestern. Regen und Wind haben also diese Seite im Buche des Busches ausgelöscht. Aber nun schauen Sie hin. Obwohl alle Spuren ausgelöscht sein müßten, sind deutlich die Stiefeleindrücke eines Mannes zu erkennen. Er kam von Norden, ging am Rande der Sandfläche entlang. Nun können wir annehmen, daß er erstens von der Wattle Creek Station kam, daß er sich zweitens im Busch auskannte, und daß er drittens von der Existenz dieser Hütte wußte. Ist das klar?«

Der Sergeant runzelte die Stirn, schwieg aber.

»Der Mann erreichte die Hütte also an der Nordseite, ging zur Tür und trat ein. Ich wiederhole noch einmal: er ging hinein, schloß die Tür hinter sich – und kam bisher nicht mehr heraus.«

»Dann muß er also noch drin sein?« meinte Marshall.

»Natürlich. Die Spuren beweisen doch deutlich, daß er hineingegangen ist. Es ist aber nichts zu sehen, daß er auch wieder herauskam.«

»Hm, und was hat das zu bedeuten? Sie scheinen es doch bereits zu wissen.«

»Steigen wir aus.«

Sie verließen den Wagen, Bony trat ein paar Schritte zurück und rief Marshall heran. Der Sergeant zeigte nun großes Interesse.

»Sie sehen hier ein Werk von wundervoller Schönheit«, erklärte Bony mit einer weitausholenden Handbewegung. »Wie sich die Chinesische Mauer gegen den Himmel abhebt – das ist vollendete Schönheit, und ebenso die winzigen Rillen und Furchen im Sand. Alles ist wundervoll geschwungen, man sieht keine geraden Linien – lediglich bei der Hütte, bei dem Windmotor und dem Wassertank, die von Menschenhand geschaffen wurden. Selbst dieser Wasserlauf dort drüben schlängelt sich durch die Gegend. Man sollte also meinen, der Schöpfer sei nicht in der Lage, eine gerade Linie zu schaffen. Sehen Sie das Streichholz, das ich vorhin weggeworfen habe?«

»Ja.«

»Nun betrachten Sie einmal den Boden unmittelbar links daneben. Was sehen Sie?«

»Nichts. Der Boden ist glatt.«

»Ich sehe unmittelbar links neben dem Streichholz gerade Linien, ebenso hinter dem Streichholz und hier auf dieser Seite. Ich bin überzeugt, daß wir diese feinen geraden Linien auch in dem glatten Sand finden, wenn wir uns der Hütte nähern. Kommen Sie einmal mit zu dem Streichholz, dann werde ich Ihnen die hauchdünnen Linien zeigen.«

Bony hockte sich neben dem Streichholz nieder, und der Sergeant beugte sich vor. Mit dem Streichholz deutete Bony auf die Linien, die so fein waren, daß Marshall sie kaum erkennen konnte.

»Die Natur hinterläßt aber keine geraden Linien«, erklärte Bony, nachdem sie sich beide wieder aufgerichtet hatten. »Deshalb müssen diese Linien von einem Menschen herrühren. Und nun will ich Ihnen diese Seite im Buch des Busches vorlesen: Ein Mann kommt zu Fuß von der Wattle Creek Station zu dieser Hütte, tritt ein, kommt wieder heraus, schließt die Tür hinter sich und geht weg, wobei er allerdings seine Fußspuren sorgfältig mit ein paar Streifen Sackleinwand, die er an einen Stock gebunden hat, auslöscht. Warum niemand merken sollte, daß er wieder wegging, soll uns im Augenblick nicht beschäftigen. Zunächst wollen wir die Geschichte in einer anderen Fassung wiederholen: Ein Mann kam von der Wattle Creek Station, ging in die Hütte und kam nicht mehr heraus. Ein zweiter Mann folgte ihm, löschte aber seine Spuren aus, weil niemand wissen sollte, daß er hier war. Ich bin überzeugt, daß zwei Männer hier waren, und der eine ist noch in der Hütte.«

»Schön, dann wollen wir nachsehen«, meinte der Sergeant ungeduldig.

»Langsam!« murmelte Bony, und Marshall beobachtete, wie der Inspektor auf Zehenspitzen zu der geschlossenen Tür ging und die Fäuste ballte. Zwei Meter vor der Tür blieben die beiden Polizeibeamten stehen.

»Ich bin wirklich froh, daß mir der Fotograf vom Erkennungsdienst einen interessanten Fall beschert hat«, meinte Bony leise. »Der Mann, der so sorgfältig seine Spuren verwischt hat, war sehr darauf bedacht, die Spuren des anderen Mannes, der sich noch in der Hütte befindet, nicht zu zerstören. Sehen Sie! Er erreichte die Hütte an der Südostecke, oder er verließ sie dort, und er trat auch nicht auf die niedrige Stufe, wie der andere Mann. Wenn Sie jetzt die Tür öffnen, werden Sie eine Überraschung erleben, Sergeant.«

Sergeant Marshall stand jetzt sehr steif. Sein Gesicht war eine unbewegliche Maske.

»Ich glaube, ich rieche die Überraschung bereits«, sagte er eisig.

»Ich rieche sie schon seit einer halben Stunde. Wollen Sie die Tür öffnen, oder soll ich es tun?«

»Ich mache das schon – ich bin doch keine Memme«, brummte der Sergeant und langte nach dem Türgriff.

»Einen Augenblick! Vielleicht sind auf dem Türknopf Fingerabdrücke des Täters.«

»Natürlich«, knurrte Marshall. »Ich bin ein Narr.«

Er zog das Taschentuch heraus, legte es um den Türknopf und stieß die Tür auf.

Die beiden Polizeibeamten sahen zunächst ein Paar Stiefel, die ungefähr dreißig Zentimeter über dem Boden baumelten. Unwillkürlich fuhren die beiden Männer zurück, als sie die Hosenbeine zu dem alten blauen Hemd und das verzerrte Gesicht eines Mannes sahen, der an einem Querbalken hing.

Ein dichter Schwarm Schmeißfliegen schoß mit lautem Brummen durch die offene Tür ins Freie.

»Kennen Sie ihn?« fragte Bony ruhig.

»Nein. Ich habe ihn noch nie gesehen. Was glauben Sie – Mord oder Selbstmord?«

»Wegen dieses zweiten Mannes möchte ich auf Mord tippen. Vielleicht hat er bereits hier gelauert, als der arme Kerl ankam. Schade, daß die Hütte nicht größer ist, aber wir müssen hinein.«

Das Innere maß drei Meter mal drei Meter. Bony schob sich an dem Toten vorbei und öffnete die Klappe, die als Fenster diente, dann sah er sich um.

»Der Mann trat also in die Hütte«, sagte er. »Er warf sein Bündel auf die Pritsche und machte die beiden Lederriemen ab. Danach rückte er den Tisch unter den Querbalken, kletterte hinauf, machte aus dem einen Riemen eine Schlaufe und schnallte den zweiten als Verlängerung daran. Er befestigte den Riemen an dem Querbalken, legte sich die Schlaufe um den Hals und sprang vom Tisch. Warum aber schloß er die Tür, wenn er sich das Leben nehmen wollte? Und wenn er nicht die Absicht hatte, Selbstmord zu begehen, warum ging er dann nicht erst zum Brunnen? Er besitzt nämlich keinen Wasserbeutel.«

»Sie glauben also, er wurde erhängt?« fragte Marshall.

»Ja, ich glaube, er wurde erhängt. Und jetzt holen Sie Doktor Scott und Wachtmeister Gleeson. Wir wollen hier verschwinden!«

Bony machte die Fensterklappe wieder zu, dann verließen sie die Hütte, und er schloß die Tür.

»Soll ich nicht auch gleich die Abholung der Leiche in die Wege leiten?« schlug Marshall vor. »Die Jasons können das besorgen.«

»Moment – lieber nicht. Sprechen Sie in Merino mit keinem Wort über die Geschichte. Selbst Gleeson und dem Doktor sagen Sie erst Bescheid, wenn Sie die Stadt verlassen haben. Und ebenso sprechen Sie mit keiner Menschenseele über diese verwischten Spuren oder über das Spiel ›Nullen und Kreuze‹ an der Tür. Diese beiden Geheimnisse wollen wir mit niemandem teilen.«

8

Nach der kurzen Schrecksekunde, die der Entdeckung der Leiche gefolgt war, hatte sich Sergeant Marshall nun wieder in den kühlen, nüchternen Polizeibeamten verwandelt. Er marschierte zum Wagen zurück, fuhr über den weißen Sand davon, bis er zwischen den Büschen im Gehölz verschwunden war.

Auch Bony hatte sich verändert. Er bewegte sich nicht mehr lässig, wie es Sergeant Marshall an ihm gewohnt war, sondern geschmeidig, wie auf dem Sprung: eine Katze, die durch den Garten streift und plötzlich ihre Beute erblickt.

Er zog sein Taschenmesser heraus und schraubte den Türgriff ab. Glücklicherweise ließen sich die Schrauben leicht lösen. In der Ecke der Hütte hatte er eine alte Hose gesehen, und zum zweitenmal zwängte er sich an dem Toten vorbei. Als er wieder herauskam, wickelte er die beiden Teile des Türgriffs in die Hose und schob das Päckchen neben der Stufe unter die Hütte. Dann verkeilte er die Tür mit einem Holzstückchen. Zufrieden ging er hinüber zu dem Fleischhaus aus Bambusgras, betrachtete den Fleischschrank, dessen hohe Beine in mit Wasser gefüllten Marmeladeeimern standen, und hockte sich schließlich an die Südwand.

Die Mittagssonne stand hoch am Himmel, die Bambusgrashütte bot kaum Schatten. Doch Bony spürte die sengende Sonne nicht, sondern drehte sich mechanisch eine Zigarette. Er bemerkte auch die schwüle Stille nicht, die schwer auf der blendend weißen Sandfläche lastete. Dann hörte er in der Ferne einige Krähen lärmen.

Eine innere Unruhe hatte Bony erfaßt. Was er gerade erst Sergeant Marshall vorausgesagt hatte, trat nun ein: In Kürze würde wieder jemand auf dem Friedhof von Merino begraben werden. Wie eine Lüge die nächste, so zieht zwangsläufig ein Mord den nächsten nach sich. Nun wußte Bony ganz sicher, was er bereits vermutet hatte: der Mann, der Kendall getötet hatte, war nicht geflohen – er befand sich immer noch in der Nähe von Merino.

Bony erhob sich und schlenderte zu der Stelle, wo er mit dem Streichholz die unmerklichen Spuren der Sackstreifen nachgezogen hatte. Langsam folgte er diesen regelmäßigen Markierungen. Zunächst hatte der Mann mit dem Wedel fest aufgedrückt, um die tiefen Eindrücke seiner Schritte aufzufüllen, dann hatte er leicht darübergestrichen. Der Wedel hatte zwar den Sand glätten können, die schwachen Spuren konnte nur ein ganz erfahrener Tracker erkennen, aber es war dem Täter nicht gelungen, die feinen Sandwellen wiederherzustellen, die der Wind geschaffen hatte.

Er mußte dazu ziemlich viel Zeit benötigt haben, und außerdem Tageslicht. Kurz nach Tagesanbruch mußte es geschehen sein, nicht bereits am Vortage; denn dann hätte der Wind diese winzigen Spuren verweht. Schließlich blieb Bony dicht beim Brunnen stehen.

Die Spur führte weiter zu dem Windmotor und von dort zu dem Gerüst, auf dem der Wassertank stand. Eine eiserne Leiter führte hinauf zu der hölzernen Plattform, die sich ungefähr fünf Meter über dem Boden befand. Am Fuße der Leiter waren eine Menge Eindrücke zu erkennen, anscheinend hatte der Mann die Leiter bestiegen. Die Spur führte dann weiter nach Osten, auf die Chinesische Mauer zu. An ihrem Fuße, bei der ersten Sanddüne, hörten die Wischspuren auf, die Eindrücke der mit Sackleinen umwickelten Füße waren nun deutlich zu erkennen. Allerdings waren auch sie nicht leicht zu verfolgen, da die Sonne im Zenit stand und kaum Schatten warf.

In dem weichen feinen Sand waren die Eindrücke höchstens einen Millimeter tief, aber so groß wie von einem Elefantenfuß. Bony verfolgte sie zwischen niedrigen Dünen einen kleinen Wasserlauf entlang, bis er den ziemlich flachen Kamm der Chinesischen Mauer erreichte. Von hier aus führte die Spur direkt nach Osten über die weiße Sandebene. Bony blieb stehen und überlegte.

Die eisernen Dächer von Merino funkelten im Sonnenlicht. Dahinter dehnte sich das leicht ansteigende Land bis zum westlichen Horizont. Wie ein alter mottenzerfressener brauner Teppich lag der Busch da. Das Grün der Pfefferbäume entlang der Hauptstraße des Städtchens bildete einen scharfen Kontrast. Im Norden, am Rande der Sandebene, waren die Dächer der Wattle Creek Station zu erkennen. Das Windrad glitzerte im Sonnenschein. Zu Bonys Füßen aber lagen die Wellblechhütte und das Windrad von Sandy Flat. Im Süden, dicht bei der Chinesischen Mauer, waren die Dächer und das Windrad von Mrs. Sutherlands Schafstation zu sehen.

Man konnte sich kaum vorstellen, daß dieser gewaltige Sandwall nur vom Wind zusammengetragen worden war. Einige fünf bis zehn Meter hohe Sandsteinpfeiler ragten auf dem Kamm aus dem Sand. Diese Pfeiler deuteten darauf hin, daß die Chinesische Mauer durch eine Erdverschiebung entstanden war, daß dieser weiße Sand aus dem Erdinnern heraufgepreßt und dann vom Westwind von der ursprünglichen Stelle weggeschoben worden war.

Bony wandte sich nach Osten und folgte den fast unsichtbaren Spuren des Mannes, der seine Füße mit Säcken umwickelt hatte. In einiger Entfernung stritt sich laut lärmend eine aufgeregte Krähenschar. Bony konnte nicht erkennen, worum der Streit ging.

Die Spur des Mannes schien nicht zu der Stelle zu führen, an der die Krähen hockten. Als Bony sich aber schließlich ganz in der Nähe befand, ging er hinüber, um nachzusehen, was es da gab. Bei seinem Näherkommen flogen die Krähen ärgerlich krächzend auf.

In einer kleinen flachen Mulde lag ein Tierkadaver. Bony erkannte sofort den braun-weißen Hund des jungen Jason. Die Krähen hatten das Tier aufgerissen, aber die Lage des toten Hundes verriet eindeutig, daß er an einem vergifteten Köder gestorben war.

Bony blickte nachdenklich über den Sandwall, während die Krähen krächzend gegen sein Eindringen protestierten. Er sah nichts weiter als den Kamm der Chinesischen Mauer, der im Osten und Westen von dem blauen Himmel begrenzt wurde, sich nach Süd und Nord aber endlos ausdehnte. Wie riesige Walrücken schimmerten die Dünen schwach purpurn im strahlenden Sonnenlicht. Hinter den Sandsteinpfeilern konnte sich ein ganzes Regiment Feinde – aber auch ein einzelner Mann mit einem Gewehr verstecken.

Dicht bei dem Kadaver hatten die Krähen alle Spuren verwischt, aber einige Schritte weiter konnte Bony deutlich erkennen, woher der Hund gekommen war. Er fand die Stelle, an der das unglückliche Tier im Todeskampf gelegen hatte, und – etwas weiter – wo es vom ersten Krampf überrascht worden war. Bony verfolgte die Spur und fand die flachen Eindrücke des Mannes wieder, der Sandy Flat besucht hatte. Der Unbekannte war also vom Osten aus der Ebene gekommen, und der Hund war seiner Spur gefolgt.

Nun ergab sich die Frage: War dieser vergiftete Köder von einem Farmarbeiter ausgelegt worden, um einen Dingo zu vernichten, oder hatte ihn der Unbekannte fallen gelassen, um den Hund daran zu hindern, ihm weiter zu folgen und auf diese Weise die Aufmerksamkeit auf seine eigene Spur zu lenken, die er so sorgfältig hatte auslöschen wollen?

War dieser Mann der Eigentümer des Hundes? Das war möglich, aber nicht wahrscheinlich, denn Bony hatte beobachtet, wie dieser Hund verschiedenen Leuten nachgelaufen war.

Bony ging nun den deutlich sichtbaren Spuren des Hundes nach, und so gelangte er zur Ostseite der Chinesischen Mauer, also zu ihrer Leeseite, wo die Böschung steil abfiel.

Unten, am Fuße des Steilhangs, befanden sich einige harte Lehmflächen, die mehrere tausend Quadratmeter umfaßten, dann kam ein Streifen Land, der mit Rispengras bestanden war. Er war eine knappe Meile breit und grenzte an den dichten Mulgabusch.

Bony kräuselte die Lippen. Es war zwecklos, in dem Rispengras nach Spuren zu suchen. Das Gras war fast einen halben Meter hoch und so elastisch, daß es sich sogar innerhalb einer Stunde wieder aufgerichtet hätte, wenn ein Rhinozeros hindurchgestampft wäre.

Doch nachdem er nun wußte, von wo aus der Mann zur Hütte am Sandy Flat gekommen war, mußte er nur noch feststellen, in welcher Richtung er sie wieder verlassen hatte. Aber das war im Augenblick unwichtig. Der Unbekannte hatte sich zwar alle Mühe gegeben, den Eindruck zu erwecken, als habe der Unglückliche in der Hütte Selbstmord begangen, doch er hatte Inspektor Bonaparte nicht täuschen können.

Bony ging langsam nach Süden weiter und drehte sich eine Zigarette. Von hier aus waren die Sandsteinpfeiler nicht zu sehen. Bony blickte hinab zu einer riesigen Lehmkuhle, in der das Wasser fünf Zentimeter hoch stand, und er rutschte den Steilhang in dem nachrieselnden Sand nach unten, um nachzusehen, ob der Hund dort vielleicht gesoffen hatte. An der seichten Seite der Lehmkuhle waren die Spuren von Schafen zu erkennen, außerdem Spuren von zwei Dingos, vielen Vögeln und einigen Pferden. Der Hund, an dessen Vorderpfote ein Zehennagel fehlte, hatte nirgends eine Spur hinterlassen.

Bony kletterte wieder auf die Chinesische Mauer, ging in südlicher Richtung weiter, und nach ungefähr einer Meile traf er wieder auf die Spur des Unbekannten, der hier allein von der Westseite zurückgekehrt war.

Bony blickte zu den Krähen, die in der Ferne kleine schwarze Punkte bildeten.

»Es gibt Leute, die euch hassen«, murmelte er. »Ich hasse euch nicht. Wie oft habt ihr schwarzen Teufel mich schon auf eine wichtige Spur geführt. Hier hat sich jemand die allergrößte Mühe gegeben, keinerlei Spuren zu hinterlassen. Und hätte ich nicht die kaum wahrnehmbaren Spuren dieses Wedels bemerkt, hätte kein Mensch bezweifelt, daß der Tramp Selbstmord begangen hat.«

Bony ging nun in nordwestlicher Richtung weiter, so daß er unmittelbar oberhalb des Brunnens von Sandy Flat ankommen mußte.

Die Hütte lag noch ganz so da, wie er sie verlassen hatte. Von dem zurückkehrenden Wagen des Sergeanten war noch nichts zu sehen. Bony lehnte sich an einen Sandsteinpfeiler und drehte sich eine Zigarette. Nach zwei Minuten blickte er überrascht auf.

Ein Mädchen näherte sich auf einem grauen Pferd. Sie kam in einem leichten Galopp von Süden, und die Luft war so klar, daß man die Spuren des Pferdes noch auf einer Düne erkennen konnte, die eine Meile entfernt lag. Die Reiterin verschwand in einer Vertiefung, tauchte drei Minuten später bedeutend näher wieder auf. Offensichtlich ritt sie zum Herrenhaus der Wattle Creek Station.

Sie erblickte Bony, zügelte ihr Pferd und kam im Schritt näher. Er erhob sich, und das Mädchen sah voller Erstaunen, wie dieser Mann seinen Hut zog – was bei den australischen Männern nur selten vorkommt.

»Guten Morgen!« sagte Bony, fügte aber sofort hinzu: »Aber das kann man jetzt wohl nicht mehr gut sagen.« Er betrachtete seinen Schatten und die Stellung der Sonne. »Es ist ja bereits zwanzig Minuten nach zwei.«

Das Mädchen blickte unwillkürlich auf ihre Armbanduhr.

»Tatsächlich, es ist zwanzig nach zwei!« rief sie überrascht. »Guten Tag! Sie können aber gut schätzen.«

Über Bonys Gesicht glitt ein breites Lächeln, und er zeigte sein tadelloses Gebiß.

»Sind Sie heute schon weit geritten?«

Das Mädchen fand diese Frage durchaus nicht ungehörig. Sie

blickte ruhig auf den Mischling und erzählte ihm, daß sie schon am Morgen losgeritten sei, um nachzusehen, ob die Pferdeherde auch Wasser hatte. Bony schätzte das Mädchen auf Ende Zwanzig. Sie war schlank, eine ausgezeichnete Reiterin. Sie trug eine Khakireithose und eine Seidenbluse, das braune Haar war am Hinterkopf zu einem Knoten zusammengesteckt. Sie war nicht ausgesprochen hübsch, aber Bony hielt von Charakter und Persönlichkeit mehr als von äußerer Schönheit. Und dieses Mädchen war zweifellos eine Persönlichkeit.

Sie störte sich nicht daran, daß er eine dunkle Hautfarbe besaß und lediglich Farmarbeiter zu sein schien.

»Was machen Sie denn hier?« fragte sie mit deutlicher Verwunderung. »Zu Fuß, und kein Bündel! Haben Sie Ihr Pferd verloren?«

»Nein, ich habe meinen freien Tag und wollte mir mal diesen ungewöhnlichen Sandwall anschauen.«

»Ja, das lohnt sich schon. Wo arbeiten Sie denn?«

»Ich arbeite für den Repräsentanten Ihrer Majestät.«

»Was!«

Bony nickte ernst, und als er wieder aufblickte, lächelte er schelmisch. Jetzt erst schien sie zu bemerken, daß er kein Weißer war.

»Wissen Sie, ich habe drüben in Merino den Polizeibeamten beleidigt, und da hat mir Richter Jason zehn Tage aufgebrummt«, erklärte er. »Nun schlug mir besagter Polizeibeamter vor – wohlgemerkt: er schlug es vor und befahl es nicht etwa –, ich könne in dieser Zeit den Zaun der Polizeistation anstreichen. Dafür erhalte ich nun drei Mahlzeiten von Mrs. Marshall und zwei Schilling pro Tag, damit ich mir abends im Hotel die Kehle anfeuchten kann. Und weil ich heute die Hälfte meiner Strafe abgesessen habe, bat ich zur Feier des Tages um Urlaub. Ich drohte mit Streik, falls mein Wunsch nicht erfüllt würde.«

Das Mädchen warf den Kopf zurück und lachte schallend.

»Die Drohung, seine Polizeistation nur halb gestrichen zu bekommen, genügte Sergeant Marshall«, fuhr Bony fort. »Sie würden das verstehen, falls Sie die scheußliche neue gelbe Farbe über dem alten blauen Anstrich sehen könnten.«

»Ich habe schon von Ihnen gehört«, sagte sie, plötzlich wieder ernst. »Mr. James, der Pastor, sprach mit meinem Bruder über Sie.

Er fragte meinen Bruder, ob er Sie nach Ihrer Entlassung nicht beschäftigen könnte.«

»Dann sind Sie Miss Leylan?«

»Ja. Und wie heißen Sie?«

»Robert Burns. Aus einem mir unerfindlichen Grund nennen mich meine Freunde Bony. Mir ist dieser Name auch lieber. Ich brauche mich dann nicht erst lange herumzustreiten, wenn ich zufällig einen Schotten treffe.«

»Sie haben eine sehr gepflegte Aussprache, Bony. Haben Sie eine gute Schulbildung?«

»Mein Vater gab mir eine anständige Ausbildung«, erwiderte Bony ernst. »Glauben Sie, daß mir Ihr Bruder auch einen anständigen Job gibt?«

»Sicher. Ich weiß zwar nicht, was er mit Mr. James besprochen hat. Der Pastor erwähnte nichts davon, als ich ihn heute morgen traf.«

»Sie sahen ihn heute morgen?«

»O ja. Ich traf ihn östlich von der Chinesischen Mauer, kurz bevor ich unsere Pferde fand. Der Pastor hatte sein Pferd so scharf geritten, daß es völlig in Schweiß gebadet war. Er mußte es mit einem Stück Sackleinen abreiben. Meines Erachtens hat er das Tier in die Stadt zurückführen müssen, so erschöpft war es.«

»Soviel ich gehört habe, ist er mit Ihrem Bruder sehr gut befreundet.«

Sie lachte erneut, und erst viel später wurde sie sich bewußt, wie schnell dieser Fremde sie aus ihrer üblichen Zurückhaltung herausgelockt hatte.

»Das stimmt nicht ganz. Mein Bruder sagt immer, wenn er den Pastor sieht, juckt es ihm in der Stiefelspitze. Aber wir mögen seine Frau sehr gern. Sie ist eine prächtige Frau. So, und nun muß ich mich auf den Weg machen. Auf Wiedersehen.«

»Auf Wiedersehen, Miss Leylan. Übrigens – legen Ihre Leute auf der Chinesischen Mauer vergiftete Köder aus?«

»Nein. Warum?«

»Da drüben liegt ein toter Hund, und ich dachte, er hätte vielleicht einen solchen Köder gefressen.«

»Tatsächlich!« Sie wandte sich im Sattel um und blickte in die angegebene Richtung. »Ich werde hinüberreiten und mir den Hund einmal anschauen.«

»Ich habe ihn schon früher gesehen, er ist aus der Stadt.«

Sie wendete das Pferd, winkte Bony zu und ritt davon. Er blickte ihr nach, doch dann sah er in Richtung Merino die Staubfahne eines Autos aufsteigen.

»Hm!« murmelte er. »Heute morgen hat also Pastor James sein in Schweiß gebadetes Pferd mit einem Stück Sackleinen abgerieben. Und Mr. Leylan ist gar nicht so eng mit ihm befreundet. Interessant!«

9

Dr. Malcolm Scott war klein, untersetzt und sechzig Jahre alt. Er hatte weißes Haar und eine frische Gesichtsfarbe. Niemand wußte, warum er sich ausgerechnet in Merino niedergelassen hatte, und er sprach auch nie darüber. Er war ganz einfach aufgetaucht, hatte sich neben der Bank ein komfortables Haus bauen lassen und genoß seitdem das Leben auf seine Weise. Außerdem kurierte er die kleinen Wehwehchen der überaus gesunden Bevölkerung.

Dr. Scott wurde der aktivste Bürger des Städtchens. Er kannte jeden und wußte über alle Bescheid, und obwohl er mit den Leuten auf vertrautem Fuß stand, hielt er doch einen gewissen Abstand.

Als der Sergeant in Merino eintraf, war der Doktor gerade nicht zu Hause. Marshall mußte eine Stunde warten, und die Geduld von Wachtmeister Gleeson wurde auf eine harte Probe gestellt. Als die drei endlich in Sandy Flat ankamen, saß Bony auf der Stufe vor der Hütte.

»Ich hoffe, Sie haben den Eßkorb und den Teekessel wieder mitgebracht«, sagte er, als die drei ausstiegen. »Ich kriege langsam Hunger.«

»Der Magen! Alles dreht sich um den Magen!« knurrte der Doktor ärgerlich. »Können Sie Ihren Magen nicht einmal vergessen und sich statt dessen lieber freuen, daß Sie gesund sind? Und außerdem – wie kann man hier ans Essen denken! Also, wo ist die Leiche?«

Bony erhob sich mit ernstem Gesicht, und bevor er die Tür aufstieß, sagte er: »Sie erwartet Sie.«

Dr. Scott betrachtete den Toten durch seine Nickelbrille.

»Was halten Sie davon, Marshall?« fragte er.

»Ich weiß nicht recht«, erwiderte der Sergeant ausweichend. »Besser, wir gehen hinein. Gleeson, schauen Sie sich gut an, wie die beiden Riemen miteinander verbunden und oben an dem Querbalken befestigt wurden. Sehen Sie sich auch die übrige Einrichtung des Raumes an. Ich mache erst mal die Klappe auf.«

Bony betrat die Hütte nicht. Er hörte noch, wie Marshall seinen Wachtmeister anwies, den Toten zu fotografieren, dann ging er zum Wagen und holte den Eßkorb und den Teekessel aus dem Kofferraum.

»Haben Sie den Mann schon mal gesehen, Gleeson?«

»Nein, Sergeant.«

»Wie alt mag er sein, Doktor?«

»Ungefähr fünfzig.«

»Augenfarbe?«

»Braun. Haar grau – war früher dunkelbraun.«

»Können Sie besondere Kennzeichen sehen?«

»Ja. Das erste Glied des kleinen Fingers der rechten Hand fehlt.«

»Danke. Um den Inhalt seines Bündels kümmern wir uns später, Gleeson. Aber noch etwas: Seit Wochen wurde hier kein Feuer angezündet. Er hat nicht einmal etwas gegessen. Er kann sich also nicht lange aufgehalten haben. Sollen wir ihn herunterholen, Doktor?«

»Ja, Gleeson, holen Sie bitte meine Tasche aus dem Wagen. Anschließend brauchen wir etwas heißes Wasser – und viel Seife! Da drüben auf dem Regal sehe ich einen halben Riegel.«

Zehn Minuten später hörten sie Bonys Stimme: »Essen fertig!«

Marshall, der an der Tür stand, drehte sich um und sah, daß Inspektor Bonaparte im Schatten des Wassertanks ein Feuer angezündet hatte. Der Eßkorb stand neben dem dampfenden Teekessel, und neben dem Feuer warteten zwei Benzinkannen mit heißem Wasser.

»Mögen Sie jetzt einen Schluck Tee, Doktor?« fragte der Sergeant über die Schulter hinweg.

»Jetzt trinke ich alles!« brummte Dr. Scott. »Puh! Ekliges Geschäft. Verschwinden wir hier.«

Sie waren dankbar für die zwar heiße, aber frische Luft, und der Sergeant klemmte die Tür zu. Als sie zum Wassertank gingen, hatten sie das Gefühl, einem widerlichen Verlies entkommen zu sein.

»Gentlemen, das Essen ist serviert«, rief Bony ihnen entgegen, und seltsamerweise spürten sie bei dem fröhlichen Klang seiner Stimme eine Art Erleichterung. »Da ist eine Waschschüssel, ich habe sie aus der Hütte geholt. Leider habe ich die Seife vergessen, Marshall. Handtücher gibt es allerdings keine.«

Dr. Scott starrte ihn an.

»Habe Sie doch schon mal gesehen«, brummte er mürrisch. »Teufel, jetzt erinnere ich mich. Sie sind der Bursche, der den Zaun der Polizeistation streicht. Die Farbe macht mich krank, wenn ich nur hinsehe.«

»Rose Marie wird auch jedesmal krank davon«, pflichtete Bony ihm bei.

Fünfzehn Minuten später hatten sich die drei Männer gründlich gewaschen und nahmen auf dem Boden Platz, wo Bony den Inhalt des Eßkorbes ausgebreitet hatte.

»Diese Porzellantasse für Sie, Doktor«, sagte er. »Und die andere Tasse für Sie, Sergeant. Ich werde zusammen mit Gleeson aus diesen Blechnäpfen trinken. Keine Angst, Gleeson – sie sind Eigentum der Schafstation, und ich habe sie gründlich mit heißem Wasser und Sand gereinigt. – Welch ein herrlicher Tag!«

Jedesmal, wenn sich der Doktor später daran erinnerte, wie Bony ihm lächelnd eine Tasse Tee gereicht hatte, überkam ihn das peinliche Gefühl eines Gastes, der den Hausherrn für den Butler gehalten hatte.

»Sie können die Leichenschau für morgen ansetzen«, sagte der Doktor zu Sergeant Marshall. »Scheint ein ganz glatter Fall zu sein.«

»Das wird von meinem Vorgesetzten abhängen«, wich Marshall aus.

»Ihrem Vorgesetzten?«

»Gestatten Sie, daß ich mich einmische«, meinte Bony ruhig. »Ich möchte Sie ins Vertrauen ziehen, Doktor, denn ich brauche Ihre Mitarbeit. Ich bin Inspektor bei der Kriminalpolizei von

Queensland und soll den Mord an George Kendall aufklären. Mein Name ist Napoleon Bonaparte.«

»Was ist das?« rief der Arzt überrascht.

»Ich heiße tatsächlich so. Ein Sandwich? Ich habe Ihr Vorleben nachgeprüft, Doktor, und deshalb kann ich Sie ins Vertrauen ziehen, obwohl die Angelegenheit streng geheim ist. Achtundzwanzig Jahre lang praktizierten Sie in Sydney, wo Sie sehr bekannt waren und in einem guten Ruf standen. Vor zehn Jahren kamen Sie aus persönlichen Gründen nach Merino. Sie beschäftigen sich hauptsächlich mit Biochemie. Und vor allem: Sie sind der Polizei von Merino sehr gut bekannt.«

Dr. Scott war wie vor den Kopf geschlagen. Er hielt die Tasse in Höhe des Kinns und starrte Bony aus weitaufgerissenen Augen an.

»Es ist eine Unverschämtheit, mein Vorleben zu überprüfen, als ob ich ein Verbrecher wäre!« brüllte er plötzlich los, und sein Gesicht lief puterrot an. »Warum ich nach Merino gekommen bin, geht niemand etwas an! Und womit ich mich beschäftige, ebenfalls nicht. Von meinen finanziellen Angelegenheiten ganz zu schweigen. Lassen Sie sich das gesagt sein . . .!«

»Ich mußte doch sichergehen, ob ich Sie um Unterstützung bitten konnte«, unterbrach Bony. »Sie werden den Grund für diese Vorsichtsmaßnahme durchaus verstehen. Außerdem werden Sie Dinge erfahren, die Sie als Wissenschaftler gewiß außerordentlich interessieren dürften.«

»Na schön. Ich bin durchaus für Recht und Ordnung.«

»Gut! Noch ein Sandwich? Wie steht es mit Ihnen, Sergeant? Gleeson?«

Eine Weile aßen sie schweigend. Die drei Männer aus Merino warteten offensichtlich darauf, daß der Mischling weitersprach, der so sehr um ihr leibliches Wohl besorgt war. Dr. Scott war immer noch verärgert, und außerdem mußte er erst die überraschende Neuigkeit verdauen. Marshall schien froh zu sein, nicht die Verantwortung tragen zu müssen, während Gleeson anscheinend überhaupt nichts zu erschüttern vermochte.

»Offensichtlich lebt in diesem Bezirk ein rücksichtsloser Mörder«, fuhr Bony schließlich fort. »Es handelt sich nicht um einen wütenden Ehemann, der seine ewig nörgelnde Frau im Streit erschlägt, und es ist auch kein hirnloser Wegelagerer, der in der Dunkelheit jemandem auflauert. Wäre ich nicht überzeugt, daß Kendalls Mörder intelligent ist, hätte ich den Fall gar nicht übernommen. Übrigens wurde Kendall nicht in dieser Hütte ermordet, auch wenn alles darauf hindeutet.«

»Aber ich habe doch gesehen, wie der Tote in seinem Blut lag«, widersprach Dr. Scott, und Gleeson schien zu erstarren.

»Ja, das ist mir bekannt. Aber ich weiß mit absoluter Sicherheit, daß Kendall nicht in dieser Hütte ermordet wurde. Man hat seine Leiche hineingelegt und mit Blut übergossen, damit es so aussah, als sei er in der Hütte umgebracht worden. Wahrscheinlich war es Schafsblut. Wo er ermordet wurde, weiß ich jetzt noch nicht, und ich muß auch das Motiv noch herausfinden. Warum aber wollte der Täter unbedingt, daß die Polizei glaubte, der Mord sei in der Hütte geschehen? Können Sie auch jetzt noch das eingetrocknete Blut auf dem Boden der Hütte analysieren, Doktor?«

»Ich weiß nicht«, erwiderte der Arzt. »Ich will es versuchen.«

»Besten Dank. Wenn es Ihnen gelingt, werden auch Ihre letzten Zweifel beseitigt sein. Doch nun zu Edward Bennett. Er war Ihr Patient, Doktor. Erzählen Sie doch mal, was Sie über ihn wissen – vom ärztlichen Standpunkt.«

Dr. Scott reichte sein Etui herum, das mit teuren Zigaretten gefüllt war.

»Der alte Bennett war mein erster Patient hier in Merino. Sein Herz war nicht in bester Verfassung, und ich riet ihm, sich nicht zu überanstrengen. Aber Leute wie er schonen sich ja nie. Erst eine Woche, bevor er starb, riet ich ihm, nur noch die Hälfte zu trinken.«

»Als man ihn fand, lag er hinter der Haustür«, fuhr Bony fort. »Ihrer Schätzung nach starb er im Laufe der Nacht. Wäre es möglich, daß der alte Bennett vor Schreck gestorben ist, als er die Haustür geöffnet hat?«

»Durchaus möglich. Seit Jahren wandelte Bennett ja am Rande des Grabes.«

»In Merino wußten natürlich eine Menge Leute über seinen Zustand Bescheid?«

»Ja. Ich habe selbst dafür gesorgt, daß es alle erfuhren.«

»Wollen Sie damit andeuten, daß jemand absichtlich den alten

Bennett zu Tode erschreckt hat?« fragte Gleeson, und seine Augen bildeten schmale Schlitze.

»Lassen wir das zunächst, Gleeson, und konzentrieren wir uns statt dessen auf die Möglichkeit, daß Bennett vor Schreck starb und nicht an einem normalen Herztod«, entgegnete Bony.

»Solange mir keine anderen Tatsachen bekannt sind, bleibe ich dabei, daß Bennett an Angina pectoris gestorben ist«, argumentierte der Doktor. »Ich glaube, ich kann mich sehr gut in seine Lage versetzen. Während der Nacht bekam er einen Herzanfall, er zündete die Lampe auf dem Nachttisch an und schluckte zwei Tabletten. Später verschlimmerte sich sein Zustand, und da entschloß er sich, Hilfe zu holen – bei mir oder bei seiner Tochter. Er kam bis zur Tür, dann ereilte ihn der Tod.«

»Wenn es so wäre«, widersprach Bony, »würde er dann nicht einen Mantel über seinen Pyjama gezogen haben? Es war doch nicht sehr warm in dieser Nacht. Er hatte ja nicht einmal die Hausschuhe angezogen, die er ordentlich neben das Bett gestellt hatte, als er schlafen ging.

»Gewiß, das stimmt alles«, mußte Dr. Scott zugeben. »Aber bei einem Anfall von Angina pectoris –«

»Das Gesicht des Toten sah auch ganz so aus, als sei er gewaltig erschrocken«, warf Gleeson ein.

»Diesen Gesichtsausdruck führe ich auf die Agonie zurück«, widersprach der Doktor. »Leute, die an Angina pectoris sterben, haben im allgemeinen keinen leichten Tod. Trotzdem will ich den Gedanken nicht von der Hand weisen, daß der alte Bennett einen Schock erlebte, der das Herz aussetzen ließ. Daß ein Versagen des Herzens die Todesursache war, steht zweifelsfrei fest.«

Gleeson blickte kurz seinen Sergeanten an. Seine Augen bildeten immer noch schmale Schlitze, sein Gesicht war eine unbewegliche Maske.

»Nehmen wir also an, daß der Hauptgrund für Bennetts Tod ein gewaltiger Schreck war«, sagte er. »Hat ihm nun jemand absichtlich oder unabsichtlich einen Schreck versetzt? Ich erinnere mich, daß der alte Mann den bunten Abend besucht hatte. Er ging zeitig, und später wurde er noch einmal gesehen – da hatte er Kendalls Jacke über dem Arm, als der sich mit dem jungen Jason prügelte.«

»Anscheinend spielen Sie mit dem Gedanken, daß Kendalls Mörder später absichtlich den alten Bennett zu Tode erschreckte«, meinte Bony. »Das wäre möglich. Und wenn es so wäre, dann sollten wir nicht zu rasch überzeugt sein, daß der Tramp dort drüben Selbstmord begangen hat.«

»Es war Selbstmord«, fuhr der Doktor auf. »Man ermordet doch niemand, indem man ihn aufhängt.«

»Warum nicht?« fragte Gleeson bissig.

»Warum nicht!« echote Dr. Scott. »Zum Teufel, woher soll ich das wissen? Warum sollte jemand einen Mann aufhängen? Warum sollte er ihn nicht lieber mit einer Eisenstange niederschlagen, ihn erstechen oder erschießen?«

»Angenommen, er wurde durch einen Schlag auf den Kopf betäubt?« bohrte Gleeson hartnäckig weiter. »Entschuldigen Sie, Doktor, aber es ist doch nur eine Vermutung von Ihnen, daß er sich erhängt hat. Sie haben sich doch seinen Kopf noch gar nicht angesehen.«

»Auch sein Mageninhalt wurde noch nicht untersucht«, fügte Bony hinzu. »Er könnte auch vergiftet worden sein, bevor er aufgehängt wurde.«

»Phantastereien!« knurrte der Arzt.

»Vielleicht«, meinte der Wachtmeister. »Sie könnten es ohne weiteres als Phantasterei abtun, wenn Kendall nicht umgebracht worden wäre. Falls Inspektor Bonaparte recht hat, daß Kendalls Leiche hierhergebracht worden ist – obwohl es mir schleierhaft ist, wieso der Inspektor das wissen will –, dann wäre es durchaus möglich, daß es sich jetzt nicht um Selbstmord handelt.« Er wandte sich an Bony. »Haben Sie eigentlich schon nach Spuren gesucht?«

»Ja, Gleeson. Es sind lediglich die zu sehen, die dieser Tramp hinterlassen hat, als er zur Hütte ging.« Bony bemerkte, wie Marshall verwundert blinzelte. »Diese Spur zeigt, daß der Mann von der Wattle Creek Station am Fuße der Chinesischen Mauer entlangkam. Diese Spuren da oben im Sand stammen von mir. Ich war dort oben, weil ich nachsehen wollte, warum die Krähen so aufgeregt sind. Sie haben den Hund vom jungen Jason gefunden. Er hat einen vergifteten Köder gefressen.«

Zum erstenmal verriet Gleesons Gesicht eine Regung. Anscheinend hatte er die Bestätigung seiner Gedanken erhalten.

»Der braun-weiße Hund vom jungen Jason?« fragte Marshall.

»Was sollte dieser Hund hier oben suchen?« meinte der Doktor.

»Vielleicht ist er seinem Herrn gefolgt?« erwiderte Gleeson.

»Oder dem Vater vom jungen Jason, oder dem Fleischer, oder dem Pfarrer, oder Rose Marie«, sagte Bony lächelnd. »Ich habe beobachtet, daß dieser Hund praktisch allen Leuten nachgelaufen ist.«

»Stimmt«, bestätigte Marshall.

»Er muß aber jemandem gefolgt sein«, beharrte Gleeson.

»Dann hätte ich doch die Fußspuren sehen müssen«, erklärte Bony. »Ich schlage vor, daß Sie hierbleiben, während ich mit Marshall hinüber zur Schafstation fahre und Erkundigungen über den Toten einziehe. In der Zwischenzeit können Sie ja nach Spuren suchen. Vielleicht habe ich sie übersehen. Und Sie, Doktor, sollten sich den Toten noch einmal anschauen unter den Gesichtspunkten, die wir diskutiert haben. Glauben Sie, daß Sie Ihr Gutachten bis morgen vormittag zur gerichtlichen Untersuchung fertig haben könnten? Der öffentlichen Leichenschau steht doch nichts im Wege, Marshall?«

Sowohl der Arzt als auch der Sergeant pflichteten bei, daß die Leichenschau am anderen Morgen stattfinden könne.

»Wenn der alte Bennett vor Angst starb, und wenn dieser Tramp da drüben zuerst umgebracht und dann aufgehängt wurde, und wenn schließlich Kendalls Leiche vom Tatort zur Hütte gebracht wurde – dann können wir annehmen, daß in diesem Bezirk ein erstklassiger Mörder lebt.« Bonys Gesicht strahlte förmlich. »Wissen Sie, Gentlemen, langsam macht mir dieser Fall Spaß. Die Frage nach dem Täter wird immer interessanter. Nun, Doktor, wer könnte denn Ihrer Meinung nach der Täter sein?«

»Pastor James«, erwiderte der Arzt ohne Zögern.

»Du lieber Gott!« rief Bony leise.

»Er ist ein Heuchler und ein Simulant, und obendrein ein Schwindler. Behauptet, ein schwaches Herz zu haben, aber er ist viel zu schlau, sich von mir untersuchen zu lassen! Den lieben langen Tag sitzt er auf der Veranda und liest Bücher, während sich seine Frau abrackert. Er ist kräftig wie ein junger Stier und könnte diesen Mann da drüben mit Leichtigkeit aufgehängt haben.«

Bony lachte und wandte sich an Sergeant Marshall.

»Na, und auf wen tippen Sie?«

»Nur gut, daß unsere Vermutungen in keinem Protokoll festgehalten werden«, brummte Marshall. »Ich glaube, ich setze auf Massey Leylan. Er ist jung und kräftig, und er ist sehr jähzornig.«

»Für mich gibt es kaum einen Zweifel«, meinte Gleeson, als Bony auch ihn fragte. »Die Indizien deuten auf den jungen Jason. Sergeant Redman hatte ihn auch schon in Verdacht. Ein mürrischer, unleidlicher Bursche. Trotz seiner Verunstaltung ist er bärenstark.«

»Nun haben wir also drei Verdächtige.« Bony lächelte. »In Zukunft werde ich mich ganz besonders für diese drei interessieren.«

Gleeson fragte Bony, wer denn seiner Meinung nach der Täter sei, doch Bony zuckte die Achseln.

»Ich spiele hier eine derart wichtige Rolle, daß ich es gar nicht wagen kann, einen Verdacht zu äußern«, antwortete er. »Wenn ich Jason senior, den Wirt vom Hotel, den Fleischer oder selbst Sie nennen würde, Gleeson, dann wären Sie sofort gegen die genannte Person voreingenommen. Aber wenn mir jemand besonders verdächtig vorkommt, dann ist es Mrs. Sutherland. Als sie mich einlud, versprach sie mir nämlich, mir zu Ehren zu morden.«

Die Männer mußten lachen.

»Das sagt sie immer, wenn sie jemanden einlädt«, meinte Marshall. »Natürlich bedeutet das lediglich, daß sie schlachten will.«

»Das hatte ich auch angenommen«, sagte Bony. »Und jetzt machen wir uns auf den Weg zur Wattle Creek Station. Von dort aus können Sie ja Jason anrufen, Marshall, damit er die Leiche abholt. Ich unterhalte mich inzwischen mit dem Koch. Kommen Sie mit, Doktor?«

»Nein. Ich bleibe hier und sehe mir den Toten noch mal an.«

10

Erpresser-Sam hätte wohl beim Film nie eine Rolle als jugendlicher Liebhaber erhalten, aber als Koch war er unübertrefflich – falls er sich Mühe gab. Sein Ruf erstreckte sich von der Quelle bis zur Mündung des Darling River, und kein Schafzüchter würde es wagen, ihn zu verärgern. Denn beim geringsten Anlaß verlangte ein erstklassiger Koch seinen Lohn und verschwand in der nächsten Kneipe.

Sams Brot und seine Hefezöpfe waren köstlich, und seine Torten waren ein Gaumenkitzel für die Männer, die so lange klitschiges Brot und mit Sand vermischtes Hammelstew gewöhnt waren.

Das Ereignis, das Erpresser-Sam zu seinem Spitznamen verholfen hatte, wird verschieden dargestellt. Die glaubwürdigste Version ist wohl die, wonach er eines Tages einen Schafzüchter um seinen Lohn bat. Er erhielt zur Antwort, es sei leider kein Geld da. Daraufhin soll Sam auf seine zarte Art angedeutet haben, daß er – falls er nicht binnen dreißig Minuten sein Geld habe – der Frau des Farmers, die sehr reich war und in der Stadt lebte, einen Brief schreiben würde, daß ihr Mann sich mit einem Eingeborenenmädchen eingelassen hätte. Der Farmer war zwar völlig unschuldig – aber Sam bekam unverzüglich sein Geld.

Erpresser-Sam war groß und dürr. Sein Gesicht schimmerte weiß wie sein Brot, und der struppige Bart hatte die Farbe von dunklem Bier. Wenn er sich setzte, hatte man den Eindruck, daß er sich zusammenrollte, und wenn er aufstand, benötigte er eine ganze Weile, um sich wieder aufzuwickeln. Man sah ihn nur in weißer Flanellhose und baumwollnem Unterhemd, und sobald er seine riesigen Plattfüße in Tennisschuhe zwängte, war er ein absoluter Grandseigneur.

Der Speiseraum der Farmarbeiter auf der Wattle Creek Station ähnelte denen der meisten anderen Schafstationen: Eßraum und Küche waren kombiniert. Es gehörte zu Sams Pflichten, um halb vier für die Farmarbeiter Tee und Schokoladenkuchen bereitzuhalten.

Drei Minuten, bevor Sam die Männer zum Tee rufen wollte, hörte er, wie vor dem Büro ein Auto vorfuhr. Er setzte sich gerade auf ein Benzinfaß, um für das Abendessen Kartoffeln zu schälen, doch dann überlegte er es sich anders. Er schlenderte zur Tür und beobachtete, wie Sergeant Marshall von Massey Leylan begrüßt wurde. Den Mischling kannte er nicht, aber Sam sah, daß er keine Polizeiuniform trug. Als nun sein Chef mit dem Sergeanten im Büro verschwunden war, steckte er die Finger in den Mund und pfiff den Fremden heran.

Dann watschelte er zu dem kurzen Stück Eisenbahnschiene, das an einem Ast baumelte, und schlug mit einer Eisenstange so heftig dagegen, als habe er seinen ärgsten Feind vor sich. Er saß bereits am Ende einer der beiden langen Bänke, die den Tisch flankierten, als Bony, gefolgt von einigen Farmarbeitern, den Eßraum betrat.

»Tag, Kamerad. Komm, trink Tee mit uns«, lud Sam Bony ein. »Becher stehen da drüben auf dem Regal, Tee ist hier in der Kanne.«

Bony dankte mit einem Nicken, nahm sich einen blitzenden Blechbecher und schenkte sich Tee ein.

»Setz dich, Kamerad«, meinte Erpresser-Sam. »Hab' dich noch nie gesehen. Buschmann?«

»Ja. Suche einen Job – oder besser: habe gesucht«, erwiderte Bony und nahm sich einen kleinen runden Schokoladenkuchen.

»Alle Wetter!« rief einer der Arbeiter. »Bist du nicht der Kerl, den man ins Kittchen gesteckt hat, damit du den Zaun von der Polizeistation streichen kannst?«

»Offensichtlich ist mein Ruf als Anstreicher von Polizeizäunen schon weit gedrungen«, meinte Bony lächelnd.

»Eine Schande!« knurrte Erpresser-Sam.

»Ach, die Arbeit ist nicht schwer, und die Zeit vergeht rasch«, sagte Bony achselzuckend. »Ich esse mit am Tisch des Sergeanten, und seine Frau ist eine prima Köchin. Außerdem gibt's zwei Kröten pro Tag, für die ich drüben im Hotel meinen Durst löschen kann. Ich brauche direkt mal so 'ne ruhige Tour.«

»Trotzdem ist es eine Schande!« beharrte der Koch. »Dann sollte man wenigstens den gewerkschaftlichen Tariflohn zahlen – das ist es, was ich immer sage! Warum hat man dich eigentlich eingebuchtet?«

»Ach, aus verschiedenen Gründen«, erwiderte Bony lachend und erzählte dann, wie er auf der Bank geschlafen hatte und dann vom Sergeanten geweckt worden war.

»Das sieht Marshall ähnlich«, brummte ein untersetzter Mann, und der Koch wollte wissen, was der Sergeant auf der Wattle Creek Station suche.

»Er will den alten Jason anrufen. Er soll mit einem Lastwagen zu der Hütte am Sandy Flat kommen. Dort wurde eine Leiche gefunden. Ein Mann hat sich erhängt.« Bonys Stimme klang gleichgültig. Er hatte sich auf den Tisch gestützt und rührte seinen Tee um, aber er beobachtete die Wirkung seiner Worte. »In der vergangenen Nacht hat sich ein Tramp in dieser Hütte aufgehängt.«

»So!« sagte Erpresser-Sam leise, und seine braunen Augen wirkten unnatürlich groß. Auf Sams Ausruf folgte tiefes Schweigen, das lediglich vom heiseren Krächzen einiger Krähen und dem rhythmischen Stampfen einer Motorpumpe unterbrochen wurde. »Also, was weißt du eigentlich? Ist dieser Mann vielleicht mittelgroß, graues Haar, ungefähr fünfzig? Sah er etwas schwindsüchtig aus?«

Bony nickte. Die anderen fanden es nicht weiter merkwürdig, daß diese für sie höchst interessante Geschichte ihn gleichgültig zu lassen schien. Seine Tischmanieren hätten seine Frau gewiß entsetzt. Die Männer sahen hier einen Mischling, einen Farmarbeiter, der vielleicht nicht ganz so auffallend gekleidet war wie die meisten, der aber genauso lässig und genauso mundfaul war.

»Das dürfte er sein«, erwiderte er.

»Wie hat er es gemacht?« fragte ein junger Mann, der gewaltige Sporen trug, die jedesmal laut klingelten, sobald er seine Beine, die in Stiefeln aus Känguruhleder steckten, bewegte.

»Er hat die beiden Riemen seines Bündels zusammengeschnallt, ist auf den Tisch gestiegen, hat sich die Schlaufe um den Hals gelegt und ist vom Tisch gesprungen. Kanntet ihr ihn?«

»Kann nicht sagen, daß wir ihn direkt kennen«, antwortete Erpresser-Sam.

»Aber er hat gestern abend hier gesessen.«

»Anschließend war er drüben in der Baracke«, fügte der junge Mann hinzu.

»Das stimmt«, pflichtete der untersetzte Mann bei. »Johnny und ich haben noch zwei Stunden mit ihm Karten gespielt.«

»Von wo kam er denn – hat er das gesagt?« fragte Bony gleichgültig.

»Er sprach davon, daß er aus dem Krankenhaus in Broken Hill kam«, antwortete der junge Mann. »Wenn ich es recht bedenke, hat er nicht viel von sich erzählt. Stimmt's, Harry?«

Der untersetzte Mann nickte.

»Er muß doch aber ziemlich spät in der Nacht hier weggegangen sein«, meinte Bony. »Wann habt ihr ihn denn zuletzt gesehen?«

»Er verließ unser Quartier gegen zehn. Er übernachtete im Wollschuppen«, erklärte Johnny. »Er hat kein Wort davon gesprochen, daß er noch in der Nacht weiterwollte. Ich glaube, er kam vor einiger Zeit schon mal hier durch. Erinnerst du dich nicht, Sam?«

»Nicht, daß ich wüßte«, erwiderte der Koch, der mit seinen Gedanken ganz woanders zu sein schien.

»Na ja, nun ist er jedenfalls tot«, warf Bony ein. »Er hat sich schön zugerichtet.«

»Eine Schande, daß ein Mann wie er als Landstreicher gelebt hat«, brummte der Koch.

»Lieber als Landstreicher in Freiheit als in einem Krankenhaus eingesperrt«, bemerkte ein älterer Mann. »Ein Krankenhaus sieht man sich lieber von außen an.«

»Ich erinnere mich –«, begann Johnny, doch dann schwieg er plötzlich.

Erpresser-Sam starrte ihn an.

»Also – woran erinnerst du dich?«

»Ach, an diesen Tramp. Er kam gar nicht hier durch, wie ich vorhin glaubte. Ich habe ihn drüben bei Ned's Swamp gesehen, als ich mit Jack Lock dort war und die Pferde geholt habe. Ja, dort habe ich ihn schon mal getroffen.«

»Ned's Swamp ist ein kleiner Wasserlauf auf der anderen Seite der Chinesischen Mauer, wenn ich nicht irre?« fragte Bony, obwohl er ganz genau Bescheid wußte.

»Ja. Ich war mit Lock drüben beim Herrenhaus – das sind sechzehn Meilen. Und dort habe ich den Tramp gesehen. Jetzt erinnere ich mich auch, wann es war. Es war drei Tage, bevor George Kendall ermordet wurde. Komisch!«

»Was ist komisch?« knurrte der Koch.

»George Kendall wurde vor sechs oder sieben Wochen ermordet, und dieser Tramp erzählte uns, daß er die letzten drei Monate im Krankenhaus gewesen war. Stimmt's, Harry?«

»Ja, das hat er erzählt.«

»Ihm muß eine Menge im Kopf herumgegangen sein, als er gestern hier war, wenn er sich dann anschließend aufgehängt hat«, meinte Sam.

»Er machte aber gar nicht den Eindruck, als ob er Kummer hätte. Stimmt's, Harry?«

»Stimmt«, bestätigte der untersetzte Mann. »Er war ganz lustig.

Sprach noch davon, zu Weihnachten nach Melbourne zu fahren. Hat eine Schwester dort.«

»Himmel, ja!« rief Johnny.

»Ich würde an eurer Stelle mal auf die Uhr sehen!« brummte der Koch. »Der Boß wird euch alle miteinander 'rausschmeißen, wenn ihr nicht endlich an die Arbeit geht.«

Johnnys Augen waren ganz groß – man merkte deutlich, daß er einen Gedanken wälzte. Wenn er ihn nicht aussprechen konnte, würde er unweigerlich explodieren. Er stand auf und ging zur Tür, dann drehte er sich um.

»Ob dieser Tramp nicht vielleicht Kendall umgebracht hat – und nun hat es ihn an den Ort des Verbrechens zurückgezogen? Er bekam Gewissensbisse und hat sich aufgehängt.«

Der untersetzte Mann lachte. »Vielleicht hast du recht, Johnny, aber erzähle bloß der Polizei nichts davon.« Er zwinkerte Sam zu. »Außerdem hängt sich heute niemand mehr aus Gewissensbissen auf. Du liest zu viele Groschenhefte. Lies in Zukunft lieber die Sportnachrichten.«

»Kendall!« meinte Bony und zog die Brauen hoch. »Ist Kendall denn in dieser Hütte umgebracht worden?«

»Klar«, erwiderte der Koch. »Man hatte ihn gewaltig zusammengeschlagen. Die ganze Bude schwamm von Blut – stimmt's, George?«

Der ältere Mann nickte und fuhr sich mit dem Pfeifenstiel über seinen Bart.

»Der Boden war voller Blut«, korrigierte er. »Der Boß und ich, wir fanden Kendall. Wir ritten an diesem Tag bei Kendall vorbei, um ihm Proviant zu bringen.«

»Die Polizei hat den Täter nicht gefunden?« fragte Bony.

»Nein. Und sie wird ihn auch nicht mehr erwischen. Ein Kriminaler aus Sydney war hier, aber er hat nichts herausbekommen«, erklärte Erpresser-Sam. »Am Abend zuvor gab's bei dem bunten Abend ein wenig Krawall, Kendall war darin verwickelt. Anscheinend hat Kendall Rose Marie, die Tochter vom Sergeanten, gestoßen, und da hat ihn der junge Jason an die frische Luft gesetzt. Hinterher gab's noch eine Prügelei. Hast du ihn mal gesehen?«

»Den jungen Jason? Ja. Aber er redet nicht viel.« Die noch anwesenden Männer erhoben sich, um an die Arbeit zu gehen, und

Bony stellte rasch noch eine letzte Frage. »Wie seid ihr denn mit Kendall ausgekommen?«

Sam blickte Bony fest in die blauen Augen.

»Manchen Männern ist es bestimmt, ein ewig zeterndes Weib zu heiraten. Anderen ist es bestimmt, sechzehn Kinder zu haben. Und dann gibt es welche, denen ist es bereits in die Wiege gelegt, daß sie ermordet werden. Zu denen gehörte Kendall. Es überrascht lediglich, daß er erst so spät umgebracht worden ist.«

»Was du nicht sagst«, murmelte Bony.

»Doch. Von Rechts wegen hätte Kendall schon viel früher umgebracht werden müssen – nämlich als er zwei Tage alt war«, rief der Koch. »Kendall war ein Ekel. Er hatte für niemanden ein gutes Wort. Wir waren alle heilfroh, als der Boß ihn nach Sandy Flat schickte.«

»Wie oft erhielt Kendall denn Proviant?« fragte Bony mit der größten Gelassenheit.

»Jeden Monat einmal. Warum?«

»Ach, ich überlege, ob ich den Boß nicht um diesen Job bitten soll. Draußen in Sandy Flat schlachtet man also selbst?«

»Natürlich. Die ihm zustehenden Schafe waren noch im Pferch, als Kendall ermordet wurde. Als man ihn gefunden hatte, waren alle so aufgeregt, daß man die Schafe eine Woche lang vergessen hatte. Drei waren draußen. Anscheinend hatte Kendall sie in den Pferch geholt, bevor er am Abend in die Stadt ritt, denn ein frischgeschlachtetes Tier lag noch im Fleischschrank. Da hätte er die übrigen Schafe eigentlich wieder laufen lassen können. Muß er vergessen haben.«

»Hm – und nun ist er tot. Und dieser Tramp ist in derselben Hütte gestorben. Ist es nicht eigentlich komisch, daß dieser Tramp hier mitten in der Nacht aufbricht und nach Sandy Flat geht?«

»Im Grunde genommen schon«, pflichtete Erpresser-Sam bei.

»Wie lange war er eigentlich hier? Hast du eine Ahnung?« bohrte Bony weiter.

»Er kam am vorhergehenden Nachmittag an und übernachtete im Wollschuppen. Zum Abendessen kam er herüber und bat um Brot und Fleisch. Ich gab ihm natürlich was.«

»Wenn es schrecklich heiß gewesen wäre, könnte man es verstehen, daß er bei Nacht weiterziehen wollte. Aber warum nach

Sandy Flat? Dort ist doch überhaupt keine öffentliche Straße, oder?«

»Nein, Straße ist da keine, aber gleich auf der anderen Seite der Chinesischen Mauer beginnt ein Buschpfad, der zum Herrenhaus von Ned's Swamp führt.«

»Dann ist dieser Tramp also einen vollen Tag hiergewesen?«

»Ja, so ist es, Kamerad.«

»An welcher Straße liegt eure Farm eigentlich?«

»An der Straße nach Pooncaira. Aber gleich nördlich vom Wollschuppen zweigt die Straße nach Ivanhoe ab. Du möchtest gern einen Job haben?«

»Na ja, nicht direkt«, wich Bony aus. »Ich war in Melbourne, und plötzlich war ich pleite. Um nach Mildura fahren zu können, habe ich meine Uhr aufs Pfandhaus bringen müssen. Nun würde ich schon mal ganz gern zwei Monate arbeiten.«

»Frag doch den Boß. Er stellt dich bestimmt ein.«

»Werde ich machen. Ich muß auch noch einen Brief schreiben. Wann geht hier eigentlich die Post ab?«

»Die ist gestern durchgekommen. Also ist sie gestern auch von Merino abgegangen. Das nächste Postauto kommt erst am Samstag.« Sam ringelte sich in die Höhe, stützte sich auf den Tisch und stand auf. Dann blickte er auf Bony herab. »An deiner Stelle würde ich nicht hinaus nach Sandy Flat gehen«, meinte er väterlich. »Das ist kein Aufenthalt für einen Christenmenschen, wo es dort schon einen Mord und einen Selbstmord gegeben hat.«

»Ach, deswegen hätte ich bestimmt keine schlaflosen Nächte«, erwiderte Bony und stand auf. »Aber jetzt gehe ich besser zum Wagen. Besten Dank für den Tee. Wir sehen uns sicher noch mal.«

»Klar. Vielleicht in Merino in der Kneipe. Wiedersehen!«

Bony schlenderte zum Auto, dann spazierte er am Bachufer entlang. Zuerst gelangte er zum Wollschuppen, der jetzt leer war. Die großen Torflügel standen weit offen, davor war eine behelfsmäßige Feuerstätte angelegt.

Niemand war im Schuppen. Bony blieb einen Augenblick im Tor stehen und betrachtete das dämmerige Innere. Es war kühl und roch nach Rohwolle. An der Seite standen zwei hydraulische Pressen, und an der gegenüberliegenden Wand waren mehrere Wolltische aufgestapelt.

Bevor er eintrat, ging er zur Feuerstelle, kniete nieder und betastete die weiße Holzasche mit dem Handrücken – sie war kalt. Er beobachtete, wie Sergeant Marshall mit dem Schafzüchter zum Männerquartier ging. Sicher zog der Sergeant nun Erkundigungen nach dem Toten ein. Erpresser-Sam würde ganz bestimmt am nächsten Tag zur Leichenschau erscheinen müssen.

Da Bony noch Zeit hatte, trat er in den Wollschuppen, besah sich die schweren Türpfosten und kam endlich zur gegenüberliegenden Ecke, wo drei Schaffelle nebeneinander lagen – offensichtlich hatten sie als Matratze gedient. Er hob jedes einzelne Fell hoch, aber nichts lag darunter. Der Tramp hatte nichts zurückgelassen – wenn man von dem halbvollendeten Spiel ›Nullen und Kreuze‹ absah, das mit Kreide an die eine Wollpresse gezeichnet war.

11

Am folgenden Morgen um zehn herrschte auf der Hauptstraße von Merino ungewöhnlich viel Betrieb. Außer den Leuten, die wie üblich ihre Einkäufe besorgten, waren auch die Männer von der Wattle Creek Station anwesend, um bei der Leichenschau als Zeugen aufzutreten. Sie saßen auf der Bank vor dem Hotel und bewachten Erpresser-Sam, damit er sich nicht schon vor der Verhandlung betrank.

Um halb elf war der Gerichtssaal gepackt voll.

Auf einer Bank an der hinteren Wand saßen die Kronzeugen: Johnny, Erpresser-Sam, der untersetzte Harry Hudson, und Bony. Wachtmeister Gleeson, der den Zuschauereingang bewachte, ließ die vier Männer nicht aus den Augen. Schließlich rief er »Hopp!« Alle Anwesenden erhoben sich, und Mr. Jason nahm hinter dem Richtertisch Platz.

Er trug einen marineblauen, doppelreihigen Gehrock; ein weißes Taschentuch stak in der Brusttasche. Die Hose war sauber gebügelt, die Füße steckten in schwarzen Schuhen. Das Haar war durch einen Mittelscheitel geteilt, und der schwarze Schnurrbart glänzte ölig. Mr. Jason sah ganz so aus, wie man sich einen tüchtigen

Staatsdiener vorstellt, und man merkte auch sofort, daß dieser Eindruck nicht trog. Nachdem er sich gesetzt hatte, putzte er mit dem Taschentuch die Brille, stopfte das Tuch umständlich wieder in die Tasche, rückte einen Stoß Schreibpapier zu seiner Linken zurecht, legte einen Bogen auf die Schreibunterlage, lehnte sich zurück und musterte die Anwesenden mit strengen Blicken.

Sergeant Marshall fungierte als Staatsanwalt. Als erster Zeuge wurde Erpresser-Sam aufgerufen.

Da Mr. Jason alle Aussagen in Kurrentschrift niederschreiben mußte, ging das Verhör sehr langsam und auf ermüdende Weise vor sich. Der Koch von der Wattle Creek Station sagte aus, dem Verstorbenen am Abend des dritten Dezember Brot und Fleisch gegeben zu haben, ebenfalls am Abend des vierten Dezember. Das entsprach allerdings nicht ganz dem, was er Bony gesagt hatte: am Abend des vierten Dezember war der Tramp nämlich von Erpresser-Sam zum Abendessen eingeladen worden. Aber wahrscheinlich wollte der Koch lediglich vermeiden, daß sein Chef von dieser Einladung erfuhr.

»Machte der Verstorbene auf Sie einen deprimierten Eindruck?« fragte Mr. Jason und musterte den Koch über den Rand seiner Brille hinweg.

»Nein, er war sogar ausgesprochen gut gelaunt.«

Marshall entließ mit einer Handbewegung Erpresser-Sam aus dem Zeugenstand und rief John Ball auf. Johnny berichtete von der Unterhaltung, die er und Harry Hudson mit dem Tramp in ihrer Unterkunft geführt hatten.

»Wann hat er Ihre Wohnbaracke verlassen?« fragte Marshall.

»Ungefähr gegen zehn«, erwiderte der Zeuge.

»Machte der Verstorbene zu diesem Zeitpunkt einen deprimierten Eindruck?« fragte Mr. Jason.

Johnny verneinte.

»Haben Sie beobachtet, in welcher Richtung sich der Verstorbene entfernte?« wollte Marshall wissen.

»Ja. Er ging zum Wollschuppen.«

Harry Hudson, der nächste Zeuge, bestätigte Johnnys Aussage. Die Zeugenvernehmung brachte für Bony nichts Neues, denn er hatte alles bereits gehört, als er mit den Leuten Tee getrunken hatte.

Bony wurde aufgerufen und mußte berichten, wie er die Leiche gefunden hatte. Einige Anwesende, vor allem Watson, der Reporter, bemerkten, daß er der erste Zeuge war, der auch ohne Aufforderung nach jedem Satz wartete, bis alles niedergeschrieben war.

»Warum sind Sie eigentlich zu dieser Hütte am Sandy Flat gegangen?« fragte Richter Jason schließlich.

»Sergeant Marshall befahl mir, ihn zu begleiten.«

»Tatsächlich! Aber das beantwortet noch nicht meine Frage.« Mr. Jason legte den Federhalter weg und lehnte sich zurück.

»Ich hatte keinen besonderen Grund, Sir«, erklärte Bony. »Ich befinde mich zur Zeit in Haft und wurde von Sergeant Marshall aufgefordert, ihn zu begleiten.«

»So.«

Sergeant Marshall entließ ihn aus dem Zeugenstand, und Bony nahm auf der Zeugenbank Platz. Lediglich Harry Hudson saß noch da – er flüsterte ihm zu, daß Johnny Erpresser-Sam nun nicht länger hatte vom Hotel zurückhalten können.

Nachdem Wachtmeister Gleeson vereidigt worden war, zählte er zunächst die Gegenstände auf, die er im Bündel des Toten gefunden hatte. Dann beschrieb er, auf welche Weise sich der Tramp erhängt hatte. Richter Jason nahm die Fotografien entgegen und betrachtete sie höchst interessiert – sehr zum Neid der Zuschauer.

Mr. Watson saß am Tisch des Verteidigers und schrieb eifrig mit. Man konnte deutlich erkennen, daß er bedeutend schneller schreiben konnte als Richter Jason. Nun legte er – zum zweitenmal seit Verhandlungsbeginn – eine kurze Pause ein, als Dr. Scott in den Zeugenstand gerufen wurde.

Der erste Teil der Aussage des Arztes deckte sich mit den vorausgegangenen Zeugenaussagen.

»Nachdem ich den Toten heruntergeholt hatte, stellte ich fest, daß der Tod vor mindestens zwölf, höchstens zwanzig Stunden eingetreten war«, fuhr er dann fort. »Mit anderen Worten: Der Tod muß in der vorangegangenen Nacht eingetreten sein. Zeichen einer Gewaltanwendung waren nicht festzustellen, lediglich die Strangmarke am Hals war zu sehen und eine frische Verletzung am rechten Handrücken. Die Strangmarke war durch die Riemen hervorgerufen worden. Diese Riemen waren verhältnismäßig neu und ungefähr zwei Zentimeter breit. Die Strangmarke war hart und braun, der obere und untere Rand zeigte eine feine rote Linie. Wo die Schnalle unterhalb des linken Ohres gegen den Hals gedrückt hatte, war die Haut geplatzt und ein Bluterguß entstanden. An den Stellen, an denen sich die Löcher des Riemens befunden hatten, waren auf der Haut entsprechende runde Male festzustellen, weil dort der Druck gefehlt hatte.«

Der Arzt schwieg, in der tiefen Stille hörte man nur das Kratzen von Richter Jasons Feder und das Rascheln des Papiers, wenn Mr. Watson wieder einen Bogen vollgeschrieben hatte und mit einer theatralischen Geste auf den Boden gleiten ließ.

»Nachdem die Leiche nach Merino in das Leichenschauhaus überführt worden war«, fuhr Dr. Scott fort, »nahm ich zunächst eine zweite äußerliche Untersuchung und anschließend die Obduktion vor. Ich stellte fest, daß die Lungen übermäßig mit Blut angefüllt waren, Wirbelsäule sowie Bänder keine Verletzungen aufwiesen – ein sicheres Zeichen dafür, daß der Verstorbene nicht tief gefallen ist, als er vom Tisch trat. Der Fall kann nicht mehr als zehn Zentimeter betragen haben. Trotzdem stellte ich eine Fraktur des Zungenbeins fest. Diese Tatsache ist von größter Wichtigkeit, denn eine derartige Verletzung kommt beim Erhängen nur äußerst selten vor, sie ist aber typisch für das Erwürgen.«

Mr. Jason legte den Federhalter weg, noch bevor er zu Ende geschrieben hatte, und starrte den Arzt irritiert an. Mr. Watson war aufgesprungen und riß den Mund auf. In der tiefen Stille hätte man eine Stecknadel fallen hören können, doch plötzlich drang von einem Baum in der Nähe das zeternde Gegacker eines Kookaburras herüber. Mr. Watson sank auf seinen Stuhl und kritzelte weiter. Mr. Jason schien darauf zu warten, daß der Kookaburra endlich mit seinem spöttischen Gekreische aufhörte.

»Und was folgern Sie daraus, Doktor?« fragte er schließlich mit salbungsvoller Stimme.

»Ich folgere daraus, daß dieser Mann an Asphyxia gestorben ist, hervorgerufen durch Erwürgen, und nicht durch Erhängen. Die Strangmarke des Riemens paßte zwar zum Erhängen, saß aber am Hals über dem Larynx. Das Strangwerkzeug konnte also nicht für den Bruch im Bereich des Kehlkopfgerüsts verantwortlich sein. Mit Hilfe eines Vergrößerungsglases fand ich eine zweite Druckmarke, die nur wenig blutunterlaufen war, aber eindeutig für das gebrochene Zungenbein zuständig war. Diese kaum sichtbaren, schwach blutunterlaufenen Stellen wiesen ein Muster auf, das den Schluß nahelegte, daß diese Druckstellen nicht von einem Riemen oder Strick, sondern von einem gewebeartigen Material herrühren. Ich untersuchte nun Mund und Hände des Toten. Unter seinen Fingernägeln und in dem eingetrockneten Blut der Handverletzung fand ich Fasern, die sich bei mikroskopischer Untersuchung als Jutefasern herausstellten. Es dürfte also mit an Sicherheit grenzender Wahrscheinlichkeit feststehen, daß der Mann mit einem Streifen Sackleinen erdrosselt worden ist.«

»Sackleinen!« rief Mr. Jason kopfschüttelnd.

»Jawohl, Euer Ehren, Sackleinen. Anscheinend wurde der Mann zunächst mit diesem Sackleinen erdrosselt und darauf mit zwei Riemen an dem Querbalken der Hütte aufgehängt.«

»Wollen Sie damit sagen, daß der Verstorbene keinen Selbstmord begangen hat, sondern getötet wurde?«

»Das ist meine Schlußfolgerung, Euer Ehren.«

Mr. Jasons Stimme klang plötzlich nicht mehr salbungsvoll, sondern schrill.

»Sie glauben also, daß dieser Mann zunächst erdrosselt und dann aufgehängt wurde, um einen Selbstmord vorzutäuschen?«

»Die Tatsachen sprechen dafür, Euer Ehren«, erklärte Dr. Scott ruhig.

In der nun eintretenden Stille hätte das Gackern des Kookaburras eine willkommene Unterbrechung gebildet. Mr. Jasons Feder zischte wie eine wütende Schlange auf dem Grunde eines Brunnens. Schließlich legte er den Federhalter weg und blickte auf.

»Haben Sie noch etwas hinzuzufügen?«

»Nein, Euer Ehren.«

»Noch weitere Zeugen, Sergeant?«

Marshall verneinte.

»Sie wissen nicht, um wen es sich bei dem Verstorbenen handelt?«

»Bis jetzt nicht, Euer Ehren. In Broken Hill werden bereits Erkundigungen eingezogen, er soll dort kürzlich aus dem Krankenhaus entlassen worden sein.«

Richter Jason dachte nach. Mr. Watson eilte aus dem Gerichtssaal und lief im Sturmschritt zum Postamt. Na, seine Telegramme werden in der Redaktion ziemliche Aufregung verursachen, dachte Bony. Doch dann wurde er durch Richter Jasons Stimme aus seinen Gedanken aufgeschreckt. »Ich vertage die Verhandlung um eine Woche – bis zum dreizehnten Dezember zehn Uhr.«

Kein Mensch im Gerichtssaal regte sich, nur Mr. Jason schob mit ernstem Gesicht seine Papiere zusammen und steckte sie in die Aktentasche. Dann musterte er über den Rand seiner Brille hinweg die Anwesenden und stand schließlich mit einem Ruck auf.

Erst als er durch die Tür hinter dem Richtertisch verschwunden war, erhoben sich auch die Zuschauer und strömten lärmend aus dem Saal.

»Was weißt du eigentlich von der Sache?« wandte sich Hudson an Bony. »Wird langsam interessant, wie? Kommst du mit 'rüber auf einen Schluck?«

»Nicht sofort. Mrs. Marshall wird das Essen fertig haben, und ich lasse mir doch nicht einen Teil meines Lohnes entgehen«, erwiderte Bony. »Vielleicht sehen wir uns dann später.«

Hudson grinste. »Na schön. Aber dann bin ich vielleicht schon viel zu benebelt, um dich noch klar zu sehen.«

Punkt zwei begann Bony mit seiner Arbeit am Zaun, und fünf Minuten später beobachtete er, wie Dr. Scott, Sergeant Marshall und Richter Jason im Leichenschauhaus hinter der Polizeistation verschwanden. Nach zehn Minuten kehrten sie ins Büro zurück, wo – so vermutete Bony – der Arzt den Totenschein unterzeichnen und Mr. Jason seine Einwilligung zur Beisetzung geben würde.

Um drei Uhr erfuhr er von Sergeant Marshall, daß er sich nicht getäuscht hatte. Der unbekannte Tramp sollte noch am gleichen Nachmittag um vier Uhr begraben werden.

»Ich muß mitgehen«, meinte Marshall. »Wollen Sie auch mitkommen? Ich könnte Sie als Leichenträger bestimmen.«

»Ja, ich werde mitgehen. Haben Sie schon Antwort auf unsere Telegramme?«

»Nein. Es ist wohl noch zu früh.«

Eine Minute vor vier rollte der vorsintflutliche Leichenwagen aus der Garage und hielt vor der Polizeistation. Der junge Jason saß am Steuer. Der Schirm seiner Sportmütze ragte heute nach links. Dazu trug er seinen Schlosseranzug. Im Mundwinkel klemmte ein kalter Zigarettenstummel. Mr. Jason hatte seinen schwarzen Gehrock an.

Nachdem er ausgestiegen war, schob er die Manschetten zurück, drückte den Zylinder fest auf das dunkle, graumelierte Haar und starrte Bony finster an. Der junge Jason rollte den Zigarettenstummel von einem Mundwinkel in den anderen, stieg ebenfalls aus und starrte auf seinen Vater.

Zwei Männer kamen vom Hotel herüber. Harry Hudson und der Hausbursche des Hotels, die als Leichenträger verpflichtet worden waren. Als dritter Leichenträger fungierte Bony, der junge Jason als vierter. Sie trugen den Sarg zum Leichenschauhaus, wo Mr. Jason mit ernster Miene die Einsargung überwachte. Auf der Straße sammelten sich immer mehr Zuschauer an. Schließlich tauchte Mr. Jason auf, gefolgt von den vier Männern mit dem Sarg.

»Der Sarg wiegt ja mehr als die Leiche«, murmelte Harry Hudson mit schwerer Zunge. »Wieviel kassiert denn dein alter Herr für dieses Begräbnis, Tom?«

»Genausoviel, wie wir bekommen würden, wenn wir dich beerdigen«, erwiderte der junge Mann mürrisch.

»Du freust dich doch wohl nicht darauf, mich zu beerdigen, wie?« fragte Harry leise – dank des genossenen Alkohols brauste er nicht sofort auf.

»Mir macht überhaupt keine Beerdigung Spaß, besonders nicht an einem heißen Tag«, stellte der junge Jason fest. »Die Freude überlasse ich meinem alten Herrn.«

»Der scheint so eine Beerdigung richtig zu genießen«, bemerkte der Hausdiener. »Ich hatte einen Onkel, der ging zu jeder Beerdigung mit, züchtete extra Blumen dafür. Es war ein ziemlich großes Städtchen, und er liebte Begräbnisse. Aber dein alter Herr liebt nur seine eigene Rolle, die er dabei spielt.«

Mr. Jason war nun beim Leichenwagen angelangt, öffnete die Rücktür und trat zurück. Die Träger schoben den Sarg hinein. Daraufhin schloß Mr. Jason mit einer feierlichen Gebärde die Tür. Sein weißes Gesicht, der dunkle Schnurrbart, der überdimensionale Zylinder und der verschossene Gehrock paßten gut zu dem vorsintflutlichen Gefährt, auf das er so stolz war.

Der junge Jason kletterte auf den Fahrersitz. Sein Vater stellte sich neben ihn – jetzt kam sein großer Augenblick! Er musterte die

Leute unter den Pfefferbäumen, die Träger und Wachtmeister Gleeson, der am Gartentor der Polizeistation stand. Mr. Jason rührte sich nicht, eine steile Falte bildete sich zwischen seinen Brauen.

»Wollen wir vielleicht den ganzen Tag hier stehenbleiben?« fragte sein Sohn ungeniert laut. »Ich habe dem alten Sinclair für fünf Uhr seinen Lastwagen versprochen.«

»Der Leichenzug hat sich noch nicht formiert«, erwiderte sein Vater vorwurfsvoll und ebenso laut.

»Deshalb können wir doch losfahren.«

»Warte ab.«

»Ach, meinetwegen«, knurrte sein Sohn und zündete sich den Zigarettenstummel an.

Sergeant Marshalls Wagen rollte auf die Straße. Der Sergeant winkte Mr. Jason zu, er möge losfahren, aber der blieb hart. Er stand wie eine Salzsäule und schien durch die Trauerfigur auf dem Dach des Leichenautos hindurchzusehen, in Wirklichkeit aber durchbohrte er mit seinen Blicken den Sergeanten. Schließlich setzte sich Marshall mit seinem Wagen in einem weiten Bogen hinter das Leichenauto, und die Träger stiegen zu ihm ein.

Wieder musterte Mr. Jason die Menge, wandte sich dann nach vorn, hob die Hand, in der er seinen riesigen Zylinder hielt, und stieß seinen Sohn mit dem Fuß an. Doch bevor er sich setzen konnte, wurde er hart auf den Sitz geschleudert, denn Tom Jason fuhr mit einem Ruck los und raste mit Vollgas die Straße hinunter.

Am Rande des Städtchens gesellte sich der Pastor mit seinem Wagen hinzu, hielt aber einen reichlichen Abstand, um nicht zuviel Staub schlucken zu müssen.

»Tom macht nicht viel Umstände mit dieser Beerdigung«, meinte der Hoteldiener. »Der Alte wird wütend sein, wenn wir auf den Friedhof kommen. Er möchte doch jedes Begräbnis genießen.«

»Er hat es genauso genossen, mir zehn Tage aufzubrummen«, meinte Bony.

»Ein richtiger Wichtigtuer«, brummte Hudson. »Aber man kann es ihm nicht übelnehmen. Schließlich war er früher mal Schauspieler. Tom erzählte mir, daß sein Alter immer noch ganze Alben voll Presseausschnitte und Kritiken besitzt, und jeden Sonntagabend liest er sie durch. Ein komischer Kauz.«

»Er hat aber auch eine Menge guter Eigenschaften«, bemerkte der Sergeant. »Erinnern Sie sich mal, wie er Mama Lockyer und ihren Kindern geholfen hat, als ihr Mann von Jasons Pferd niedergetrampelt worden war.«

»Ja. Das kam erst viel später ans Tageslicht, nicht wahr? Soviel ich weiß, ist er Doktor Scott als Pfleger zur Hand gegangen, als Säufer-Harris beinahe gestorben wäre, weil er zuviel Whisky erwischt hatte. Ich arbeitete damals in Tintira. Nein, ich sage nichts gegen den alten Jason.«

Schließlich fuhr das Leichenauto langsamer, bog in den Friedhof ein und hielt neben der Grube, die am Morgen ausgehoben worden war. Mr. Jason kletterte feierlich vom Wagen, wobei er seinen Zylinder in der Armbeuge trug. Die vier Männer holten den Sarg aus dem Auto, wobei Mr. Jason das Kommando führte.

»Vorsichtig jetzt!« rief er mit sanfter Stimme. »Langsam! Nehmt Rücksicht auf den Verblichenen. Und nun hier entlang! Hierher – so ist's recht. Langsam –«

Der heiße Nordwind spielte in seinem schwarzen Haar und dem Schnurrbart. In dem weißen Gesicht blitzten die dunklen Augen ärgerlich, wenn seiner Stimme auch nichts anzumerken war. Schließlich zog er sich zurück, und der Pastor trat vor.

Der Wind zerzauste das zottige braune Haar von Pfarrer James, zerrte am Saum seines Talars. Er hatte das ärgerliche Aufblitzen in Mr. Jasons Augen bemerkt, und auch die militärisch aufrechte Haltung von Sergeant Marshall, das bescheidene Auftreten von Napoleon Bonaparte, die lässige Haltung der beiden Buschbewohner. Er zog unter dem Talar ein Buch hervor, hüstelte und begann mit nasalem Singsang den Trauergottesdienst zu zelebrieren. Der Pastor sprach sehr schnell, legte zwischen den einzelnen Sätzen keine Pausen ein. Schließlich klappte er das Buch mit einem vernehmlichen Knall zu und trat zurück.

Mr. Jason legte seinen Zylinder auf den Boden, beschwerte ihn mit einem Stein. Dann zog er den Gehrock aus, packte eine Schaufel und half seinem Sohn beim Zuschütten des Grabes. Der Pfarrer trat zu Marshall und stellte einige Fragen über den Toten, auf die der Sergeant nur ausweichend antwortete.

»Geben Sie die Schaufel her, Mr. Jason«, meinte Harry Hudson. »Ich bin solche Arbeit gewohnt.«

Das Zuschütten ging nun etwas schneller, der junge Jason schaufelte verbissen, um rasch fertig zu werden. Mr. Jason trat zu Marshall und dem Pfarrer.

»Würden Sie wohl meinen Sohn ablösen, Ted?« fragte er den Hoteldiener. »Wir haben noch eine dringende Arbeit zu erledigen.«

»In Ordnung, Mr. Jason. Komm, gib die Schaufel her, Tom.«

Der junge Jason warf dem Hausknecht die Schaufel vor die Füße, und Ted lächelte nachsichtig. Der junge Mann kletterte auf den Leichenwagen, ließ den Motor an und donnerte davon.

»Sie müssen Ihren Sohn etwas fester an die Zügel nehmen, Mr. Jason«, sagte der Pfarrer tadelnd.

»Nicht nur mein Sohn Tom hätte eine Zurechtweisung nötig, Mr. James.« – »Was meinen Sie damit, Mr. Jason?«

»Leute, die im Glashaus sitzen, sollten nicht mit Steinen werfen, Mr. James«, erwiderte Jason. »Beten Sie lieber, anstatt mitten unter den Toten Streit anzufangen.«

»Aber Mr. Jason –«

»Bitte!« herrschte Jason ihn an, und der Pfarrer drehte sich wortlos um und ging zu seinem Wagen.

Auf der Heimfahrt saß Mr. Jason neben dem Sergeanten, Bony teilte sich mit dem Hoteldiener und Harry Hudson in den Rücksitz. Schweigend fuhren sie aus dem Friedhof.

»In letzter Zeit haben wir alle ziemlich viel zu tun«, meinte der Sergeant, als sie die Straße erreicht hatten.

»Da haben Sie recht«, erwiderte Jason. »Drei Tote und somit drei Begräbnisse innerhalb von fünf Wochen, nachdem es jahrelang überhaupt keinen Todesfall gegeben hatte. Das Schicksal ist oft launenhaft. Wie heißt es doch in dem Gedicht: ›Es ist ein Schnitter, heißt der Tod . . .‹«

»Ja, der Tod ist gewiß ein Schnitter«, murmelte Sergeant Marshall. »Ich glaube, jetzt tut uns ein kräftiger Schluck gut«, meinte der Hausknecht. »Der Tag wird warm.«

Sie gingen alle ins Hotel – sogar Sergeant Marshall und Bony, der ja eigentlich ins Gefängnis gehörte. Und alle warteten mit dem Trinken, bis Mr. Jason seine Pfeife angezündet hatte und sich genußvoll mit Rauch vollpumpte. Er war jetzt nicht mehr ärgerlich, aber zu Mr. Watsons großer Enttäuschung überbot er seinen letzten Rekord nicht.

12

»Wir haben hier Schwierigkeiten zu überwinden, die sich ein Kriminalist in der Stadt überhaupt nicht vorstellen kann«, erklärte Bony auf seine ruhige Art.

Er hatte sich ein halbes Dutzend Zigaretten gedreht und blickte Sergeant Marshall an, der ihm gegenüber am Schreibtisch Platz genommen hatte. Tür und Fenster des Büros waren geschlossen, obwohl der Abend warm war.

»Eine dieser Schwierigkeiten wird leider oft übersehen«, fuhr er fort. »Man glaubt immer, daß ein Mörder in einem kleinen Ort leichter zu finden ist als in der Großstadt – während es in Wirklichkeit genau umgekehrt ist. Vorausgesetzt, der Mörder ist intelligent. Glücklicherweise haben wir es mit einem intelligenten Mörder zu tun, und außerdem müssen wir ihn in einem kleinen Ort suchen. Wir dürfen uns also gratulieren, oder?«

»Na, wenn Sie aus dieser Geschichte schlau werden – ich habe keine Ahnung«, brummte Marshall. »Und wenn ich an den Brief denke, den Sie an die Polizeidirektion geschrieben haben und in dem Sie sich auf völlig respektlose Weise jegliche Einmischung verbitten, dann ahne ich jetzt schon, daß es einen gewaltigen Krach geben wird.«

Bony lehnte sich zurück und lachte.

»Mein lieber Mann, machen Sie sich doch keine unnötigen Sorgen. Wir können nicht verhindern, daß die Zeitungen alles breittreten, während es uns lieber wäre, wenn es kein Aufsehen gäbe. Und wenn jemand wissen will, warum der Fall nicht von einem Kriminalbeamten aus Sydney bearbeitet wird, lassen wir uns überhaupt nicht beirren. Vielleicht posaunt jemand aus, daß der berühmte Napoleon Bonaparte die Ermittlungen führt – dann müßte ich natürlich mein Inkognito lüften. Aber noch ist es nicht soweit. Dieser Fall gehört uns beiden, und deshalb erlauben wir auch niemandem, sich einzumischen.«

»Aber wenn mein Inspektor –«

Bony winkte ab. »Lassen Sie sich doch nicht von Inspektoren oder Kommissaren so beeindrucken.«

»Na schön, schließlich ist es Ihr Begräbnis.«

»Nicht gleich so anzüglich – wo wir erst heute nachmittag ein

Begräbnis hatten«, tadelte Bony. »Und nun wollen wir den Fall einmal durchsprechen. Sie werden sehen, daß alles gar nicht so schlimm ist. Also: Sie haben keine Ahnung, wie ich die Türknöpfe von der Hütte am Sandy Flat nach Sydney geschickt habe? Nun, woher wollen wir wissen, daß der Mörder nicht unter dem Postpersonal zu suchen ist? In Ihrem Bezirk wohnen hundertfünfzig Leute, und Merino hat – einschließlich der Kinder – nur achtzig Einwohner.«

»Wie haben Sie die Türgriffe weggeschickt?«

»Ich habe sie zusammen mit einem langen Bericht an einen Freund in Sydney gesandt, der das Päckchen ins Polizeipräsidium bringt. Ich gab einem Vertreter fünf Schilling für das Einschreibeporto und bat ihn, das Päckchen aufzugeben. Den Einlieferungsschein müßte ich morgen erhalten.«

Bony inhalierte tief, dann legte er die Zigarette an den Rand des Schreibtisches, weil als Aschenbecher eine hohe Konservendose diente. Er verschränkte die Finger, rieb die Handflächen aneinander und lächelte Marshall an.

»Wir haben einen erstklassigen Mord aufzuklären«, sagte er leise, und seine Stimme verriet deutliche Zufriedenheit. »Der Täter, den wir jagen, ist große Klasse. Kommen Sie, machen Sie nicht so ein bekümmertes Gesicht. Wir haben allen Grund, uns zu freuen.«

»Ich wüßte nicht, worüber ich mich freuen sollte«, brummte Marshall. »Aber erzählen Sie weiter, vielleicht werde ich dann noch froh.«

Bonys Gesicht wurde ernst.

»Wir können die Sterne erst sehen, wenn es Nacht ist«, sagte er. »Und auch der Kriminalist muß auf die Dunkelheit warten, bevor er ein noch so schwaches Licht erkennen kann. Unser Fall ist noch nicht dunkel genug, aber er wird immer dunkler, und bald werden wir Licht sehen. Ich habe Redmans Protokolle und seinen Abschlußbericht gelesen. Was ihm bekannt war, ist nur ein Bruchteil dessen, was ich weiß, und auch Sie wissen nicht alles. Ich habe keine Ahnung, warum Redman den jungen Jason verdächtigte. Nur weil sich ein Mann mit einem anderen prügelt, kann man doch nicht annehmen, daß er ihn auch getötet hat, selbst wenn er bei der Rauferei den kürzeren gezogen hat. Jeder Psychologe weiß, daß ein Mann, der sich zum offenen Kampf stellt, weniger Neigung zum

Töten zeigt als jemand, der einem Kampf aus dem Weg geht. Was meinen Sie?«

»Ich habe den jungen Jason nie für den Täter gehalten«, erwiderte der Sergeant. »Ich hielt eher die beiden Männer, die mit Kendall an jenem Abend Karten gespielt haben, für die Täter – oder einen von ihnen. Aber auch das war nur eine vage Vermutung.«

»Haben Sie schon mal darüber nachgedacht, welches Motiv es für Kendalls Ermordung geben könnte?«

»Ja. Verlust beim Kartenspielen. Kendall war ein Tunichtgut. Vielleicht hatte er an diesem Abend falschgespielt, ohne daß man es ihm nachweisen konnte. Sie wissen ja, was die beiden Männer, die mit Kendall Karten gespielt hatten, zu Protokoll gegeben haben.«

»Ja. Sie sagten beide aus, daß Kendall in weniger als zwei Stunden über fünfzehn Pfund gewonnen hat und daß sie ihn in Verdacht hatten, falschgespielt zu haben. Ich habe mir beide Aussagen genau angesehen, aber die zwei Männer sind hier in der Gegend gut bekannt und werden allgemein als ordentliche Bürger geschildert. Durch den Gang der Ereignisse bin ich noch gar nicht dazu gekommen, mich ernsthaft mit der Aufklärung von Kendalls Tod zu befassen. Wie schon gesagt: Das Foto der Hütte gab mir einen wichtigen Hinweis. Als ich von Sydney abfuhr, stand es für mich fest, daß ich hier nur erfolgreich arbeiten kann, wenn niemand weiß, wer ich bin.«

»Und was war das nun für ein wichtiger Hinweis?« fragte Marshall ungeduldig.

»Dieses Spiel ›Nullen und Kreuze‹ an der Tür der Hütte von Sandy Flat«, erwiderte Bony mit grimmigem Lächeln.

»Ah! Sie haben es bereits mehrfach erwähnt.«

Bony wühlte in den Papieren, die auf dem Schreibtisch lagen.

»Hier ist das Foto von der Hütte«, sagte er. »Sehen Sie sich mal die Kreidezeichnung an der Tür an. Weiße Kreide wohlgemerkt, nicht roter oder blauer Fettstift, mit dem man die Schafe markiert. Die Kreide war also ausdrücklich zu diesem Zweck mitgeführt worden.«

Marshall betrachtete das altbekannte Bild.

»Beachten Sie vor allem dieses Spiel ›Nullen und Kreuze‹«, meinte Bony. »Es ist nicht vollendet worden, denn im Mittelfeld der linken senkrechten Reihe ist weder ein Kreis noch ein Kreuz.

Nun sehen Sie sich mal die Häkchen und kleinen Kurven und Striche an. Diese Ergänzungen zu dem Spiel sehen ganz so aus, als habe sie der Spieler nur aufgezeichnet, um sich über seinen nächsten Zug klar zu werden. Nun bedenken Sie mal, wie viele Variationen mit den Nullen und Kreuzen zusammen mit den Zusätzen möglich sind. Damit kann man glatt eine Geheimbotschaft verfassen. Und das, mein lieber Marshall, ist hier der Fall.«

Marshall starrte Bony an.

»Sie können diese Geheimschrift lesen?« Es war mehr eine Feststellung als eine Frage.

»Ja, ich kann sie lesen«, erwiderte Bony. »Ich habe diese Geheimbotschaften schon an Farmtoren, an Telefonmasten und in der Nähe von Ortschaften gesehen. An dem Pfosten des Gatters beim Staubecken befindet sich eine solche Botschaft, die besagt, daß Sie kein strenger Polizist sind, aber gern einen Tramp einsperren lassen, damit er für Sie arbeitet. Diese Geheimschrift wird nur von den echten Landstreichern verwendet. Wie Sie wissen, sind die meisten Tramps ehrliche Farmarbeiter, die einen Job suchen. Ein kleiner Teil dieser Tramps aber sind echte Landstreicher, die nie arbeiten, sondern von Farm zu Farm trampen, wo sie um Essen betteln und auch mal ein Almosen erhalten. Diese Landstreicher hinterlassen nun mit Hilfe dieser Nullen und Kreuze Hinweise für ihre Tippelbrüder. Das funktioniert so: Ein Tramp kommt an das Gatter einer Schafstation oder eines kleinen Städtchens. Nun schaut er an den Pfosten oder Telefonmasten nach dieser Geheimschrift, die jeder normale Mensch übersehen würde. Auf diese Weise erfährt er, daß der Koch der Station sehr großzügig ist, daß man sich aber vor dem Farmer in acht nehmen muß. Diese Geheimschrift wurde im Laufe der Zeit immer komplizierter und dadurch immer schwerer zu entziffern. Der Hinweis an der Hüttentür am Sandy Flat aber ist absolut klar.«

»Fahren Sie fort«, drängte Marshall, als Bony schwieg, um sich eine Zigarette anzuzünden. »Wie entziffern Sie diese Schrift?«

»Es würde zu lange dauern, wenn ich Ihnen alles erkläre, es ist auch gar nicht nötig. Aber einige Hinweise will ich Ihnen geben. Der Halbkreis am linken Ende des oberen Striches bedeutet Fleisch. Der Viertelkreis am Schnittpunkt der oberen Horizontalen und der linken Vertikalen bedeutet Tod. Der kurze Schrägstrich am oberen Ende der rechten Vertikalen bedeutet ›gebracht‹ – zu diesem Ort gebracht. Und das V am unteren Ende derselben Linie heißt ›Polizei‹. Und so geht es weiter, und die Nullen und Kreuze spielen natürlich auch eine Rolle. Eine sehr wichtige Botschaft enthält das Mittelfeld, in dem sich sowohl eine Null als auch ein Kreuz befindet. Dies ist das Zeichen für Gefahr: Verschwinde! Laß dich ja nicht hier blicken! Kurz, die Geheimbotschaft besagt: ›Ein Toter wurde zu dieser Hütte gebracht, damit ihn die Polizei hier findet. Gefahr! Verschwinde! Rühre nichts an!‹«

»Woher wissen Sie das alles?« meinte Marshall bewundernd.

»Von einem Tippelbruder, der mich für einen Zunftgenossen hielt. – Also, wir können annehmen, daß der Mann, der die Kreidezeichnung an der Tür anbrachte, beobachtet hat, wie jemand Kendalls Leiche zur Hütte gebracht hat. Dann muß er gesehen haben, wie der Mörder eins von Kendalls Rationsschafen geschlachtet hat, das Blut über den Toten goß und das geschlachtete Tier ins Fleischhaus brachte. Den ersten Teil der Geschichte erfuhr ich aus der Zeichnung, als ich das Foto sah, den zweiten Teil gestern, als ich hörte, daß am Morgen nach Kendalls Ermordung ein frischgeschlachtetes Schaf im Fleischhaus lag. Nach Doktor Scotts Ansicht ist die Blutprobe, die er sich vom Boden der Hütte mitgenommen hat, tierisches und nicht menschliches Blut. Also: Der Mann, der die Kreidezeichnung angebracht hat, muß gesehen haben, wie die Leiche zur Hütte gebracht worden ist. Wahrscheinlich sah er auch das Gesicht des Täters, oder er kannte zumindest seine Gestalt. Deshalb wage ich jetzt eine Vermutung: Dieser Mann begann den Täter zu erpressen. Er bestimmte die Hütte als Treffpunkt oder verlangte, daß dort das Geld hinterlegt würde. Bedenken Sie: Dieser Tramp verließ die Wattle Creek Station erst nach zehn Uhr in der Nacht. Es war die Nacht des dritten Dezember, drei Nächte vor Vollmond. Und als er zur Hütte ging, um sich mit dem Täter zu treffen oder das Geld abzuholen, erwartete ihn der Tod. Denn er wurde mit Sackleinen erwürgt und die Leiche dann an den Riemen aufgehängt. Aber bedenken Sie, Marshall, daß wir das Motiv für diesen Mord lediglich vermuten und uns auch gehörig irren können. Nun?«

Sergeant Marshall wirkte jetzt nicht mehr bekümmert.

»Wie ich schon sagte, als ich Sie festnahm – Sie nehmen den

Mund ganz schön voll«, meinte er. »Aber noch etwas: Wieso vermuten Sie, daß der Mörder hier in Merino lebt?«

»Sie erinnern sich doch an die schwachen Spuren von Sackleinen bei der Hütte von Sandy Flat«, antwortete Bony. »Bei der Hütte des alten Bennett fand ich die gleichen Spuren. Der Unbekannte war vom Ostende der Asphaltstraße aus zu Bennetts Hütte gegangen und auf demselben Weg zurückgekehrt.«

»Ach!« Marshall holte tief Luft.

»Deshalb dürfen wir ruhig annehmen, daß der alte Bennett irgendwie erfahren hatte, wer der Mörder war, und deshalb ging der Mörder zu Bennett, um ihn zum Schweigen zu bringen. Als der alte Mann die Tür öffnete, setzte vor Schreck sein Herz aus und ersparte dem Mörder seine schmutzige Tat. Ich habe allerdings keine Ahnung, warum der Mörder einen reichlichen Monat gewartet hat, bevor er zuschlug. So, machen Sie Licht, ich lasse die Rollos herunter.«

Als das erledigt war, nahmen sie wieder Platz, und Bony drehte sich eine Zigarette, die wie immer in der Mitte dick und an den Enden dünn geriet.

»Sie werden gewiß zugeben, daß sich dieser Fall nicht für einen Kriminalbeamten aus der Stadt eignet«, fuhr er fort. »Und Sie werden ferner zugeben, daß der Mörder in Ihrem Bezirk, wahrscheinlich sogar in Merino leben muß. Doktor Scott, einer der beiden Jasons, der Lehrer, der Pfarrer, ja sogar Gleeson oder Sie selbst könnten also der Mörder sein. Gleeson hat gestern Doktor Scott sehr intelligente Fragen gestellt, wie? Und wir dürfen annehmen, daß er ziemlich kräftig ist, also einen Mann mit Normalgewicht tragen kann. Der Mörder hat Kendall getragen, der sechzig Kilo wog, und er hob auch ohne Mühe den Tramp in die Höhe, der achtundvierzig Kilo wog. Er ist also weder alt noch ein Schwächling, aber er ist auch nicht unbedingt ein Athlet. Wir könnten von allen Männern in Ihrem Bezirk eine Liste aufstellen, auf die diese Eigenschaften zutreffen, aber ich glaube kaum, daß uns dies weiterhelfen würde. Trotzdem können Sie bei Gelegenheit mal eine solche Liste aufstellen.«

»Mache ich, das ist nicht weiter schwer«, erklärte der Sergeant.

»Gut! Und nun möchte ich Sie bitten, eine Erkundigung einzuziehen. Vorvorgestern schlief dieser Tramp in dem Wollschuppen der Wattle Creek Station, und an dem betreffenden Nachmittag kam dort das Postauto vorbei. Es hat die Stationspost mitgenommen, und zweifellos befanden sich im Postsack der Schafstation auch Briefe nach Merino. Der Buchhalter, der die Post aus dem Briefkasten holt und zusammen mit der Geschäftspost in den Postsack steckt, wird bestimmt die Schrift der zur Farm gehörenden Personen kennen. Vielleicht erinnert er sich, eine fremde Handschrift gesehen zu haben – also die des Tramps. Und vielleicht erinnert er sich auch, an wen dieser Brief adressiert war. Denn wenn der Tramp jemandem in Merino geschrieben hat, dann dem Erpreßten. Es wäre also möglich, daß wir auf der Schafstation einen wichtigen Hinweis bekommen.«

»Soll ich anrufen oder lieber persönlich mit dem Buchhalter sprechen?«

»Besser, Sie fahren hinaus. Sollten Sie Mr. Leylan treffen, dann erwähnen Sie doch mal beiläufig, daß Ihr derzeitiger Kittchenbruder sich sehr gut führt und ein tüchtiger Arbeiter ist, und daß er ganz gern auf einer Schafstation arbeiten würde. Mr. James hat bereits mit Mr. Leylan über mich gesprochen. Ich hätte gern einen Job bei der Hütte von Sandy Flat.«

Marshalls Augen bildeten schmale Schlitze. »Na, ich möchte nicht dort wohnen.«

»Das kann ich mir denken. Ich übrigens auch nicht. Aber seit wann darf ein Kriminalist nervös sein? Wenn es sich machen läßt, werde ich dort wohnen; denn ich möchte mir das Land östlich der Chinesischen Mauer ansehen. Und noch etwas: Wenn wir feststellen können, daß Leylan in der Nacht, in der dieser Tramp umgebracht wurde, ein einwandfreies Alibi hat, können wir ihn ins Vertrauen ziehen, und ich könnte ohne Schwierigkeiten in die Hütte am Sandy Flat ziehen. Übrigens – während Sie Erpresser-Sam verhört haben, habe ich mir den Wollschuppen angesehen. An einer der hydraulischen Pressen entdeckte ich noch so ein ›Nullen-und-Kreuze‹-Spiel. Es enthielt den Hinweis, daß der Koch Tramps gegenüber sehr großzügig ist und daß man den Boß um eine Rolle Tabak anbetteln kann. Das war alles.«

Sergeant Marshall lehnte sich zurück und reckte die Arme. Über sein rotes Gesicht glitt ein zufriedenes Lächeln.

»Nun, ich bin froh, daß wir vorankommen. Oder besser gesagt, daß Sie vorankommen. Der Fall wird langsam interessant.«

»Jeder Fall ist interessant, wenn er nicht zu leicht zu lösen ist«, erklärte Bony. »Jetzt werde ich Ihre Frau um eine Tasse Tee bitten, dann verschwinde ich ins Bett. Morgen werde ich mich mal mit dem Pastor unterhalten. Wie ich bereits durchblicken ließ, kann ich ihn nicht leiden, aber deshalb muß er noch lange kein Mörder sein. Lassen Sie sich nie durch persönliche Gefühle beeinflussen, Marshall – das würde nur Ihre Urteilskraft trüben.«

13

Bony war mit dem Streichen des Zaunes entlang der Straßenfront fertig und begann nun mit dem Teil, der die Polizeistation vom Grundstück der Jasons trennte. Dieser Zaun bestand aus Wellblechtafeln, die an hölzerne Pfosten genagelt waren.

Am siebten Dezember um halb zehn Uhr morgens war es bereits sehr heiß. Von der Straße drang das Geräusch der vorbeifahrenden Autos herüber, und in der Garage erklang lautes Hämmern. Merino war geschäftig – anscheinend wollte jeder mit seiner Arbeit fertig sein, bevor die Nachmittagshitze begann.

Es war Samstagmorgen. Rose Marie trat aus der Küchentür. Sie hatte ein blau-weißes Baumwollkleid an, und ein breitrandiger Hut gab ihrem Gesicht Schatten. Sie schob einen Puppenwagen, in dem zwei große Puppen lagen. Bedächtig und mit ihren Puppen redend, kam sie auf Bony zu.

»Guten Morgen, Bony!« begrüßte sie ihn ernst. »Mutter meinte, daß Sie sich gewiß einmal meine Babys anschauen möchten, Thomas und Edith.«

»Das war ein guter Gedanke. Wirklich nett von dir, Rose Marie. Wie geht es dir denn? Ich wunderte mich schon, warum du nicht beim Frühstück warst. Hattest du dich verschlafen?«

»Nein. Ich mußte Mrs. Wallace das Frühstück bringen«, erwiderte das Mädchen. »Mrs. Wallace war sehr krank, und jetzt ist Mutter an der Reihe, ihr das Essen zu schicken.«

»Tatsächlich!« murmelte Bony.

»Ja. Mrs. Wallace lebt allein. Alle haben Mrs. Wallace gern, und wenn sie krank ist, kümmern sich die Leute um sie. Sie hat mir gesagt, sie habe nicht gewußt, daß es in Merino so viele Engel gibt.«

Bony strich die Farbe breit, dann blickte er das Mädchen an, bevor er den Pinsel wieder in den Farbtopf tauchte.

»Ich bin froh, daß du aus diesem Grund beim Frühstück gefehlt hast«, meinte er. »Weißt du, ich fürchtete nämlich, die Pralinen seien schuld.«

»O nein! Ich habe nur vier gegessen. Möchten Sie nicht meinen Babys guten Morgen sagen?«

»Natürlich. Aber wer ist nun Thomas, und wer Edith?«

Nachdem das Mädchen ihre Puppen vorgestellt und Bony gebührend das Haar von Thomas und die blauen Augen von Edith bewundert hatte, schenkte er Rose Marie ein blitzendes Zweischillingstück.

»Deine Sparbüchse muß doch schon ziemlich schwer geworden sein«, sagte er.

»Das stimmt«, pflichtete Rose Marie bei. »Sieben Silberstücke sind jetzt in meiner Sparbüchse, und mit all den vielen Pennies wird sie bald ganz voll sein. Vielen Dank, Bony. Ich werde eine Menge Geld haben, wenn ich die Sparbüchse aufmache, nicht wahr?«

»Ja. Aber es müssen noch zwei Zweischillingstücke hinein. Ich hoffe, es ist noch Platz.«

»Mutter sagt, daß Sie mich schrecklich verwöhnen«, meinte sie und setzte Thomas aufrecht in den Puppenwagen. »Sie sah, wie ich das Silberstück einwarf, das Sie mir am Donnerstag gegeben haben, und wollte wissen, von wem ich es habe. Sie meinte, ich dürfe das Geld nicht ausgeben, weil es der ganze Lohn ist, den Sie bekommen. Aber ich werde es vor allem deshalb nicht ausgeben, weil –«

»Nun, Rose Marie?«

Sie lächelte Bony an. »Weil Sie mir diese Silberstücke geschenkt haben, Bony. Sie sind für mich ein Andenken.«

»Oh!«

Er fuhr mit der Arbeit fort, während das Mädchen zärtlich Ediths Decke glattstrich.

»Was werden Sie machen, wenn Vater Sie wieder freiläßt?« fragte sie nach einer Weile.

»Warum? Ich hoffe, in der Nähe von Merino Arbeit zu finden. Ich will heute nachmittag mit Pastor James darüber sprechen.«

Er blickte auf und sah, wie sie das Gesicht verzog und Thomas auszankte, weil er aus dem Wagen klettern wollte.

»Wenn Sie arbeiten, werden Sie dann mal an einem Sonntag nach Merino kommen und mich mit in die Kirche nehmen?« fragte sie.

Bony erklärte sich sofort bereit.

»Erinnern Sie sich, daß Sie es mir vor längerer Zeit schon einmal mit gekreuzten Fingern versprochen haben?«

»Tatsächlich?« meinte Bony und blickte sie mit gutgespielter Überraschung an.

»Sie wissen genau, daß Sie es versprochen haben. Erinnern Sie sich wirklich nicht?« – »Hm! Ich glaube, ich erinnere mich.«

Bony wandte sich wieder seiner Arbeit zu, und eine Minute lang herrschte Schweigen.

»Wenn ich morgen abend Vater bitte, Sie in die Kirche gehen zu lassen, werden Sie mich dann mitnehmen?«

Dieses Kind wird bestimmt einmal eine intelligente Frau! dachte Bony amüsiert. Das Mädchen wußte jetzt schon, wie sie ihre Angriffe zu führen hatte. Und wie jeder Mann, glaubte auch Bony, sich erfolgreich verteidigen zu können.

»Ich weiß nicht«, meinte er ausweichend. »Siehst du, ich sitze ja noch im Gefängnis. Außerdem würdest du ja dann mich mit in die Kirche nehmen – falls mich dein Vater gehen ließe.«

»Es wäre schön, wenn Sie mitgingen.« Der Angriff wurde resolut geführt.

»Du möchtest, daß ich unbedingt morgen mitkomme?« fragte Bony, und sein Widerstand ließ bereits merklich nach.

»Ja«, entgegnete sie energisch. »Morgen abend. Mutter läßt mich abends nicht gehen. Aber wenn Sie mich mitnehmen, wird sie gewiß einwilligen.«

»Warum möchtest du unbedingt morgen abend in die Kirche gehen?«

»Weil Miss Leylan von ihrem Verlobten begleitet wird. Er ist doch Wanderprediger.«

»Oh!« Bony wußte nichts mehr zu entgegnen.

»Ja. Er heißt Frank. Er fährt mit einem großen Lastwagen umher und predigt. Miss Leylan sagt, er käme heute nach Wattle Creek. Ich habe ihn noch nie gesehen. Er hat ein Harmonium auf dem Lastwagen und große elektrische Lampen, die er abends beim Predigen anmacht. Nächste Woche kommt er mit seinem Lastwagen nach Merino.«

Bony war mit seinen Gedanken bereits weit weg – auf der Chinesischen Mauer. Er blickte in das sympathische Gesicht einer jungen Frau. Doch dann fand er wieder in die Gegenwart zurück, und er war ein wenig traurig, daß Rose Marie nicht um seiner selbst willen mit ihm in die Kirche gehen wollte.

»Wie ist denn der Familienname von diesem Wanderprediger?« fragte er beiläufig.

»Er heißt Frank Lawton-Stanley.«

»Was!« Bony fuhr herum. »Frank Lawton-Stanley! Tatsächlich? Nein, so was! Ja, ich werde dich in die Kirche mitnehmen, und wenn ich aus dem Gefängnis ausbrechen müßte. Nun, zufrieden?«

Rose Marie lächelte, und ihre grauen Augen glänzten.

»Vielen Dank, Bony«, sagte sie. »Ich wußte, daß Sie meine Bitte nicht abschlagen würden.« Und dann fügte sie pfiffig hinzu: »Kennen Sie vielleicht Miss Leylans Frank?«

»Versprichst du mir, nichts zu verraten?«

Sie kreuzte die Finger.

»Ja, ich kenne Pfarrer Lawton-Stanley«, sagte er. »Er wird dir gefallen, Rose Marie. Wenn du möchtest, mache ich dich nach dem Gottesdienst mit ihm bekannt.«

»O Bony, das würden Sie tun? Wie alt ist er denn?«

»Noch nicht so alt wie ich. Er hat braungewelltes Haar und braune Augen und ist meist sehr freundlich. Er wird dir bestimmt gefallen.«

»Er ist meist sehr freundlich«, echote sie. »Ist er denn nicht immer freundlich?«

Bony mußte lachen. »Rose Marie, ich will dir ein Geheimnis anvertrauen. Einmal war ich in Queensland, und am Morgen kam Pfarrer Lawton-Stanley und bat mich, die Boxhandschuhe anzuziehen, weil er einen Partner brauchte. Ich zog sie an. Du hast keine Ahnung, wie Boxhandschuhe aussehen. Er war ein bedeutend besserer Boxer als ich. O ja, er wird dir gefallen. Er ist ein prächtiger Kerl.«

»Ist sein Vater auch Geistlicher?«

»Nein. Sein Vater wohnt in Brisbane und baut jedes Jahr Hunderte von Windrädern.«

»Ja?«

Ihre Stimme klang enttäuscht. Er blickte das Mädchen überrascht an, doch sie starrte auf Edith.

»Was ist denn los?« fragte er.

»Ach nichts. Wird Miss Leylans Verlobter dann vielleicht hier in Merino die Windräder seines Vaters verkaufen?«

Diese Windräder waren offensichtlich ein beruhigendes Thema für Rose Marie, und Bony meinte, es sei unwahrscheinlich, daß der Wanderprediger die Windräder seines Vaters verkaufe.

»Aber wenn er es nun doch tut?« fügte er hinzu.

»Ach, nichts«, erwiderte sie hastig.

»Bin ich denn nicht mehr dein Freund, Rose Marie?«

Als sie von dem Puppenwagen aufblickte, standen Tränen in ihren Augen. Nun wußte Bony, daß er die Schlacht verloren hatte – das kleine Mädchen hatte auf der ganzen Linie gesiegt.

»Aber, aber, Rose Marie!« sagte er bekümmert. »Du mußt doch nicht weinen. Komm, setz dich zu mir, ich drehe mir eine Zigarette.«

Er warf den Pinsel in den Farbkübel, dann setzte er sich in den sauberen roten Sand und lehnte sich gegen einen Pfosten. Das Mädchen hockte sich neben ihn, anscheinend war es ihr im Augenblick gleichgültig, ob Thomas und Edith aus dem Puppenwagen fielen.

»Nun erzähle mir mal, was du für Kummer mit diesen Windrädern hast«, bat Bony leise. »Schau mal, zwischen guten Freunden darf es doch keine Geheimnisse geben.«

»Sind Sie sicher, daß Miss Leylans Verlobter keine Windräder verkaufen wird, wenn er nach Merino kommt?«

»Natürlich. Ein Geistlicher verkauft weder Windräder noch sonst etwas. Warum eigentlich?« – »Das kann ich Ihnen nicht sagen, Bony.«

»Oh! Und warum nicht?«

»Weil ich es dem jungen Mr. Jason mit gekreuzten Fingern versprochen habe.«

»Tatsächlich? Nun, in diesem Fall mußt du es auch nicht erzählen.«

Ihr Gesichtchen begann wieder zu strahlen.

»Sie verlangen es wirklich nicht von mir?«

»Verlangen? Bestimmt nicht. Ein einmal gegebenes Versprechen muß man halten.«

»Und Sie werden mich morgen abend mit in die Kirche nehmen?«

»Das verspreche ich – hier, schau: mit gekreuzten Fingern. Und wenn der Verlobte von Miss Leylan mitkommt, werde ich dich ihm vorstellen als die – nun, als die Zweite Dame von Merino.«

»Als Zweite Dame. Ist meine Mutter die Erste?«

»Ich hörte von Mr. Watson, daß Mrs. Sutherland die Erste Dame von Merino ist.«

»Oh! Mrs. Sutherland ist hinter dem alten Mr. Jason her«, stellte Rose Marie naseweis fest. »Ich hörte, wie Mrs. Felton es zu Miss Smith gesagt hat. Darf ich Mutter sagen, daß Sie mich mit in die Kirche nehmen – damit sie mein bestes Kleid bügeln kann?«

»Ja, das darfst du. Und im Laufe des Nachmittags gehst du in ein Geschäft und kaufst für mich ein neues Hemd und eine Krawatte. Glaubst du, daß deine Mutter mir das Bügeleisen leiht? Ich hoffe nur, daß der junge Mr. Jason nicht eifersüchtig auf mich wird.«

»Dann dürfte er mich nie mehr in die Kirche begleiten«, erwiderte sie energisch. »Kann ich ihm Bescheid sagen, daß ich morgen mit Ihnen gehe?«

»Das wäre vielleicht ganz gut«, erwiderte Bony ernst.

Sie stand auf und ging auf das Gartentor zu, dann kehrte sie um und trat zu ihrem Puppenwagen.

»Würden Sie inzwischen aufpassen, daß Thomas nicht herausfällt?« bat sie, und nachdem Bony es zugesagt hatte, trippelte sie davon.

Er blickte Rose Marie nach und sah, wie sie außen am Zaun entlangging. Nach fünfzehn Minuten kam sie angehüpft und berichtete mit strahlendem Gesicht, daß der junge Jason nicht eifersüchtig sein würde. Nun müsse sie gehen und ihrer Mutter Bescheid sagen, damit sie ihr bestes Kleid bügeln könne.

Am Samstagnachmittag brauchte Bony nicht zu arbeiten, und

nachdem er seine Einkaufswünsche auf einen Zettel geschrieben hatte, schickte er Rose Marie los. Zehn Minuten später machte er sich auf den Weg und schlenderte in der glühenden Hitze die Straße entlang.

In den Geschäften und auf der Straße herrschte nur wenig Betrieb. Ein Kakadu, der mit einem feinen Kettchen an einen Pfefferbaum gefesselt war, begrüßte Bony mit einem verschlafenen ›Guten Tag‹.

Als Bony beim Pfarrhaus anlangte, sah er sich zunächst einmal um. Hinter der kleinen Gartenpforte führte ein Aschenpfad zu dem Haus, das weit von der Straße zurück gebaut war. Der Pastor lag auf der Veranda in einem Rohrliegestuhl und las ein Buch. Bony ging einige Schritte weiter und trat durch ein breites Tor. Am Ende des Zufahrtsweges stand die Garage, durch deren offenstehende Tür er den staubigen Wagen des Pfarrers sehen konnte.

Bony schritt den Zufahrtsweg entlang, der Garten lag zu seiner Rechten. Zur Linken erhob sich die gewaltige Holzwand der Kirche. Zum Garten hin war der Zufahrtsweg mit Büschen begrenzt, die allerdings reichlich verkümmert wirkten. Der ganze Garten schrie geradezu nach liebevoller Pflege.

Bony hatte die Absicht, kurz vor dem Haus einen schmalen Weg zu benützen, der zwischen den Sträuchern hindurch zur Veranda führte. Da er sehr leise auftrat, hörte ihn Mr. James nicht, und er war auch zu sehr in sein Buch vertieft, um ihn zu sehen. Bony aber konnte den Pastor gut beobachten.

Der Pfarrer hatte ein Kissen unter dem Kopf, auf seinem Bauch lag aufgeschlagen ein großes, in Leder gebundenes Buch, während er ein Taschenbuch las.

Bony wollte gerade hinübergehen, als er hörte, wie hinter dem Haus Holz gehackt wurde. Rasch entschlossen ging er weiter zur Garage und bog in den Hof ein. Bei einem großen Holzhaufen am rückwärtigen Zaun hackte eine Frau Holz.

Sie war klein und schlank und trug ein hübsches dunkelblaues Hauskleid. Sie kehrte Bony den Rücken zu. Die Sonne brannte auf ihr hellbraunes Haar, das sie am Hinterkopf zu einem Knoten frisiert hatte. Bony hüstelte leise, und sie wandte sich um.

»Guten Tag! Wollen Sie den Herrn Pastor sprechen?« fragte sie, leicht außer Atem.

»Ja, ich möchte ihn sprechen«, erwiderte Bony lächelnd.

»Er ist vorn auf der Veranda. Der arme Mann ist kränklich, müssen Sie wissen.«

Bony wurde von sanften grauen Augen gemustert. Diese Frau mußte einmal sehr hübsch gewesen sein, doch nun war ihr Teint durch Sonne und Küchendünste verdorben. Dicke Schweißperlen standen auf ihrer Stirn.

»Das ist höchst bedauerlich«, meinte Bony. »Wir wollen Gott danken, daß wir gesund sind.« Bevor die Frau wußte, was geschah, hatte Bony ihr lächelnd und mit sanftem Griff das Beil entwunden. »Ich bin der beste Holzhacker unserer Familie«, erklärte er. »Nun passen Sie auf, wie Robert Burns loslegt.«

Bony hatte noch nie gut Holz hacken können – und die Frau merkte es sofort, aber er hörte nicht eher auf, bis er sieben Holzklötze kleingehackt hatte.

»Oh, das genügt«, sagte die Frau. »Das war wirklich sehr nett von Ihnen, vielen Dank. Ich brauche ja nur etwas Kleinholz. Heute abend kommt ein Mann, der hackt eine Stunde lang.«

»Vielleicht ist er verhindert, Madame«, erwiderte Bony und schlug rasch noch ein paar Späne. Danach kniete er nieder und stapelte sich die Scheite auf den gewinkelten Arm.

»Wohin soll ich das Holz bringen, Madame?« fragte er und erhob sich.

»Oh! Ich kann es selbst zur Küche bringen. Vielen Dank, daß Sie es kleingehackt haben.«

»Wo ist die Küche? Vielleicht zeigen Sie mir den Weg. Wenn ich dieses Zeug nämlich nicht mehr halten kann –«

»Oh, gleich da drüben. Vielen Dank.«

Sie hob Bonys Filzhut auf und lief rasch vor ihm her zur Küchentür, wo sie auf die Holzkiste wies. Sie blieb an der Küchentür stehen und sah zu, wie er sich die Hände abstaubte. Als er seinen Hut entgegennahm, glänzten ihre Augen feucht.

»Wenn Sie mit dem Herrn Pastor gesprochen haben, kommen Sie vielleicht zu einer Tasse Tee?« meinte sie.

»Sehr gern, Madame. Eine Tasse Tee lehne ich nie ab. Vielen Dank.« Bony verbeugte sich, wie sich noch kein Mann vor Lucy James verbeugt hatte.

Er benützte den schmalen Weg am Haus entlang, trat aber wiederum sehr leise auf. Pfarrer James war immer noch in das Taschenbuch vertieft, dessen Titel Bony nun erkennen konnte. Es gab viele Menschen, die dieses Buch interessant fanden, aber es waren nicht unbedingt Pastoren. Das Buch hieß: ›Ein Flirt in Florenz‹.

Bony stieß absichtlich mit dem Fuß gegen die unterste Verandastufe und blickte zu Boden. Pfarrer James senkte das Buch und sah seinen Besucher scharf an. Als Bony wieder aufblickte und die Stufen hinaufstieg, hielt der Pastor das ledergebundene Buch in Händen: ›Leben und Episteln von St. Paul‹. Was aus dem ›Flirt in Florenz‹ geworden war, konnte Bony nicht erkennen.

»Was wünschen Sie?« fragte der Pastor scharf.

»Ich wollte hören, Hochehrwürden, ob Sie schon mit Mr. Leylan wegen mir gesprochen haben«, erwiderte Bony ruhig und setzte sich auf den Boden der Veranda.

Mr. James schwang die Beine vom Liegestuhl und legte das schwere Buch weg.

»Ich weiß nicht recht, aber ich finde es etwas respektlos, wie Sie sich einem Pfarrer nähern«, sagte er reserviert. »Aber warten Sie, Ihr Name ist –«

»Burns – Robert Burns«, erwiderte Bony.

»Ach richtig – Burns. Jetzt erinnere ich mich an Sie. Ich habe mit Mr. Leylan über Sie gesprochen. Er erwägt, Ihnen Arbeit zu geben. Sollte er Sie anstellen, erwarte ich von Ihnen, daß Sie hart arbeiten, ehrlich sind und sich meiner Empfehlung würdig erweisen.«

»Ich werde mir alle Mühe geben«, versicherte Bony.

»Auch ein Unglück kann Nutzen bringen, wenn wir die Lehre daraus ziehen«, fuhr Mr. James fort, aber seine Stimme paßte nicht recht zu diesem Zitat. Bony konnte der Versuchung nicht widerstehen, ebenfalls mit einem Zitat zu antworten.

»›Wenn wir alle im Reichtum leben würden, besäßen wir keinen Charakter mehr.‹«

»Ah, ja – so ist es.«

Pfarrer James bemerkte, wie die braune Hand in die Hosentasche fuhr und mit Tabak und Zigarettenpapier wieder zum Vorschein kam.

»Ich möchte Sie bitten, hier nicht zu rauchen«, sagte er. »Ich verabscheue Tabak und Alkohol. Vergessen Sie nicht, daß Sie sich im Pfarrhaus befinden. Also, ich werde noch einmal mit Mr. Leylan sprechen. Er ist ein sehr guter Freund von mir. Und ich werde auch noch mit Sergeant Marshall sprechen, bevor Sie entlassen werden. Gibt es sonst noch etwas?«

Bony zögerte. »Ja, Hochehrwürden. Ich möchte morgen abend gern in die Kirche kommen. Der Sergeant hat es erlaubt.«

»Sie sind willkommen. Der Gottesdienst beginnt um sieben«, erwiderte Mr. James, doch seine Stimme verriet weder Willkommen noch Interesse. »Und nun gehen Sie bitte. Ich habe noch zu arbeiten. Guten Tag!«

Bony erhob sich träge, und als er den Gartenweg erreicht hatte, drehte er sich noch einmal um. »Guten Tag, Hochehrwürden.«

Der Pastor stand vierschrötig auf der Veranda. Als Bony den Gartenweg entlangging, spürte er den bohrenden Blick im Nacken.

Er hatte nicht den Eindruck, daß Pfarrer Llewellyn James ein krankes Herz oder eine schwache Konstitution besaß. Er mußte lächeln, doch dann dachte er an die kleine zierliche Frau, die in der heißen Nachmittagssonne Holz gehackt hatte, und sein Lächeln schwand. Er hatte nicht vergessen, daß sie ihm eine Tasse Tee angeboten hatte.

14

Um halb sieben betrat Sergeant Marshall Bonys Zelle und sah, daß sich der Inspektor das glatte schwarze Haar bürstete.

»Ich streiche den Zaun nicht weiter«, erklärte Bony und betrachtete sich im Spiegel. »Sie haben versprochen, mir täglich bis spätestens halb sechs zwei Schilling zu zahlen, damit ich noch drüben im Hotel etwas trinken kann.«

Sergeant Marshall mußte grinsen. »Ich war in Ihrem Auftrag draußen auf der Wattle Creek Station.«

»Das löscht doch nicht meinen Durst! Ich rackere mich den lieben langen Tag für Sie ab, aber Sie bieten mir nicht einmal ein kühles Bier an.«

»Mein Lieber, ich habe zwei Flaschen im Büro!« rief der Sergeant.

Bony schnaufte verächtlich, drehte sich um und streckte die Hand aus. »Meinen Lohn, bitte.«

»Sie sind ein ganz schöner Schnorrer, wie?« meinte Marshall lachend. »Drüben warten zwei Flaschen, aber Sie verlangen trotzdem Ihre zwei Schillinge. Hier, nehmen Sie. Aber Sie verwöhnen mir meine Tochter restlos.«

»Danke. Und nun wollen wir ins Büro gehen, wo das Bier wartet.«

Nachdem sie eingetreten waren, schloß Bony die Tür, während der Sergeant die Gläser füllte. Aus einem nahegelegenen Zimmer klang ungeübtes Klaviergeklimper.

»Prost!« murmelte Marshall.

»Prost! Nun, wie hat es geklappt?«

»Ich habe mit Perkins, dem Buchhalter, gesprochen«, berichtete der Sergeant. »Aber da haben wir Pech. Perkins hatte den ganzen Tag über alle Hände voll zu tun und konnte die Post erst im letzten Augenblick, als das Postauto bereits hielt, in den Sack stecken und dem Chauffeur übergeben.« – »Oh! Das ist schade.«

»Ja. Aber Perkins war den ganzen Tag über im Büro, lediglich zum Essen ist er weggegangen, und solange er im Büro war, hat der Tramp keinen Brief eingeworfen – er kann nämlich den Postkasten durchs Fenster gut sehen. Ich habe dann mit den Leylans Tee getrunken. Dabei lernte ich einen gewissen Lawton-Stanley kennen. Er ist mit Miss Leylan verlobt. Ein prächtiger Bursche. Er ist Wanderprediger. Im Verlaufe des Gesprächs fragte ich Leylan geradeheraus, wo er in der fraglichen Nacht gewesen ist. Er behauptet, in Ivanhoe gewesen zu sein und im Hotel übernachtet zu haben. Er sei erst am nächsten Tag nach neun Uhr abgereist.«

»Gut gemacht, auch wenn die Ergebnisse mager sind«, meinte Bony. »Nun bitte ich Sie, die Wattle Creek Station anzurufen und diesen Lawton-Stanley zu verlangen. Sobald Sie ihn am Apparat haben, geben Sie mir den Hörer. Sagen Sie weder dem Buchhalter noch ihm selbst, wer ihn sprechen möchte.«

Marshall telefonierte mit Perkins, und nach einigen Minuten meldete sich Lawton-Stanley.

»Sind Sie allein?« fragte Bony mit tiefer, verstellter Stimme.

»Ja. Wer spricht?«

»Ich bin der dunkelhäutige Mann, dem ein Hellseher gesagt hat, daß Sie einen großen Einfluß auf ihn haben werden«, erwiderte Bony.

»Was reden Sie da für Zeug? Wer ist dort? Was wollen Sie?« rief Lawton-Stanley überrascht.

»Bitte nennen Sie nicht meinen Namen«, fuhr Bony mit dunkler Stimme fort. »Erinnern Sie sich an ein kleines Haus in Banyo, und an Charles, meinen Sohn, der einmal Missionsarzt werden möchte?«

Lawton-Stanley brach in dröhnendes Gelächter aus.

»Sie Schurke!« rief er. »Prächtig, daß Sie gerade hier sind. Von wo sprechen Sie?«

»Ich bin in Merino«, entgegnete Bony. »Wie ich gehört habe, kommen Sie morgen abend mit Ihrer Verlobten in die Kirche, stimmt's?«

»Ja, wir haben die Absicht.«

»Ich werde auch in die Kirche gehen«, meinte Bony. »Ich werde von einer Dame begleitet, die Sie unbedingt kennenlernen möchte. Sie werden sie bezaubernd finden. Mein Name ist Robert Burns, genannt Bony, und wir haben uns zuletzt auf einer Rinderfarm in Queensland getroffen. Klar?«

»Absolut. Sie drücken sich ja immer sehr klar aus.«

»Ich möchte, daß Sie zu meiner Freundin ganz besonders nett sind. Nach dem Gottesdienst wird Mrs. Marshall Miss Leylan und Sie zum Abendessen einladen. Und Sie werden die Einladung annehmen. Klar?«

»Klar wie dicke Tinte. Haben Sie sich eigentlich von den Prügeln erholt, die ich Ihnen damals in Quinnquarrie vor dem Frühstück verabreicht habe?«

»Ich bin dabei nicht einmal außer Atem gekommen. Aber wie hat sich Ihr blaues Auge erholt?«

»Ach, prächtig. Und wie geht es Ihnen?«

»Gut. Und nun gute Nacht, Herr Pfarrer, und alles Gute.«

Bony legte den Hörer auf und wandte sich an Marshall.

»Der prächtigste Mensch, der mir je im Busch begegnet ist. Boxt wie eine Dreschmaschine. Sind Sie ein guter Boxer?«

»Es geht.«

»So, und nun müssen wir besonders nett zu Ihrer Frau sein. Sie weiß nämlich noch gar nicht, daß sie für morgen abend Miss Leylan und Lawton-Stanley zum Essen eingeladen hat. Wie wird es Ihre Frau aufnehmen?«

»Möglicherweise reichlich krumm«, erwiderte Marshall. »Das müssen Sie ihr schon selbst beibringen. Kommen Sie, das Abendessen ist fertig.«

»Oh, da seid ihr ja!« rief Mrs. Marshall, als die beiden Männer das Wohnzimmer betraten. »Das Abendessen ist schon lange fertig. Ich will nur noch Rose Marie rufen.«

»Einen Augenblick«, bat Bony. »Ich muß erst noch etwas beichten. Ein guter Freund von mir ist im Augenblick auf der Wattle Creek Station. Pfarrer Lawton-Stanley, der bekannte Wanderprediger.«

Mrs. Marshall riß die Augen auf.

»Ich kenne ihn nur vom Sehen«, entgegnete sie. »Aber wie ich gehört habe, ist er mit Edith Leylan verlobt.«

»Ja, das stimmt. Die beiden kommen nun morgen abend in die Kirche, und ich habe gerade am Telefon gesagt, daß Sie sie nach dem Gottesdienst zum Abendessen einladen würden. Ich hoffe, Sie lassen mich nicht im Stich.«

»Natürlich nicht. Es wird bestimmt nett. Ich wollte Lawton-Stanley schon immer mal kennenlernen. Aber dann besuche ich lieber nicht den Gottesdienst. Ich muß ja noch das Essen vorbereiten.«

»Ich habe aber gesagt, daß Sie mitkommen«, beharrte Bony. »Sehen Sie, Mrs. Marshall, ich führe Rose Marie zur Kirche, da wäre es angebracht, daß Sie als Anstandsdame mitkommen.«

Mrs. Marshall zögerte, dann nickte sie lächelnd.

»Jetzt weiß ich nicht mehr, was ich sagen soll!« Der Sergeant schnaufte. »Wenn ich meine Frau um einen Gefallen bitte, gibt es eine Menge Wenn und Aber.«

Seine Frau lächelte ihn an. »So, und nun setzt euch, ich rufe Rose Marie.«

»Lassen Sie mich das besorgen«, bat Bony und ging in das Vorderzimmer, wo Rose Marie sehnsüchtig darauf wartete, vom Klavier erlöst zu werden.

»Oh!« rief sie überrascht, als Bony leise neben sie trat.

»Du spielst sehr schön«, sagte er. »Ich habe die ganze Zeit zugehört. Das Abendessen ist fertig, und hier ist mein Lohn von heute, steck ihn in die Sparbüchse. Na, ist dein Kleid für den Kirchgang gebügelt?«

»Ja. Mutter hat es heute nachmittag gebügelt. Und wie steht es mit Ihren Sachen?«

Bony hatte die Familie Marshall ins Herz geschlossen. Der Sergeant war trotz seiner Amtsmiene freundlich und großzügig. Er war ein guter Ehemann und schrecklich stolz auf seine Tochter.

Am folgenden Abend holte Rose Marie Bony ab. Sie trug ein graues Kleid und einen Velourshut.

»Kann ich mich so sehen lassen?« fragte sie altklug.

»Du siehst bezaubernd aus, Rose Marie. Und wie steht es mit mir – bin ich richtig angezogen für die Kirche?« – »Natürlich.«

Sie überquerten den Hof, wo Mrs. Marshall sie erwartete, der Sergeant begleitete sie bis zum Gartentor.

»Laß das Feuer nicht ausgehen, Vater«, erinnerte Mrs. Marshall ihren Mann. »Aber heize auch nicht wieder so ein, daß das ganze Haus ein Backofen ist, wenn wir zurückkommen.«

»Ich werde mir Mühe geben«, versprach er.

Ungefähr dreißig Leute waren bereits in der Kirche, als Rose Marie, gefolgt von ihrer Mutter und Bony, in eine Bankreihe trat. Bony sah Mrs. Fanning mit ihrem Mann und Mrs. Sutherland mit ihren zwei Söhnen.

Sie hatten kaum Platz genommen, als auch schon Mrs. James aus der Sakristei kam und auf die Kanzel stieg. Sie hatte einige Blätter in der Hand, die sie auf das Lesepult legte und mit einem Stück weißen Marmor beschwerte. Das moderne Kostüm mit dem kurzen Rock betonte ihre schlanke Figur, und ihre Bewegungen verrieten Energie.

Rose Marie stieß Bony an, und er folgte ihrem Blick. Edith Leylan und Lawton-Stanley schritten den Gang entlang zu ihrer Familienbank. Die Kleidung des Mädchens war von einer schlichten, aber kostspieligen Eleganz. Lawton-Stanley trug einen dunkelgrauen Anzug. Der Wanderprediger war 1,80 Meter groß, schlank und kräftig. Er hatte energische Züge, und von seinem Gesicht ging ein inneres Leuchten aus.

Bony beobachtete verstohlen Rose Marie. Ihre Wangen waren gerötet, ihre grauen Augen leuchteten.

»Nun, wie gefällt er dir?« flüsterte er.

»Er ist reizend«, antwortete sie.

Mrs. James hatte auf der Kanzel alles vorbereitet und kam nun mit gemessenen Schritten die Treppe herab. Sie begrüßte Lawton-Stanley und entfernte sich. Drei Minuten später erschien sie auf der Empore, wo die Buben und Mädchen der Sonntagsschule Platz genommen hatten. Sie setzte sich an die Orgel und begann mit dem Präludium.

Nun trat Pfarrer James aus der Sakristei. Er trug seinen schwarzen Talar, doch seine Bewegungen wirkten – im Gegensatz zu denen seiner Frau schwerfällig. Als er die Kanzel bestieg, schien er sich mühsam am Geländer hinaufzuziehen. Die Orgel verstummte. Der Pastor nahm das oberste Blatt zur Hand und verkündete mit einer Stimme, die jegliche Wärme missen ließ, das Eingangslied.

Mrs. James begleitete an der Orgel und dirigierte den Kirchenchor. Bony konnte ihre Stimme zwar nicht hören, aber er konnte sich denken, daß Mrs. James aus vollem Herzen mitsang. Sie hatte den Kopf zurückgeworfen, blickte nicht auf den Spieltisch, sondern hinauf zu den Orgelpfeifen.

Bonys Interesse galt natürlich vor allem dem Pastor. Der gesamte Gottesdienst war auf den Zetteln festgelegt, die ihm seine Frau vorbereitet hatte. Die Nummern der Lieder, die Gebete, ja selbst die Predigt brauchte er nur abzulesen. Er besaß zwar eine kräftige Stimme, aber durch seine näselnde Monotonie verdarb er alles. Diesem Mann fehlte ganz einfach jegliche innere Anteilnahme.

Nach dem Gottesdienst stieg Pfarrer James von der Kanzel und eilte zum Ausgang, wo er mit jedem einzelnen zum Abschied ein paar Worte wechselte. Seine Frau blieb noch an der Orgel sitzen. Pfarrer James schüttelte Mrs. Marshall die Hand und klopfte Rose Marie auf die Schulter. Bony starrte er nur wortlos an.

»Er hätte ja auch ein Wort mit Ihnen sprechen können«, meinte Mrs. Marshall, als sie zur Gartenpforte gingen.

»Ich möchte ihm keinen Vorwurf machen, daß es ihm die Sprache verschlagen hat«, erwiderte Bony. »Schließlich muß es eine gewaltige Überraschung gewesen sein, wenn ein notorischer Galgenvogel Frau und Tochter des höchsten Polizeibeamten von Merino in die Kirche begleitet. Ah, da kommt ja Lawton-Stanley.«

Der Wanderprediger packte Bony an den Schultern, seine braunen Augen glänzten.

»Bony!« sagte er bedächtig. »Ich hätte nie gedacht, Sie hier zu treffen. Sie sehen gut aus.«

»Ich fühle mich auch schon bedeutend besser als vor zwei Minuten. Oh, guten Abend, Miss Leylan. Ich hoffe, Sie erinnern sich noch an mich. Wir trafen uns auf der Chinesischen Mauer.«

»Natürlich erinnere ich mich noch«, erwiderte sie lebhaft. »Aber daß Sie beide sich kennen!«

»Pfarrer Lawton-Stanley kennt zwangsläufig eine Menge Leute, vor allem die schwarzen Schafe. Doch entschuldigen Sie. – Mrs. Marshall, darf ich Sie mit einem alten Freund bekannt machen: Pfarrer Lawton-Stanley.«

Mrs. Marshall wollte etwas sagen, doch Bony war noch nicht fertig.

»Und diese junge Dame ist meine liebe Freundin Rose Marie.«

Lawton-Stanley beugte sich tief herab, reichte dem Mädchen die Hand und lächelte.

»Rose Marie!« sagte er leise. »Ich freue mich, dich kennenzulernen. Ich habe vorhin gehört, wie du tüchtig mitgesungen hast.«

»Ich habe mir jedenfalls alle Mühe gegeben«, antwortete das Mädchen.

»Das ist recht so, Rose Marie.«

Das kleine Mädchen nickte nur, sie war unfähig, noch etwas zu sagen. Wie im Traum hörte sie, wie Lawton-Stanley sich mit den Erwachsenen unterhielt, wie ihre Mutter die beiden jungen Leute zum Abendessen einlud. Und plötzlich merkte sie, daß Miss Leylans Verlobter sich neben ihr hielt, während ihre Mutter, Miss Leylan und Bony vorangingen. Und Miss Leylans Verlobter stellte eine Menge Fragen.

Als Rose Marie spätabends zu Bett ging, wünschte sie jedem einzelnen eine gute Nacht, dann nahm sie Edith und Thomas und verließ das Zimmer. Sie war ehrlich müde.

Bony hatte inzwischen Edith Leylan in sein Geheimnis eingeweiht, und sie unterhielten sich über das Gebiet der Wattle Creek Station östlich der Chinesischen Mauer – über die Wasserlöcher, die Pferche und Koppeln, die Futtersorten und Holzarten. Als sie schließlich verstohlen auf die Uhr sah, wandte Bony sich an Lawton-Stanley.

»Was halten Sie eigentlich von Mr. James als Prediger?«

Lawton-Stanley blickte ihn ruhig an. »Ich bin der Meinung, daß er sich gewiß noch steigern könnte.«

»Der Mann interessiert mich«, stellte Bony fest. »Er ist nicht mit dem Herzen dabei, aber deshalb braucht er nicht unbedingt ein schwaches Herz zu haben, wie er behauptet. Glauben Sie, daß er ein Blender ist?«

»Wie kommen Sie darauf?« fragte der Wanderprediger zurück.

»Solange Pastor James heute abend auf der Kanzel stand, hat er nicht einen einzigen eigenen Gedanken geäußert«, erwiderte Bony. »Haben Sie nicht bemerkt, daß er jedes Wort abgelesen hat? Von der Ankündigung des Eingangsliedes bis zum Segen.«

»Das habe ich allerdings bemerkt.«

Über Lawton-Stanleys Gesicht glitt ein Schatten. Er schien sich plötzlich nur noch für das Teppichmuster zu interessieren.

»Sie interessieren sich beruflich für Pastor James?« fragte er schließlich.

Bony lachte. »Mich interessiert jeder. Aber nachdem Sie mir immer wieder ausgewichen sind, sagen Sie mir endlich Ihre ehrliche Meinung.«

Lawton-Stanley hob den Kopf und blickte in die blauen Augen des Mischlings. Da sah er, daß Bony einen guten Grund für seine Frage haben mußte.

»Meine Meinung über ihn hat sich nicht geändert, seit ich vor sieben oder acht Jahren mit ihm und seiner Frau am selben theologischen Seminar studiert habe. James hat mit Ach und Krach die Ordination erhalten. Ohne Lucy Meredith hätte er es wohl nie geschafft. Sie wollte Diakonissin werden und war eine ausgezeichnete Schülerin. Wieso James überhaupt an das Seminar gekommen ist, bleibt mir bis heute schleierhaft. Er wollte weiter nichts als eine Arbeit, bei der er sich nicht anzustrengen braucht, auch wenn er nicht viel verdient. Jedenfalls heiratete Lucy Meredith ihn, und seit er eine Pfarre hat, schreibt sie die Predigten und bereitet jede Kleinigkeit des Gottesdienstes vor.«

»Und hackt sogar das Holz für den Küchenherd«, fügte Edith Leylan hinzu. »Ich habe es selbst gesehen.«

»Sie putzt ihm auch die Schuhe«, sagte Mrs. Marshall.

»Glauben Sie, daß er ein schwaches Herz hat?« fragte Bony. »Nein«, erklärte Lawton-Stanley energisch. »Er hat noch nie an etwas anderem gelitten als an Faulheit.« Eine steile Falte stand auf seiner Stirn. »Würde es Ihnen etwas ausmachen, wenn wir das Thema wechseln? Ich möchte nämlich über keinen Menschen etwas Schlechtes reden.«

15

Der letzte Tag von Bonys Gefangenschaft war gekommen. Nach dem Mittagessen saß er mit Sergeant Marshall auf der rückwärtigen Veranda.

Nachdem der Herr Inspektor nun wieder frei sei, hatte der Sergeant lächelnd geäußert, werde er sich ja wohl auch endlich um die Aufklärung der Verbrechen kümmern.

»Tja, das ist so, Marshall«, erklärte Bony. »Es gibt einen sehr berühmten Kriminalisten, mit dem ich zusammen arbeite. Ich meine Kommissar Zufall. Wir wissen aus Erfahrung, daß das Böse niemals siegt. Es mag Fälle geben, wo das Böse scheinbar triumphiert, aber dann ist lediglich noch nicht genügend Zeit verstrichen, um die Niederlage des Bösen zu besiegeln. Warum soll ich also in der Gegend herumlaufen? Ich brauche doch lediglich Augen und Ohren offenzuhalten, um schließlich unter den vielen Fischen in meinem Netz den Stachelrochen zu erkennen.«

Marshall seufzte tief. »Sie mögen recht haben, Bony. Aber während Sie darauf warten, daß der Zufall Ihnen hilft, wird vielleicht noch ein armer Teufel umgebracht.«

»Ihre Bedenken sind durchaus berechtigt«, pflichtete Bony bei. »Aber ich bezweifle, daß wir einen weiteren Mord dadurch verhindern, indem wir einen gewaltigen Wirbel veranstalten. Überlegen Sie doch: die Auflösung eines gewöhnlichen Totschlags ist nicht schwer. Aber bei Kendall und diesem Tramp handelt es sich nicht um Totschlag. Wir haben es mit einem kaltblütigen Mörder zu tun.

Er plant sorgfältig und läßt sich nicht durch Gefühle zu einer unüberlegten Tat hinreißen. Sehen Sie mich an. Ich bin im allgemeinen recht freundlich. Wenn ich mich aber von meinen Gefühlen leiten ließe, würde ich kein einziges Verbrechen aufklären. Viele meiner Kollegen lassen sich von ihrem Gefühl hinreißen, sie sind empört über einen brutalen Mord, fassen die Tat geradezu als persönliche Beleidigung auf. Und damit vernebelt sich ihr gesunder Menschenverstand. Ich würde es zutiefst bedauern, wenn hier noch jemand ermordet würde, aber ich würde es nicht als persönliche Beleidigung auffassen. Und ich würde mir deshalb auch keine Vorwürfe machen. Ich gehe langsam vor, ich sammle Beweise, bis ich den Mörder gefunden habe.«

»Klingt alles ganz schön und gut«, meinte der Sergeant skeptisch.

»Es klingt nicht nur gut, es ist auch gut«, versicherte Bony. »Ich habe stets Erfolg. Man behauptet immer, ich sei besonders scharfsinnig, aber in Wirklichkeit warte ich ganz einfach ab, bis mir das Schicksal die Lösung in den Schoß wirft. Ganz einfach.«

Jetzt explodierte der Sergeant. »Zum Donnerwetter! Jetzt weiß ich nicht, ob Sie es ernst meinen oder mich nur auf den Arm nehmen wollen!«

Bony lachte, wurde aber sofort wieder ernst.

»Es ist wie bei einer Additionsaufgabe. Wir wissen zum Beispiel, daß Massey Leylan in der fraglichen Nacht in Ivanhoe war und deshalb den Mord nicht begangen haben kann. Wir wissen weiter, daß der tote Tramp John Way heißt und – soweit bekannt – keine Angehörigen besitzt. Wir haben bereits eine Menge Tatsachen zusammengetragen. So sicher, wie heute abend die Sonne untergeht, so sicher werden wir den Mörder verhaften.«

»Würden Sie mir etwas verraten?« bat Marshall.

»Bitte.«

»Ich hätte gern gewußt, warum Sie mich gefragt haben, ob Pfarrer James ein Pferd besitzt?«

»Das ist leicht zu beantworten. Wie ich bereits gestern abend Lawton-Stanley sagte, interessiert mich Pfarrer James. Er reitet. Und trotz des angeblich schwachen Herzens reitet er so scharf, daß das Pferd schließlich völlig erschöpft ist, und er reibt das Tier mit einem Stück Sackleinen ab. Frage Nummer eins: Warum ist er so scharf geritten? Frage Nummer zwei: Woher stammt das Stück Sackleinen? Frage Nummer drei: Was wollte er östlich von der Chinesischen Mauer am Morgen nach der Ermordung des Tramps? Es ist ja wohl klar, daß der Pastor nachts Merino unauffälliger mit dem Pferd verlassen kann als mit dem Wagen. Und ebenso unauffällig kann er dann zurückkehren. Als ich das Pfarrhaus besuchte, habe ich keinen Stall gesehen. Nun höre ich von Ihnen, daß James zwar ein Pferd besitzt, es aber im Stall von Fanning, dem Fleischer, untergestellt hat. Wenn wir nun herausfinden würden, daß das Pferd des Pastors in den beiden Nächten, in denen Kendall und der Tramp ermordet wurden, nicht im Stall war, so wäre das äußerst interessant.«

»Donnerwetter!« rief Marshall.

»Nun ziehen Sie keine voreiligen Schlüsse, Marshall«, gab Bony zu bedenken. »Habe ich mir vielleicht besondere Mühe gegeben, um herauszufinden, daß Pastor James sein Pferd zuschanden geritten hatte? Nein! Der Zufall hat mir diese Tatsache zugespielt. Und nun beschreiben Sie mir mal die Lage des Stalles.«

»Er steht hinter Fannings Haus«, erläuterte Marshall, »und zwar in einer Koppel, die einen knappen halben Hektar groß sein mag. Die Pferde bekommen ihr Futter im Stall, können aber sonst frei herumlaufen. Fanning kann durch eine Tür im Gartenzaun in den Stall gehen.«

»Gut! Dann könnte also Mr. James oder ein anderer bei Nacht das Pferd nehmen und am Morgen zurückbringen, ohne daß es jemand merkt?« – »Allerdings«, bestätigte Marshall.

»Deshalb dürfen wir nicht voreilig den Schluß ziehen, daß der Herr Pastor ein Mörder ist. – So, und nun muß ich zu meinem Farbtopf zurückkehren. Ich bin nicht traurig, daß mein Gefängnisaufenthalt nun vorbei ist. Ich könnte Ihnen allerdings einen kräftigen Schlag auf die Nase versetzen und mir auf diese Weise noch einmal zehn Tage verschaffen. Soll ich?«

»Lieber nicht«, entgegnete Marshall. »Ich kann nämlich auch ordentlich zuhauen.«

»Na na! Verlieren Sie doch nicht gleich die Geduld. Habe ich nicht zehn lange Tage geduldig Ihren Zaun angestrichen? Also – bis später!«

Als Bony verschwunden war, stand der Sergeant ächzend auf

und stampfte schwerfällig durch die Küche und den Flur zum Büro.

Es war heiß und trocken, aus Norden wehte eine leichte Brise. Der tiefblaue Himmel überzog sich langsam mit einem seidigen Schleier, und Bony ersah daraus, daß der Wind schon bald zunehmen würde.

Bony war recht zufrieden. Er hatte die Ermittlungen bereits weiter vorangetrieben, als Marshall ahnte. Der Sergeant war vor allem deprimiert, weil der Bericht der Kriminaltechnischen Untersuchungsstelle besagte, daß auf den Türgriffen, die Bony eingeschickt hatte, keine Fingerspuren festzustellen waren. Für Bony allerdings war dies lediglich ein weiterer Beweis, daß der Mörder nichts dem Zufall überließ.

Marshall hatte auch keine Ahnung, daß Bony Auskünfte über das Vorleben der beiden Jasons, von Pastor James, Wachtmeister Gleeson und verschiedenen anderen Leuten angefordert hatte. Kein Mord geschieht bekanntlich ohne Motiv, und der Schlüssel zur Aufklärung der Morde war vielleicht in der Vergangenheit zu suchen.

Kurz nach fünf rief Watson Bony mit einem schrillen Pfiff zur Straße. Mr. Watson trug weder Hut noch Jackett oder Weste. Die Hitze schien ihm arg zuzusetzen, sein grauer Schnurrbart deutete mit den Spitzen nach unten.

»Wie wäre es mit einem Gläschen?« schlug er vor.

Bony lächelte. »Keine schlechte Idee.«

»Natürlich auf meine Rechnung«, erklärte Watson. »Bei Hitze braucht man ein Gläschen zur Abkühlung, und bei Kälte zum Aufwärmen.«

Bony sprang über den Zaun. »Na, ist Ihr Bericht über die Leichenschau gebracht worden?«

»O ja, ganz groß. Die anderen Zeitungen schicken zwei Kollegen her. Merino macht sich, was?«

Bony betrachtete das whiskygerötete Gesicht, während sie hinüber zum Hotel gingen.

»In Kürze wird es vielleicht noch interessanter.«

»Hoffentlich. Meist ist es hier nämlich reichlich langweilig. Aber ab und zu ein kleiner Mord – das hebt das Geschäft.«

Mr. Watson ging voran zur Theke. An einem Tisch unterhielt

sich Mr. Jason mit zwei Männern, die Bony nicht kannte. Der Wirt kam sofort und fragte nach den Wünschen, und Mr. Watson erklärte, daß ein Gin Sling das beste Abkühlmittel sei.

»Tom hat mir erzählt, daß sein Vater seit der Leichenschau keinen Schlag mehr gearbeitet hat«, flüsterte Mr. Watson. »Er kann es nicht erwarten, die Berichte über die Leichenschau in den Zeitungen zu lesen. Sie müßten morgen von Sydney hier eintreffen.«

»Dann wird er sehr enttäuscht sein, wenn Sie ihn nicht gebührend hervorgehoben haben«, meinte der Wirt. »Ich war zwar nicht dabei, aber ich habe gehört, daß er wieder ganz groß war.«

Die beiden Männer, die Bony nicht kannte, verließen die Gaststube, und Mr. Jason schlurfte zur Theke. Der Zeitungsmann fragte ihn, was er trinken wolle, und der Leichenbestatter verlangte ein Mischbier.

»Guten Tag, Burns«, sagte er zu Bony. »Heute läuft Ihre Strafe ab, wenn ich mich nicht irre?«

»Stimmt, Mr. Jason.«

»Sie tragen es mir hoffentlich nicht nach?«

»Aber wie sollte ich?« beruhigte ihn Bony. »Sie haben doch nur Ihre Pflicht getan. Offen gestanden: Mir haben diese paar Tage im Gefängnis sogar recht gut gefallen.«

»Na, das freut mich. Was haben Sie denn für Zukunftspläne?«

»Ach, ich werde für Mr. Leylan arbeiten. Morgen früh melde ich mich bei ihm. Pastor James hat mir die Stelle besorgt.«

»Hm! Sie werden feststellen, daß er ein ganz umgänglicher Chef ist. Seine Leute sprechen jedenfalls gut von ihm.« Mr. Jason holte Pfeife, Tabakrolle und Messer aus der Tasche. Er lächelte jetzt zum erstenmal. »Allerdings gibt es eine Stelle auf der Wattle Creek Station, wo ich keinesfalls arbeiten möchte.«

»Sandy Flat!« murmelte Watson. »Dort würde ich nicht mal für hundert Pfund bleiben.«

»Nein, ich auch nicht«, pflichtete ihm der Wirt bei. »Nach allem, was dort passiert ist!«

»Wenn Leylan mich nach Sandy Flat schicken will, werde ich mich weigern«, erklärte Bony. »Ich sehe heute noch die Szene vor mir, als ich mit Marshall den toten Tramp gefunden habe.«

Mr. Jason hatte die Pfeife gestopft und hielt nun das Streichholz darüber. Mr. Watson stieß Bony heimlich an. Die Pfeife schien nicht richtig zu ziehen, Mr. Jason schraubte das kleine Käppchen vom Boden des Pfeifenkopfes ab und entleerte den Nikotinsaft. Dann schraubte er das Käppchen wieder fest und zündete ein neues Streichholz an.

»Mir wäre der Gedanke an die Verstorbenen weniger unangenehm als der viele Staub«, sagte Jason, als der Tabaksqualm zur Decke stieg. »Ich habe gehört, daß schon beim leisesten Wind ein dichter Staubschleier in der Luft hängt. Aber für einen Mann mit Phantasie muß es in einer finsteren Nacht erst recht beunruhigend sein.«

»Dort wäre es für mich immer beunruhigend«, versicherte Bony. »Aber jetzt mache ich mich auf den Weg und packe zum letztenmal Pinsel und Farbtopf weg.«

16

Am späten Nachmittag des folgenden Tages ritt Bony, der nun von Massey Leylan angestellt worden war, auf einem feurigen grauen Wallach nach Sandy Flat. Mit dem Pferd mußte er erst noch Freundschaft schließen. Erpresser-Sam und die anderen Arbeiter der Schafstation hatten ihm versichert, daß sie nicht für eine Million Pfund in dieser Hütte bleiben möchten – auch nicht für eine einzige Nacht!

Bony folgte nicht der Straße nach Merino, sondern ritt dicht an der Chinesischen Mauer entlang, die sich steil zu seiner Linken erhob. Der Wind wehte von rechts, also von Westen, ungefähr mit Windstärke vier. Die Sonne brannte heiß, aber nicht unangenehm auf Bonys nackte Arme und die rechte Gesichtsseite. Immer wieder richtete Bony sich hoch auf und atmete tief ein. Am liebsten hätte er gesungen, denn er befand sich in Hochstimmung.

Dies war sein Revier. Der gewaltige Sandwall, der Busch, der sich bis zum fernen Horizont erstreckte, die endlosen weißen Sandflächen – dies alles war sein Jagdrevier.

Der Westwind brachte das Motorengeräusch des Lastwagens, der Bonys Proviant zur Hütte brachte. Kurze Zeit später befand sich der Lastwagen bereits wieder auf dem Rückweg. Bony mußte lächeln – offensichtlich hatte sich der Chauffeur nicht einen

Augenblick länger als nötig bei dieser verrufenen Hütte aufgehalten.

Bony gelangte zum östlichen Zaun der Pferdekoppel, die eine halbe Quadratmeile umfassen mochte. Sie befand sich unmittelbar am Fuß der Chinesischen Mauer. Bony ritt weiter, an der Hütte vorbei zu den Wassertrögen. Die Reifenspuren des Lastwagens waren deutlich sichtbar, ebenso die Fußspuren des Fahrers, der Bonys Sachen in die Hütte gebracht hatte. Obwohl nur wenige Minuten vergangen waren, wehte der Wind die Spuren bereits zu. Ein paar Schafe tranken an einem der Tröge, andere lagen, ruhig wiederkäuend, weiter draußen. Nur wenige Tiere kamen zur Tränke.

Bony ließ den Wallach trinken, dann ritt er an der Hütte vorbei durch das Tor der Koppel. Er sattelte das Pferd ab, hing Sattel und Zaumzeug über eine Stange, die sich unter einem Wellblechdach befand. Das Pferd galoppierte davon, Bony ging hinüber zur Hütte. Nach dem Stand der Sonne mußte es kurz nach fünf Uhr sein.

Da der Türgriff fehlte, wurde die Tür jetzt durch eine Drahtschlaufe, die über einen Nagel im Türpfosten geschoben wurde, zugehalten. Bony hakte diesen primitiven Verschluß auf, dann stieß er die Tür mit einem Ruck nach innen. Unwillkürlich mußte er über diese unnötige Vorsichtsmaßnahme lächeln; denn schließlich war doch gerade erst der Lastwagenchauffeur in der Hütte gewesen. Trotzdem lugte er auch noch durch den Türspalt, um sicherzugehen, daß niemand mit einem Streifen Sackleinen auf ihn lauerte. Auf dem Tisch stand der Proviant – eine Kiste mit Lebensmitteln und ein Kalikobeutel mit Fleisch. Daneben lag sein Deckenbündel.

Bony öffnete die Klappe an der Rückwand, dann nahm er zwei Benzinkannen und ging hinüber zum Wassertank. Nach dem Wasserstandsanzeiger war der Tank zu vier Fünfteln gefüllt. Es bestand also keine Veranlassung, das Windrad in Betrieb zu setzen. Bony kehrte in die Hütte zurück, machte auf dem offenen Herd Feuer an und stellte den Wasserkessel darauf. In der Proviantkiste war frisches Brot und gekochtes Fleisch, er brauchte also an diesem Abend nicht selbst zu kochen. Er füllte noch rasch in der Bambusgrashütte die Marmeladeneimer, in denen die Beine des Fleischschrankes standen, mit Wasser, um die Ameisen abzuwehren. Dann schnallte er sein Deckenbündel auf und machte sich auf der Pritsche das Bett.

Durch die Luftklappe konnte er die Sonne sehen – ein riesiger, blutroter Ball. Das Bett, der Tisch und der Fußboden neben der Tür verfärbten sich karmesinrot. Die Luft wurde kühler, doch selbst, als die Sonne hinter den Bäumen am Horizont verschwand, blieben die Fliegen aufdringlich.

Der Wind hatte etwas nachgelassen, versprach aber in der Nacht und am nächsten Tag wieder aufzufrischen. Als Bony nach dem Essen das Geschirr gespült hatte und vor der Hütte eine Zigarette rauchte, sah er, daß die Reifenspuren des Lastwagens schon fast ausgelöscht waren. Und seine eigenen Fußspuren ebenfalls – nur unmittelbar vor der Tür waren sie noch deutlich zu erkennen.

Die Dämmerung brach herein, und Bony genoß das immer wechselnde Farbspiel an der Chinesischen Mauer. Die untergehende Sonne hatte die Hänge korallenrot getüncht, die Gräben schimmerten in einem sanften Purpur, und als die Sonne schließlich verschwunden war, verwandelte sich das Rot in altes Elfenbein. Doch schon kurz darauf glitzerten die Hänge wie Neusilber, und die Wassergräben zogen sich als schwarze Samtbänder dahin. Dann verblaßten die Farben immer mehr, und schließlich blieb nur noch ein kreidiges Weiß zurück, das von schwarzen Streifen unterbrochen wurde. Und das blasse Grün des Himmels wurde durch das Indigo der nahenden Nacht verdrängt.

Trotz des Windes, der stöhnend um die Hütte fuhr, war das Rascheln des ununterbrochen in Bewegung befindlichen Sandes zu hören. Unwillkürlich kroch es Bony eiskalt den Rücken herauf, er blickte in die dunkle Hütte, die jetzt nur noch durch das Rechteck der Luftklappe erleuchtet war. Er blickte hinauf zu dem Balken, an dem der tote Tramp gehangen hatte.

Bony stand auf, reckte sich und trat in die Hütte. Er fachte das Feuer an, um Kaffee zu kochen. Im Lichte der Flammen schloß er das Klappfenster und verriegelte es gut. Die Lampe zündete er nicht an. Er trat wieder an die Tür und wünschte, die Nacht würde schon vorüber sein.

Die Chinesische Mauer war nun ganz in Schwarz gehüllt, darüber leuchteten die Sterne. Der Wind stöhnte um die Hütte, spielte mit dem Sand – ein Geräusch, das durchaus genügte, um die

Schritte des Buschgeistes oder des Mannes, der seine Füße mit Säkken umwickelte, zu überhören. Der Buschgeist beging nie einen Fehler, wenn er einen Schwarzen erwischte, der sich bei Nacht vom heimischen Lagerfeuer davongestohlen hatte. Aber der Mann mit den Säcken an den Füßen würde früher oder später einen Fehler machen!

Als der Wasserkessel zu singen begann, stand Bony auf und bereitete den Kaffee, dann kehrte er mit dem Becher zur Türstufe zurück. Kurz darauf flatterten unsichtbare Schwingen über das Dach. Wieder lief es dem Mischling eisig über den Rücken. Doch gleich darauf atmete er erleichtert auf, als von der Bambusgrashütte herüber der langgezogene Ruf eines Nachtvogels erklang.

Der Glanz des Himmels über der Chinesischen Mauer ließ nach, die Sterne verloren ihre Brillanz. Bony seufzte erleichtert. Weit im Süden tauchte im Licht des aufsteigenden Mondes der Kamm des Sandwalls auf.

Der Mond stand bereits hoch über der Chinesischen Mauer, als Bony sich schließlich erhob und in die Hütte ging. Doch rollte er nur sein Deckenbündel zusammen und brachte es hinüber zur Bambusgrashütte. Hier, auf dem sandigen Boden des Fleischhauses, entrollte er es erneut. Die Proviantkiste verstaute er im Fleischschrank. Dann legte er sich auf seine Decken, rauchte eine letzte Zigarette und schlief ein.

17

Durch ein rhythmisches Klappern wurde Bony geweckt. Mit einem Ruck setzte er sich auf und lauschte angestrengt. Er wußte sofort, woher dieses Geräusch kam. Das Windrad war in Betrieb!

Streifenförmig lag das Mondlicht auf dem Boden der Bambusgrashütte. Die Tür aus Fliegendraht stand weit offen, und dahinter dehnte sich der weiße Sand unter dem Sternenhimmel. Der Wind glitt rauschend durch das Bambusgras der Hüttenwände, doch er wurde übertönt vom regelmäßigen Klappern des Windrades.

Bony hatte die Bremse des Windrades nicht gelöst! Er dachte noch einmal angestrengt nach, aber er wußte genau, daß er es nicht getan hatte. Das Windrad war noch neu und in guter Verfassung. Als er Wasser geholt hatte, hatte der Schwanzfächer genau in Windrichtung gestanden. Der Fächer aber wurde durch einen starken Draht festgehalten, der am Fuß des Gittermastes mit einem Hebel befestigt war, der seinerseits durch einen Bolzen verriegelt wurde. Um das Windrad in Bewegung zu setzen, mußte man erst den Eisenbolzen herausziehen, sonst würde der Haltedraht ganz einfach brechen.

Während Bony sich seine Reitstiefel anzog, dachte er an die entfernte Möglichkeit, daß der Draht von selbst gebrochen war. Das war allerdings unwahrscheinlich, denn bei einem neuen Windrad konnte der Draht noch nicht brüchig sein.

Andererseits bestand kein vernünftiger Grund, das Windrad in Gang zu setzen. Der Wassertank war fast voll, und nur wenig Vieh kam hier zur Tränke. Außerdem wußte man auf der Schafstation Bescheid, daß er – Bony – hier kampierte.

Nach der Stellung des Mondes ging es auf zwei Uhr zu. Der Buschgeist? Unsinn!

Inspektor Bonaparte kroch auf Händen und Knien zu der offenen Tür. Die Wellblechhütte lag genau gegenüber. Eine volle Minute lang beobachtete er die unheimliche Behausung. Sie wirkte jetzt besonders trostlos, die Tür war geschlossen. Bony versuchte sich zu erinnern, ob er sie geschlossen hatte, aber er konnte sich nicht entsinnen. Langsam kroch er um die Bambusgrashütte. Dabei hielt er sich dicht an der Wand, bis er den schmalen Schattenstreifen an der Südostseite erreicht hatte. Jetzt konnte er es wagen, aufzustehen, und er preßte sich mit dem Rücken dicht an die Wand. Allerdings hätte er etwas darum gegeben, wenn sie aus Ziegeln und nicht aus Bambusgras bestanden hätte.

Schneeweiß erhob sich die Chinesische Mauer, fast so klar wie am Mittag. Im Süden stand das Gerüst mit dem Wassertank. Er sah die schwarzen Schatten des hölzernen Gerüstes, die mondbeschienene Landschaft dahinter. Das Windrad erhob sich über den Wassertank, der eiserne Gittermast warf ein Schattengewirr. Das Windrad drehte sich schnell, die eisernen Schaufeln wirkten wie eine silberne Scheibe. Und in dem weißglänzenden Sand hoben sich die Tröge schwarz ab.

Doch nichts bewegte sich außer dem Windrad. Die Schafe, die

bei Sonnenuntergang die Tränke aufgesucht hatten, waren zu ihren Futterplätzen zurückgekehrt.

Der Haltedraht mußte also doch gebrochen sein.

Bony musterte noch einmal alles, was Menschenhand errichtet hatte. Was von der Natur geschaffen worden war, warf keine Schatten. Kein Lebewesen war zu sehen, und nach einigen Minuten war er überzeugt, daß niemand im Schatten des Wassertanks lauerte. Gewiß, hinter den Trögen könnte sich jemand verstecken, wenn er sich flach auf den Boden legte.

Dann war eben doch der Haltedraht gebrochen ...

Wieder lief es Bony eiskalt den Rücken herab. Sein Instinkt warnte ihn. Irgend etwas war nicht in Ordnung.

Die Minuten verstrichen. Unmerklich wanderte der Mond über die blaßblaue Himmelskuppel. Bony lehnte noch immer reglos an der Bambusgrashütte, doch das Gefühl der Gefahr wich nicht. Irgend etwas stimmte nicht – etwas, das in Ordnung gewesen war, als er sich am Abend im Fleischhaus niedergelegt hatte.

Das Windrad drehte sich – eine schillernde Scheibe. Die Eisenstange, die zur Pumpe führte, hob und senkte sich. Warum sollte jemand mitten in der Nacht das Windrad in Bewegung setzen, wenn gar kein Wasser benötigt wurde? Wollte jemand Bony veranlassen, hinüberzugehen und das Windrad anzuhalten, so daß er ein gutes Ziel abgeben mußte? Aber weshalb? Hatte der Mörder inzwischen herausgefunden, wer Bony war und was er in Merino wollte – lag er hinter den Wassertrögen und lauerte auf ihn?

Plötzlich erstarrte Bony.

Das hölzerne Podest, auf dem der Wassertank stand, war größer als der Tank, und hinter dem Tank hervor tauchte jetzt die dunkle Gestalt eines Mannes auf. Er hielt sich an der offenen Oberkante des Tanks fest, bis er die Eisenleiter erreicht hatte, die herunterführte. Er war bereits die Leiter zur Hälfte herabgeklettert, als Bony losstürmte.

Er war fest entschlossen, den Mann zu identifizieren, der mitten in der Nacht Windräder in Bewegung setzte. Bony wollte so weit wie möglich an ihn herankommen, solange der Mann das Gesicht der Leiter zukehrte. Der Sand dämpfte Bonys Schritte, und als er sich noch zwanzig Meter von dem Tankgerüst entfernt befand, hatte der Mann das Ende der Leiter erreicht.

Bony ließ sich nach vorn fallen und warf blitzschnell mit den Händen einen kleinen Sandwall auf. Als der Mann sich umwandte, war von Bony nichts mehr zu sehen.

Der Mann blickte nicht in die Richtung, in der Bony lag, er ging hinüber zum Windrad. Seine Füße waren mit Sackleinen umwikkelt, und Bonys Herz schlug wild. Am liebsten wäre er losgestürmt und hätte den Mann festgenommen. Jetzt bedauerte er seine Abneigung gegen Schußwaffen, aber ohne Waffe war jeder Versuch, diesen Mann festzunehmen, töricht.

Es war unmöglich, den Mann zu erkennen, denn er hatte eine Kapuze über den Kopf gezogen. Er ging zum Windrad, stellte es ab, dann lief er, an den Trögen vorbei, parallel zur Chinesischen Mauer, nach Süden.

Bony wartete, bis der Kapuzenmann hundert Meter Vorsprung hatte, dann erhob er sich. Er wollte den anderen nicht aus den Augen lassen, wollte ihm bis zu seiner Wohnung folgen. Er war überzeugt, daß der Mann kein Gewehr bei sich hatte, und für eine Handfeuerwaffe war die Entfernung zu groß.

Der Mann kletterte durch zwei Drahtzäune, ging weiter nach Süden, dicht an der Chinesischen Mauer entlang, die im hellen Mondlicht lag. Nach einer halben Meile blieb der Mann urplötzlich stehen und blickte sich um.

Bony hatte keine Zeit, sich hinzuwerfen, konnte sich nur noch in einen Baumstumpf verwandeln: ein Knie gebeugt, einen Arm angewinkelt, das Gesicht so weit gesenkt, daß er den Mann gerade noch beobachten konnte. Der schien zu überlegen, ob er an einem Baumstumpf vorübergekommen war.

Offensichtlich war er unschlüssig, denn er kehrte um. Er hatte noch keine zwanzig Meter zurückgelegt, als Bony in seiner rechten Hand das Schimmern einer Waffe bemerkte.

Der Anblick dieses Kapuzenmannes mit seinen umwickelten Füßen war entnervend. Lautlos wie ein Gespenst kam er auf Bony zu. Der Baumstamm erwachte zu Leben, bewegte sich rückwärts. Der Mann zögerte, ging noch zwei Schritte weiter, dann blieb er stehen. Bony hielt ebenfalls an und wartete ab. Die Entfernung betrug jetzt knapp neunzig Meter.

Bony war Herr der Lage. Er konnte dem anderen in einer Entfernung folgen, die er selbst bestimmte. Und wenn der Kapuzenmann auf ihn zukam, konnte er sich in einer Entfernung halten, die ihm bei einem Pistolenschuß Sicherheit bot.

Der Kapuzenmann rannte plötzlich los, und Bony lief zum Windrad zurück. Als der Mann stehenblieb, hielt auch Bony an. Der Kapuzenmann kreuzte die Arme vor der Brust, und sofort stürmte Bony davon, denn er wußte, daß der andere jetzt die Pistole auf den angewinkelten linken Arm gelegt hatte, um besser zielen zu können. Ein Schuß peitschte durch die Nacht, die Kugel pfiff links an Bony vorbei. Es schien sich um eine 38er Pistole zu handeln, und wenn ein genaues Zielen auf diese Entfernung auch unmöglich war, befand sich Bony doch im Schußbereich.

Bony duckte sich, tanzte wild hin und her, auf den Kapuzenmann zu und wieder zurück. Der Mann lief einige Schritte, blieb stehen, zielte sorgfältig und feuerte.

Der Knall wurde vom Westwind über die Chinesische Mauer hinweggetragen, aber Bony wußte, daß in Merino niemand die Schießerei hören würde, selbst wenn jemand um diese Zeit wach sein sollte.

Nachdem Bony den Sicherheitsabstand vergrößert hatte, blieb er stehen.

»Nun bist du mit deinem Latein am Ende, wie?« sagte er. Er wußte, daß der andere ihn nicht hören konnte, aber es tat ihm gut, laut zu reden. »Du erwischst mich nicht, aber du kannst auch nicht zulassen, daß ich dir folge. Du mußt verschwinden, bevor es hell wird und zufällig ein Reiter vorbeikommt. Und außerdem kann ich immer noch deinen Spuren folgen, auch wenn du deine Füße mit Säcken umwickelt hast – falls ich dich aus den Augen verlieren sollte, was aber bestimmt nicht passieren wird.«

Plötzlich drehte sich der Kapuzenmann um und marschierte wieder nach Süden. Er schritt rasch aus, und Bony folgte in sicherem Abstand.

Der Kapuzenmann entfernte sich jetzt vom Sandwall und würde auf diese Weise nach ungefähr zwei Meilen den Rand des Gehölzes erreichen. Doch das war wohl kaum sein Ziel, denn wenn er sich gleich nach Westen gewandt hätte, würde er das Gehölz bereits nach einer halben Meile erreicht haben. Plötzlich war der Mann wie vom Erdboden verschluckt.

Bony hielt an. Der Mann mußte in einen ausgetrockneten Graben gesprungen sein.

Und nun? Der Kapuzenmann konnte im Graben bleiben und sich einer Festnahme widersetzen, er konnte aber auch im Graben zu dem Gehölz schleichen, wo er eine gute Chance hatte, seinen Verfolger abzuschütteln. Aber warum lief er nicht ganz offen hin? Wollte er Zeit gewinnen? Wofür? Er wollte sein Pferd erreichen, denn dann konnte er seinen Verfolger niederreiten und auf kürzeste Entfernung erschießen!

Bony war nicht länger Herr der Lage.

Er durfte sich hier im flachen Land nicht erwischen lassen. Drüben im Wald war er sicherer, dort war auch das Pferd behindert, und außerdem boten die Bäume einen gewissen Schutz vor Kugeln. Bony rannte auf das Gehölz zu.

Es war eine halbe Meile entfernt. Nur eine halbe Meile! Aber der weiche Sand behinderte ihn, und bevor er die halbe Entfernung zurückgelegt hatte, überkam ihn das Gefühl, einen Alptraum zu haben.

Plötzlich sprang der Kapuzenmann aus seiner Deckung und rannte parallel zum Graben auf den Wald zu. Seine große robuste Gestalt schien sich mühelos zu bewegen, und Bony verwünschte seine Zigarettenraucherei.

Bony konnte das Pferd jetzt sehen. Es war an einen Baum gebunden und stand reglos im Schatten einer Kohlpalme. Es hatte keinen Sinn mehr, direkt auf das Gehölz zuzulaufen, denn der Kapuzenmann würde ja als erster das Pferd erreichen und Bony dann entgegenreiten, um ihn hier draußen im flachen Land abzufangen.

Bony drehte nach Nordwesten ab. Das Gehölz bot immer noch besseren Schutz als der Graben. Der Inspektor biß die Zähne zusammen, als er sah, wie der Kapuzenmann das Pferd losband. Er riß den Mund weit auf und pumpte sich voll Luft, um die keuchende Lunge zu beruhigen.

Da stand er nun mit seinem vielgepriesenen Glück. Es erteilte ihm jetzt eine Lektion, sich nicht immer so sicher zu fühlen.

Er befand sich noch zweihundert Meter vom Waldrand entfernt, als der Kapuzenmann sich aus dem Schatten der Bäume löste. Er kam im Galopp direkt auf Bony zu.

Der Inspektor blieb stehen. Er mußte sparsam umgehen mit seinen Kräften. Er atmete keuchend, beugte sich weit vor und stützte sich mit den Händen auf.

Der Mond stand über der linken Schulter des Reiters. Der Kopf des Pferdes und die Kapuze des Mannes bildeten eine gerade Linie. Die Zügel hielt er mit der Linken, in der Rechten die Pistole. Für Bony kam es jetzt vor allem darauf an, wie gut das Pferd parierte.

Er sah sofort, was der Reiter vorhatte. Der Kapuzenmann war nicht so dumm, ihn einfach niederzureiten, denn dann bestand immerhin die Möglichkeit, daß das Pferd stolperte und den Reiter abwarf. Er schien also kein sehr großes Vertrauen in das Pferd zu haben – oder in seine Reitkünste. Er wollte an Bonys rechter Seite vorbeireiten und ihn erschießen.

Die Art, wie er die Zügel hielt, gab Bony Hoffnung. Der Inspektor wartete, immer noch tief gebückt, bis das Pferd nur noch drei Meter entfernt war, dann sprang er auf, breitete die Arme aus und brüllte laut los.

Das Pferd warf erschrocken den Kopf zurück, verfehlte dabei den Kopf des Reiters nur um Millimeter. Es keilte nach links aus, hätte beinahe den Kapuzenmann abgeworfen, so daß er auch mit der Pistolenhand nach dem Zügel greifen mußte. Das Pferd galoppierte davon, der Reiter hatte alle Hände voll zu tun, es wieder in seine Gewalt zu bekommen.

Bony aber rannte auf das Wäldchen zu, und die kurze Pause hatte ihn erfrischt. Noch zweihundert Meter ...

Auf halber Strecke blickte er sich um und sah, daß der Kapuzenmann das Pferd wieder in der Gewalt hatte. Er kam zurück, um Bony vor dem Wäldchen abzufangen. Als sich der Inspektor nur noch fünfzig Meter vor seinem Ziel befand, mußte er sich erneut seinem Gegner stellen.

Diesmal wartete er nicht ab. Der Reiter war noch fünfzig Meter entfernt, als Bony auf ihn zulief, tief gebückt und im Zickzack. Das ärgerte den Kapuzenmann, und er eröffnete das Feuer. Wohin das Geschoß ging, konnte Bony später nicht sagen. Auf jeden Fall schien das Pferd nicht an Schießen gewöhnt zu sein, denn der Knall dicht an seinem Ohr erschreckte es so sehr, daß es mit den Vorderläufen einknickte und um ein Haar den Reiter kopfüber abgeworfen hätte.

In diesem Augenblick befand sich Bony noch ungefähr sechs Meter entfernt, und für den Bruchteil einer Sekunde überlegte er, ob er vorspringen und den Reiter herunterzerren oder lieber weiter auf den Wald zulaufen sollte. Er entschied sich für das letztere.

Bony hatte fast den ersten Baum erreicht, als ein Schuß aufpeitschte. Das Geschoß schlug weiter rechts in einen Baumstamm. Noch ein Schuß, doch diesmal hörte Bony nicht einmal das Pfeifen der Kugel.

Und dann hatte er auch schon einen Baumstamm erreicht. Es war ein kräftiger Mulgabaum, dessen Stamm ungefähr einen Durchmesser von dreißig Zentimetern haben mochte und hart war wie Teak. Bony lugte vorsichtig hervor und sah zu seinem Erstaunen, daß der Kapuzenmann nach Süden davongaloppierte.

»Jetzt ist ihm die Munition ausgegangen«, murmelte Bony vor sich hin.

Er lehnte an dem Baumstamm und rauchte eine Zigarette. Er befand sich in gehobener Stimmung. Der Fall spitzte sich nun zu, wenn auch eine Menge neue Fragen aufgetaucht waren. Was hatte der Mann auf dem Gerüst des Wassertanks gewollt? Er mußte sich ziemlich lange da oben aufgehalten haben, denn Bony hatte mindestens vierzig Minuten lang von der Bambusgrashütte aus die Gegend beobachtet.

Die Untersuchung des Tankgerüsts und des Windrads brachte vielleicht die Antwort auf diese Frage, vielleicht sogar weitere Informationen.

Der Kapuzenmann war zwar nach Süden geritten, aber das besagte nicht, daß er auch aus Süden gekommen war. Schließlich wußte er, daß er beobachtet worden war, und würde natürlich versuchen, seinen Verfolger irrezuführen.

Nun, solange es noch dunkel war, konnte Bony nur wenig unternehmen; denn der Mond stand zu tief, um die Hufspuren zu verfolgen. Er konnte bis Tagesanbruch warten und dann die Spur verfolgen, er konnte aber auch zur Hütte zurückkehren, sich eine Tasse Kaffee kochen und dann sein Pferd satteln. Er konnte aber auch ganz einfach abwarten ...

Bony warf den Zigarettenstummel weg, winkelte die Arme an und rannte in einem gemütlichen Dauerlauf nach Merino. Als er nach einer Dreiviertelstunde beim Pfarrhaus ankam, brach über der Chinesischen Mauer die Morgendämmerung herein. Bony nahm das Risiko auf sich, angeschossen zu werden, und lief am Südrand des Städtchens weiter, bis er die Koppel des Fleischers erreichte.

Als er über den Zaun kletterte, hörte er, wie sich ein Pferd schüttelte. Er fand das Tier rasch, es war erhitzt und schweißbedeckt. Es mußte gerade erst abgesattelt worden sein. Die weiße Laterne auf der Stirn des Pferdes verriet eindeutig, daß es Pastor Llewellyn James gehörte.

18

Pfarrer Lawton-Stanley war ein prächtiger Mensch und ein guter Christ. Seine Beliebtheit bei dem Buschvolk beruhte vor allem auf seinem sympathischen Wesen und seiner Bescheidenheit. Wenn jemand in seiner Gegenwart fluchte, knöpfte er ihm lächelnd einen Schilling ab. Von dem Geld, das auf diese Weise zusammenkam – und es kam viel Geld zusammen –, schaffte er Bibeln an.

Es begann bereits zu tagen, als Bony an die Plane des Lastwagens klopfte, der dem Wanderprediger als Wohnung diente. Der Pfarrer schlief tief auf seiner Strohmatratze, die auf dem Wagenboden lag. Schließlich erwachte er, und als er Bonys Stimme erkannte, erklärte er ihm, wie man in sein fahrbares Haus gelangen konnte, und knipste das Licht an.

»Bißchen früh«, meinte er. »Ist was passiert?«

»Nichts Ernstliches«, erwiderte Bony, setzte sich auf einen Benzinkanister und holte Tabak und Zigarettenpapier heraus. »Ich möchte nur etwas mit Ihnen besprechen. Tut mir leid, daß ich Sie so früh wecken mußte. Aber darf ich zunächst mal etwas Tee kochen?«

»Aber klar. Wasser ist da drüben im Blechfäßchen. Spiritus in dieser Flasche. Aber machen Sie viel Tee. Ich möchte drei Tassen haben.«

»So viel Tee vor dem Frühstück – da werden Sie bald kurzatmig werden«, meinte Bony lächelnd und pumpte den Spirituskocher.

»Tee ist noch lange nicht so schlimm wie diese fürchterlichen

Zigaretten, die Sie immer qualmen. Es ist ein Wunder, daß Sie überhaupt noch Luft kriegen.«

»Darüber wundere ich mich selbst«, gab Bony zu. »Aber ich kann trotzdem noch ganz gut sprinten. Hoffentlich explodiert dieses Ding hier nicht!«

»Sie und sprinten!« spöttelte Lawton-Stanley. »Bei einem Hundertmeterlauf würde ich Ihnen glatt fünfzig Meter Vorsprung lassen.«

»Sie könnten mir im Augenblick sogar neunzig Meter vorgeben, ich würde nicht mitlaufen. Ich habe nämlich im Augenblick genug vom Sprinten.«

»Was Sie nicht sagen! Aber kümmern Sie sich lieber um den Spirituskocher.«

Wenige Minuten später war der Tee fertig. Lawton-Stanley war im Bett geblieben und sah interessiert zu, wie sein Besucher zwei Tassen kochend heißen Tee hintereinander wegtrank.

»Ah!« Bony seufzte. »Das tut gut! Und nun eine Zigarette. Haben Sie eigentlich nie geraucht?«

»Nie.«

»Dann versuchen Sie es auch nicht. Es kostet eine Menge Geld – besonders wenn der älteste Sohn studiert und ebenfalls raucht. Ich würde in jeden Ihrer vielen Fonds fünf Schilling spendieren, wenn ich einmal sehen könnte, wie Pastor James eine Tonpfeife raucht.«

»Beschäftigen Sie sich immer noch mit ihm?«

»Ja«, antwortete Bony, trank die dritte Tasse Tee aus und schenkte nach. »Er ist mein großes Problem. Als wir neulich bei den Marshalls zusammensaßen, kam ich bereits auf ihn zu sprechen. Da Ihnen dieses Thema aber die Laune verdarb, verfolgte ich es nicht weiter. Aber nun muß ich darüber sprechen, sonst könnte ich einen großen Fehler begehen.«

»Oh! Erklären Sie sich näher. Falls Sie beruflich Unterstützung brauchen, helfe ich Ihnen gern.«

»Danke. Also – Sie wissen ja zweifellos Bescheid über die Verbrechen, die in letzter Zeit hier verübt worden sind. Der Täter wohnt zweifellos ganz in der Nähe.«

»Und Sie haben Freund James in Verdacht?«

»Weder bei ihm noch bei einigen anderen bin ich mir sicher«, erwiderte Bony. »Ich muß von der Voraussetzung ausgehen, daß alle schuldig sind, bis ich das Gegenteil herausgefunden habe. Unter den Mördern, die ich bis heute gestellt habe, befand sich bisher noch kein Geistlicher. Aber man weiß ja nie, was die Zukunft bringt. Schließlich haben auch Pfarrer schon gemordet. Nun erzählen Sie doch mal alles, was Sie von Ihrem Freund wissen. Neulich abends deuteten Sie an, daß Sie etwas wissen.«

Draußen krähten die Hähne, und Elstern schackerten. Ein Kälbchen, das von seiner Mutter getrennt worden war, muhte sehnsüchtig. Der Wind rüttelte an der Plane. Draußen wurde es hell.

»Wird schwer sein«, sagte Lawton-Stanley. »Wenn Sie es nicht wären, würde ich mich auch weigern. Ich fürchte, daß selbst Sie meine Schwierigkeit nicht ganz verstehen.«

Bony lächelte. »Doch, ich verstehe Sie.«

»Möglich. Also fangen wir an. Vor acht Jahren besuchte ich zusammen mit James und seiner Frau dasselbe theologische Seminar. Mrs. James wollte Diakonisse werden. Lassen Sie mich überlegen: ich war damals siebenundzwanzig, James vierundzwanzig, und Lucy Meredith muß dreiundzwanzig gewesen sein. Nun kommt ein Punkt, über den ich nur ungern einem Laien gegenüber spreche. Die meisten Theologiestudenten, die später Pfarrer werden möchten, fühlen eine wirkliche Berufung. Es gibt aber auch einige wenige, die wählen diesen Beruf nur, weil sie geachtet sein möchten, weil sie Sicherheit wünschen und – so glauben sie wenigstens – weil sie dann nicht viel arbeiten müssen. James gehörte zu dieser Ausnahme. Sein Vater ist ebenfalls Pfarrer, ein sehr guter Pfarrer. Sein Sohn war auch durchaus begabt, aber viel zu faul, um zu lernen und die Examina mit Auszeichnung zu bestehen. Ich glaube nicht, daß er Freunde hatte.«

»Hatte er damals schon diese näselnde Aussprache?« fragte Bony.

»Die gewöhnte er sich im zweiten Studienjahr an. Unser Rektor tadelte ihn deswegen, aber James blieb dabei. Wie gesagt, er war nicht beliebt – wenigstens nicht bei den männlichen Studenten. James schloß keine Freundschaften, aber er schaffte sich – allerdings lag das wohl hauptsächlich an den anderen – auch keine Feinde. Während unseres vierten Jahres zeigte sich ganz offen eine außergewöhnliche Anziehungskraft für das andere Geschlecht. Lucy Meredith ist heute noch eine der wundervollsten Frauen, die ich kenne.« Der Wanderprediger seufzte. »Ich kann nicht weitersprechen, Bony, denn Sie armer Heide verstehen mich ja doch nicht.«

Bony lächelte. »Auch ein Heide weiß eine liebenswerte Frau zu schätzen. Ich sehe Mrs. James genau wie Sie. Also fahren Sie bitte fort.«

»Lucy Meredith heiratete ihn also. Am Tage nach der Abschlußfeier fand die Trauung statt.«

»Und dann erhielt er eine Pfarre?«

»Ja, in einem Vorort von Melbourne.«

»Ah! Er war natürlich fehl am Platz, wie?« meinte Bony. »Und seine Frau machte die ganze Arbeit?«

»Nein, soviel ich weiß, hat sie erst die Predigten verfaßt, als die Leute unzufrieden wurden. Auf jeden Fall wurde seine Anstellung nicht verlängert, und nachdem er eine Zeitlang ohne Beschäftigung war, folgte er dem Ruf nach Merino.«

»Und von da ab macht seine Frau die ganze Arbeit?«

»Richtig«, erwiderte Lawton-Stanley traurig.

»Wie stand es auf dem Seminar mit seiner Gesundheit?«

»Er klagte oft über sein Herz.«

»Wissen Sie, was der Arzt dazu gesagt hat?«

»Ich habe nie gehört, daß er einen Arzt konsultiert hat.«

»Hat er irgendwelche Untugenden?«

»Falls er sie hatte, verheimlichte er sie.« Lawton-Stanley zögerte kurz. »James ist ganz einfach ein Vampir.«

»Ach, interessant! Kriecht er vielleicht nach Sonnenuntergang aus seinem Sarg . . .?«

»Sie wissen genau, was ich meine, Bony. Es gibt Menschen, die existieren lediglich von der geistigen Kraft des Partners. Sie heiraten einen sanften, geduldigen und zurückhaltenden Partner, den sie dann beherrschen. Das Opfer kann nicht einmal den Versuch wagen, die seelische Unabhängigkeit zu gewinnen, denn der Partner ist fast immer krank, alles dreht sich um seine Leiden. Diese Leute müssen von hinten und vorn bedient werden.«

»Ich kenne diese Typen. Viele Männer kamen an den Galgen oder lebenslänglich ins Zuchthaus, weil sie ihre vampirhaften Frauen umgebracht haben. Fast alles anständige und ehrenwerte Männer. Ich bin froh, daß James lediglich ein Vampir ist. Eine gute

Bezeichnung übrigens, obwohl meines Erachtens auf Freund James ein anderer Ausdruck besser passen würde – aber den möchte ich in Ihrer Gegenwart nicht aussprechen. Kennen Sie seine Familie gut?«

»Ja.«

»Irgendwelche Nervenleiden?«

»Ja. Der Bruder seiner Mutter war geisteskrank.«

Bony rieb sich die Hände. »Hm! Wissen Sie, ich hatte immer schon den Eindruck, daß unser Mörder nicht ganz normal ist.«

»Warum verdächtigen Sie James?« fragte Lawton-Stanley.

»Ich habe doch nicht gesagt, daß ich ihn verdächtige.«

»Nein. Aber Sie tun es. Nun rücken Sie schon heraus mit der Sprache – schließlich bin ich Ihr Freund.«

»Wie ich gehört habe, leidet Pastor James an einem schwachen Herzen, und deshalb darf er sich nicht anstrengen. Er darf keinesfalls ein wenig Holz hacken oder im Garten Unkraut jäten. Er besitzt auch einen schwachen Geist, denn er kann nicht einmal selbst eine Predigt verfassen. Aber trotz allem kann er ein Pferd so scharf reiten, daß es völlig erschöpft ist. Und er kann sich auch immerhin soweit konzentrieren, leichte Literatur zu lesen, wie zum Beispiel ›Ein Flirt in Florenz‹. Haben Sie diesen Roman einmal gelesen?«

»Ich lese keine Romane.«

»Ach, kommen Sie! Seien Sie nicht moralinsauer. Ein paar amouröse Begebenheiten aus Florenz würden Sie mal auf andere Gedanken bringen. – So, und nun muß ich gehen. Ich habe noch eine Menge zu tun. Das Abspülen der Tassen überlasse ich Ihnen. Nochmals vielen Dank für den Tee.«

»Sie haben mir ja immer noch nicht verraten, warum Sie James verdächtigen«, rief Lawton-Stanley.

»O doch, das habe ich«, entgegnete Bony lächelnd. »Und – falls Sie Mr. James überreden könnten, mal ein kleines Morgentraining mit den Boxhandschuhen zu absolvieren, dann hauen Sie ihm bitte in meinem Namen einmal kräftig auf die Nase.«

Das helle Tageslicht grüßte Bony, als er den Lastwagen verließ. Selbst für Frühaufsteher war es noch zu zeitig, die Sonne war noch nicht aufgegangen.

Bony ging den Fußweg zur Polizeistation entlang, und gewohnheitsmäßig registrierte er die Fußspuren. Die Straße war nicht sehr sauber gekehrt, der Sand lag ziemlich dick.

Bei dem Lastauto waren viele Spuren gewesen, offensichtlich hatte der Wanderprediger am Abend zuvor eine Versammlung abgehalten. Der Lastwagen stand einige Meter westlich von der Garage, und als Bony in den Windschutz der Garage kam, waren die Fußspuren deutlicher zu erkennen. Er sah die Spuren des jungen Jason, der mehrmals ein- und ausgegangen war, und er erinnerte sich, daß Lawton-Stanley von den Jasons elektrischen Strom bezog. Entlang der Straße waren die Spuren von Mrs. Marshall und Rose Marie zu erkennen, später war Wachtmeister Gleeson hier entlanggekommen. Vor Mr. Jasons Grundstück sah er, daß der Leichenbestatter von der Straße her alle anderen Spuren gekreuzt hatte und in sein Haus gegangen war. Bei der benachbarten Polizeistation hatte der Wind die Spuren bereits ausgelöscht.

Bony ging an der Polizeistation vorüber, überquerte die Straße und schlenderte zum Hotel, umrundete es und ging dann an der Rückseite bis zur Koppel hinter Fannings Fleischerei.

Die beiden Pferde kamen auf ihn zugetrottet, bettelten wiehernd um Futter. Er kletterte durch den Drahtzaun und sprach leise auf sie ein, und sie schienen ihn zu verstehen. Besonders scharf beobachtete er das Pferd mit der weißen ›Laterne‹ auf der Stirn und prägte sich die Hufeindrücke ein.

Ungefähr in der Mitte der Koppel stand der baufällige Stall, und als Bony eintrat, folgten ihm die Pferde in Erwartung ihres Futters. Er fand etwas Häcksel und schüttete es in die Krippe. Dann untersuchte er die beiden Sättel, die an einem Pfosten hingen.

Der Sattel des Pastors war leicht zu erkennen durch die Pferdehaare am Woilach. Die Steigbügel waren über dem Sattel gekreuzt, aber der Kapuzenmann hatte sie sicherlich gar nicht benützen können; denn er hatte ja die Füße mit Säcken umwickelt. Deshalb hatte er wohl auch keinen rechten Halt gehabt, als er Bony erschießen wollte.

Bony verließ den Stall und ging zum Tor im Zaun der Koppel. Es lag gegenüber der hölzernen Tür in dem Wellblechzaun, der die Rückseite des Fleischergrundstücks abgrenzte. Die Hufeindrücke des Pastorenpferdes, das vor ungefähr zwei Stunden hier entlanggeführt worden war, waren bereits zur Hälfte gefüllt, und die äußerst schwachen Spuren, die ein mit Säcken umwickelter menschlicher Fuß hinterlassen würde, waren natürlich restlos ausgelöscht.

Bony lehnte sich an den Pfosten und drehte sich eine Zigarette. Angenommen, Pastor James war der geheimnisvolle Besucher beim Windrad von Sandy Flat gewesen, und er war zurückgaloppiert, um vor Tagesanbruch nach Hause zu kommen – dann würde er unbedingt die harte Fahrbahn der Straße benützt haben, um keine Spuren zu hinterlassen, nachdem er die Säcke von den Füßen gelöst hatte. Er mußte also von der Pferdekoppel aus über eins der unbebauten Grundstücke gehen und den Fußweg überqueren, bis er die Asphaltstraße erreicht hatte.

Bony durchquerte das Ödland östlich von Mr. Fannings Grundstück. Am Straßenrand stand ein Pfefferbaum. Es war ein wahres Prachtexemplar und bot in einer Mondnacht gewiß reichlich Schatten. Hier konnte sich der Kapuzenmann die Säcke von den Füßen gewickelt haben, dann war er auf der Asphaltstraße nach Hause gegangen.

Die aufsteigende Sonne vergoldete den Kamm der Chinesischen Mauer. Bony lehnte am Stamm des Pfefferbaums, und wer ihn sah, mußte glauben, er habe im ganzen Leben nichts anderes getan. Der Wind hatte auf dem sandigen Fußweg alle Spuren verwischt. Der Sand war in den Rinnstein und teilweise über die Straße geweht worden. Außerdem hatte der Wind im Rinnstein die nadelspitzen Blätter der Pfefferbäume zu kleinen Häufchen zusammengeweht.

Zwei dieser Häufchen waren etwas anders geformt – sie waren flach und auseinandergefallen. Bony kniete nieder und musterte diese beiden Blätterhäufchen, die ungefähr zwanzig Zentimeter voneinander entfernt waren.

Mit einem kleinen Zweig schob er die trockenen Blätter auseinander, und da fand er drei Jutefasern. Doch das war noch nicht alles. Fünf Zentimeter weiter lag ein ungefähr zwei Zentimeter breiter und zwanzig Zentimeter langer Streifen Sackleinen.

Bony setzte sich auf die Bordkante, hielt den Streifen in den Händen. Die Sonne kroch langsam über die Chinesische Mauer, ihre schrägen Strahlen fielen die Straße entlang, streiften Bonys Hände und das Sackleinen.

Das Gewebe war nicht sauber. Es enthielt eine Appretur, und

eine Menge braune Haare klebten darauf. Bony schnupperte daran – es roch nach Pferdeschweiß. Die braunen Haare stammten offenbar von dem Pferd, das Pastor James gehörte.

Hier also hatte der Kapuzenmann sich das Sackleinen von den Füßen gewickelt und war dann die Asphaltstraße entlanggegangen.

Mehr fand Bony nicht, aber er war durchaus zufrieden. Er stand auf und ging am Rande des Fußwegs die Straße hinunter. Dabei musterte er scharf den Fußweg und den Rinnstein. Er fand nichts mehr. Er schlenderte am Pfarrhaus und an der Kirche vorbei, dann ging er den Weg wieder zurück, blieb kurz vor der Gartentür stehen. Auf dem windgeschützten Gartenweg entdeckte er die Eindrücke von Tennisschuhen. Sie waren vom Pastor getragen worden, und die Eindrücke mochten eine Stunde, aber ebensogut zehn Stunden alt sein.

Je höher die Sonne stieg, um so mehr nahm der Wind zu. Bony schlenderte die Straße zurück. Ein Hund trottete aus einer Gartentür und schnupperte an seinen Hosenbeinen.

»Uns ist es egal, wie stark der Wind weht«, sagte Bony leise zu dem Hund. »Aber er hat mir doch eine Menge verpatzt. Und nun gehst du besser nach Hause. Ich besuche jetzt Sergeant Marshall.«

19

Um halb sieben schrillte der Wecker auf dem Nachttisch des Sergeanten, und eine große rote Hand tastete unter der Decke hervor und stellte ihn ab. Einige Minuten kämpfte der Sergeant noch gegen den Schlaf an. Er stöhnte und grunzte, womit er seiner Frau zeigen wollte, welches Martyrium es für ihn war, jetzt aufzustehen und Feuer anzumachen, damit der Teekessel kochte, wenn sie in der Küche erschien. Schließlich wälzte er sich aus dem Bett und trottete – ohne erst einen Morgenrock überzustreifen – barfuß durch den Korridor. In der Küchentür blieb er wie vom Donner gerührt stehen. »Also, ich –«

»Pst, sagen Sie es lieber nicht!« Bony hob die Hand. »Ich habe bereits gefrühstückt, und für Ihren Tee kocht schon das Wasser.«

Sergeant Marshall sah in seinem Pyjama – blau mit breiten rosa

Streifen – durchaus nicht so würdevoll aus wie sonst. Er betrachtete den Tisch. Das gebrauchte Geschirr war zurückgeschoben, Bony hatte Notizbücher, Schreibblock und Bleistifte vor sich liegen. Offensichtlich war er bereits eine ganze Weile in der Küche.

»Ich habe Sie überhaupt nicht gehört«, murmelte Marshall.

»Wenn ich will, kann ich sehr leise sein«, antwortete Bony. »Ich habe mir Ihren Rasierapparat, einen Kamm und Handtuch ausgeborgt. Und jetzt mache ich Tee, dann können Sie Ihrer Frau eine Tasse bringen. Ich habe bereits gefrühstückt, und bis Ihr Frühstück fertig ist, kann ich Ihnen ein paar interessante Neuigkeiten erzählen. Wir haben jetzt viel Arbeit vor uns.«

»Das habe ich mir gedacht«, meinte Marshall und sah zu, wie Bony den Tee aufbrühte. »Und ich war der Meinung, Türen und Fenster fest geschlossen zu haben.«

»Die waren auch alle zu, aber ich habe das Fenster der Spülküche geöffnet. Nun zählen Sie bis zwanzig, dann gieße ich den Tee ab. Geben Sie bitte das Tablett 'rüber.«

»Wozu?«

»Damit Sie Ihrer Frau eine Tasse Tee bringen können, ohne die Hälfte zu verschwappen. Warten Sie – ach ja, in dieser Büchse sind die Biskuits. Wir legen noch einen dazu, dann schmeckt der Tee besser.«

»Soll sie vielleicht das Frühstück ans Bett kriegen?« brummte Marshall unwirsch.

»Nein. Nur eine Tasse Tee. Wenn ich – was leider nur selten vorkommt – zu Hause bin, bereite ich meiner Frau auch manchmal eine Tasse Tee. Sie sehen, ich weiß, wie man es macht.«

Bony drückte dem Sergeanten das Tablett in die Hände.

»Wissen Sie, was meine Frau jetzt sagen wird?« knurrte Marshall.

Bony lachte. »›Vielen Dank, Liebster!‹ wird sie sagen.«

»O nein«, erwiderte der Sergeant. »Sie wird mich fragen, ob ich krank bin!«

»Ach was, gehen Sie schon. Ich mache inzwischen ein zweites Tablett fertig, das nehmen wir mit ins Büro.«

Marshall schien sich nicht sehr wohl zu fühlen in seiner Haut, aber er verschwand doch ins Schlafzimmer.

Als er zurückkam, lächelte er verlegen. »Sie sagte: ›Richte Bony meinen herzlichen Dank aus.‹ Sie scheint also zu wissen, daß Sie hier sind.«

»So. Na, dann lassen Sie sich's eine Lehre sein. Und nun gehen wir ins Büro.«

Marshall betrachtete seinen Pyjama und grinste. Er versuchte, eine würdevolle Haltung anzunehmen, und schlurfte hinter Bony her, der das Tablett trug. Marshall schloß die Tür des Büros, während Bony den Tee einschenkte, sich an den Schreibtisch setzte und die Papiere ausbreitete, die er aus der Küche mitgebracht hatte. Der Sergeant nahm auf dem Besucherstuhl Platz und nippte an seinem Tee.

Bony drehte eine Zigarette und blickte ihn aus ernsten und müden Augen an.

»Wir machen Fortschritte, Sergeant«, sagte er. »Die Ereignisse der letzten Stunden haben den Beweis erbracht, daß der Mörder in Merino wohnt.«

Er berichtete kurz, was sich ereignet hatte, und wie er schließlich in der Hauptstraße von Merino diesen Streifen Sackleinwand gefunden hatte. Sergeant Marshall lauschte gebannt, und als Bony schließlich geendet hatte, war sein Tee kalt.

»Ich muß so schnell wie möglich nach Sandy Flat zurück«, erklärte Bony. »Der Wind wird zwar alle Spuren verweht haben, aber vielleicht kann ich bei dem Windrad und dem Wassertank feststellen, was der Mann dort gewollt hat. Eigentlich wollte ich zuvor noch mit dem Pastor sprechen, aber es ist vielleicht besser, wenn Sie das übernehmen. Wir wollen vorsichtig sein, denn wir dürfen uns bei einem Pfarrer keinen Irrtum leisten. Sollte James unser Mann sein – und ich bin dessen durchaus nicht sicher –, dürfen wir nicht voreilig handeln. Bis jetzt fehlen uns noch die Beweise.«

»Hatte denn dieser Kapuzenmann die Gestalt unseres Pastors?« fragte Marshall.

»Nach seinem Gang können wir nicht gehen. Bedenken Sie, daß er die Füße dick mit Säcken umwickelt hatte. Seine Gestalt war ähnlich. Mehr kann ich nicht sagen.«

Marshall kräuselte die Lippen. »Ein Pastor könnte aber genausogut ein Mörder sein wie ein Fleischer oder ein Maurer?«

»Gewiß. Es wäre nicht das erstemal. Aber in unserem Fall sind wir in Gefahr, uns von unseren persönlichen Gefühlen zu voreiligen Schlüssen verleiten zu lassen. Unsere größte Schwierigkeit ist, daß wir kein Motiv kennen. Und sollte es tatsächlich kein Motiv geben, müssen wir annehmen, daß der Mörder geisteskrank ist. Nur ein Geistesgestörter tötet ohne Motiv oder aus reiner Mordlust. Wurde Kendall tatsächlich in einem gewissen krankhaften Blutrausch getötet, dann ist das viel schrecklicher, als wenn jemand aus Rache oder Gewinnsucht tötet; denn dann haben wir es mit einem menschlichen Tiger zu tun, dessen Blutdurst unstillbar ist. Dieser Typ ist überaus schlau und eitel. Seine Eitelkeit ist so groß, daß er die Zeitungsberichte über seine Verbrechen geradezu genießt. Glauben Sie, daß Pastor James so schrecklich eitel ist?«

»Nein, in dieser Hinsicht ist er mir nie aufgefallen.«

»Pastor James ist ein Faulenzer und nützt andere aus«, fuhr Bony fort. »Er ist hochnäsig und intelligent. Wenn nun Kendall aus Mordlust getötet wurde, kann James eigentlich nicht der Mörder sein, auch wenn alle Indizien auf ihn weisen. Aber noch etwas deutet darauf hin, daß James nicht der Täter ist. Kendall war ein Buschmann, James aber ist ein Stadtmensch. Kendall war ein Rauhbein und ewig auf Wanderschaft. James ist der Sohn eines Pfarrers, und sein bisheriges Leben beschränkte sich auf die häuslichen vier Wände, auf die Kirche und das Seminar. Es wäre natürlich möglich, daß Kendall zufällig eine verbrecherische Neigung bei James entdeckte, ihn zu erpressen versuchte und deshalb ermordet wurde.«

»Hm, das könnte immerhin der Fall sein.«

»Gewiß. Aber da ist noch etwas: Ich habe das Gefühl, als ob in diesem Fall Windräder eine Rolle spielen. Nun werden Sie fragen, was Windräder mit der Ermordung von Kendall zu tun haben sollen. Ich weiß es bis jetzt auch nicht. In der Nacht, in der Kendall ermordet wurde, war Vollmond, und der Wind wehte mit Stärke vier. In der vergangenen Nacht war Vollmond, und es war windig. In der Nacht, in der der Tramp ermordet wurde, wehte kein Wind, aber wir müssen bedenken, daß ja der Tramp praktisch den Zeitpunkt seines Todes selbst bestimmt hatte. Nun gibt es Psychopathen, auf die der Mond einen gewissen Einfluß hat, aber ich glaube, wir können diese Möglichkeit ausschließen. Warum hat nun dieser Kapuzenmann sein Pferd einige Meilen vor Sandy Flat angebunden? Warum ist er zum Windrad gelaufen, hat er es in Bewegung gesetzt, ist er hinauf zum Wassertank geklettert und mindestens vierzig Minuten oben geblieben? Warum hat er danach das Windrad wieder abgestellt und ist zu seinem Pferd zurückgegangen? Wenn wir diese Fragen beantworten können, haben wir auch das Motiv für die Morde.«

Bony drehte sich eine Zigarette, und Marshall schenkte sich eine zweite Tasse Tee ein. Er war fast kalt.

»Die Windräder spielen eine wichtige Rolle bei diesem Rätsel, ich weiß nur noch nicht, welche«, fuhr Bony fort. »Nun gibt es hier in Merino eine Person, die uns etwas über Windräder erzählen könnte, aber sie hat geschworen, zu schweigen. Mit gekreuzten Fingern hat sie es versprochen. Als sie es mir neulich erzählte, achtete ich nicht weiter darauf, aber in der vergangenen Nacht wurde mir klar, wie wichtig dieser Punkt ist.«

Sergeant Marshall richtete sich steil auf. »Sie sprechen doch wohl nicht von unserer Florence?«

Bony blickte den Sergeanten durch den dichten Zigarettenqualm durchdringend an.

»Ich erzählte Rose Marie zufällig, daß Lawton-Stanleys Vater in Brisbane Windräder baut«, erklärte er bedächtig. »Sie freute sich mächtig darauf, den Verlobten von Miss Leylan kennenzulernen, geriet aber außer Fassung bei dem Gedanken, daß er vielleicht hier in Merino die Windräder seines Vaters verkaufen könnte. Als ich wissen wollte, weshalb sie sich solche Sorgen mache, erzählte sie, daß sie mit gekreuzten Fingern versprochen habe, nicht darüber zu sprechen.«

»Oh, da soll doch gleich ...!« explodierte Marshall. »Ich werde sie schon zum Reden bringen!«

»Einen Augenblick, Marshall. Dieser Weg dürfte zwar der einfachste sein, aber ich möchte ihn erst beschreiten, wenn wir sonst nicht ans Ziel kommen. Wenn Rose Marie etwas verspricht, hält sie es auch. Deshalb wollen wir sie nicht zwingen, ein einmal gegebenes Versprechen zu brechen. Es gibt heute viel zu wenige Leute auf der Welt, die ihr Wort halten.«

»Aber vielleicht wird schon bald ein anderer armer Teufel umgebracht, wenn wir den Mörder nicht schnellstens dingfest machen«, widersprach der Sergeant.

»Deshalb dürfen wir sie noch lange nicht zum Reden zwingen«, beharrte Bony. »Wir können unsere Fragen allerdings so stellen, daß sie nicht auf den Gedanken kommt, ihr Wort zu brechen. Ich hoffe, daß Sie mir beipflichten.«

Marshall nickte. »Sie ist ein prächtiges Mädel – und Sie sind ein feiner Kerl!«

»Es ist zwar noch etwas früh, aber bevor ich nach Sandy Flat zurückkehre, müßte ich mit ihr gesprochen haben. Sagen Sie ihr doch, daß Bony sie sprechen möchte. Und ziehen Sie sich an! Es ist eine Schande, daß Sie als höchster Polizeibeamter Merinos um halb acht noch im Schlafanzug herumstehen.«

Marshall stand auf und trottete barfuß den Korridor entlang zu den rückwärtigen Räumen. Bony blickte zum Fenster hinaus, sah den Zaun, die Pfefferbäume und einen Teil vom Dach des Fleischerladens – alles wurde von der aufgehenden Sonne vergoldet. Im Unterbewußtsein hörte er, wie der Sergeant barfuß im Haus umhertappte. Er hörte einen erschrockenen Aufschrei von Mrs. Marshall, dann rief der Sergeant laut »Florence!« Bony aber überlegte, welche Fragen er dem Mädchen stellen konnte.

Einige Minuten vergingen, dann näherten sich die schweren Schritte von Sergeant Marshall. Er stürmte durch die Tür. Seine Augen waren weit aufgerissen, der Mund verzerrt. Er trat an den Schreibtisch und starrte auf Bony hinab.

»Florence ist verschwunden. Sie wußte zuviel über Windräder, und nun hat der Mörder sie geholt. Ihr Bett ist kalt. Sie muß schon seit Stunden weg sein.«

20

»Nun, was haben Sie dazu zu sagen, Inspektor Bonaparte?« fragte Sergeant Marshall in einem Ton, der Bony erstaunt hätte, falls ein anderer so gesprochen hätte. »Sie trödeln herum und warten darauf, daß die Vorsehung Ihnen die Lösung in den Schoß fallen läßt. Das Böse triumphiert nie, wie? Sie warten einfach ab. Und inzwischen wird wieder so ein armer Teufel umgebracht – aber das ist Ihnen nur recht, denn auf diese Weise erhalten Sie neue Spuren. Sie lassen sich durch keine Gefühle beeinflussen. Ihnen ist es egal, ob dabei ein Dutzend Leute umgebracht wird. Oder ein kleines Mädchen, das zuviel über Windräder wußte. Warum haben Sie mir nicht gleich gesagt, daß Florence etwas wußte, was diesem Lumpen zum Verderben werden konnte? Ich hätte es schon aus ihr herausgequetscht, und zwar schnellstens!«

Betont langsam stand Bony auf, trat dicht vor den Sergeanten, der immer noch seinen Pyjama anhatte, und blickte ihm fest in die Augen. Er hatte das Gefühl, eine Eisschicht habe sich über sein Gehirn gelegt.

»Sie haben recht, Marshall, und Sie haben gleichzeitig unrecht«, sagte er. »Als Vater haben Sie recht, aber als Polizeibeamter irren Sie. Und jetzt reißen Sie sich zusammen! Wie ist Gleesons Telefonnummer?«

»Er sucht draußen im Hof und in den Nebengebäuden nach Florence. Aber wozu? Wir werden doch nur ihre Leiche finden! Und jetzt werde ich mir diesen Pastor vorknöpfen!«

»Den Pastor überlassen Sie mir!« sagte Bony barsch. »Und Sie werden sich jetzt genau an meine Anweisungen halten. Sie wissen nur einen Bruchteil dessen, was ich weiß. Jetzt führen Sie mich ins Schlafzimmer Ihrer Tochter, und dann ziehen Sie sich rasch an.«

Marshall fuhr herum. Er wollte etwas erwidern, schwieg aber und ging zur Tür. Bony folgte ihm durch den Korridor zu dem Zimmer neben der Küche.

Es war ein kleines Zimmer, mit Beweisen elterlicher Liebe überhäuft. Auf einem Tisch stand ein großes Puppenhaus, und neben dem Tisch der Puppenwagen mit Thomas und Edith.

Am Fußende des Bettes lag die zerwühlte Bettdecke, auf einem Stuhl die sauber zusammengefaltete Kleidung des Mädchens.

»Ziehen Sie sich an!« schnauzte Bony los.

»Ich bleibe bei Ihnen –«

»Sergeant Marshall, Sie ziehen sich jetzt an und melden sich dann bei mir.« Bony blickte ihn scharf an. »Reißen Sie sich doch zusammen! Solange wir Rose Marie nicht gefunden haben, glaube wenigstens ich noch, daß sie lebt.«

Der Ärger wich aus den braunen Augen, das Gesicht des Sergeanten nahm einen schmerzlichen Ausdruck an. Bonys Freundlichkeit war verschwunden, der Inspektor wirkte haßerfüllt. Und dieser neue Bony gab Sergeant Marshall Zuversicht. Er drehte sich um und stürmte davon.

Bony trat an das offene Fenster. Es ging nach Norden. Ungefähr sechs Meter entfernt war der Staketenzaun. Bony beugte sich weit hinaus und sah den feinen roten Sand, der vom Wind über den harten Boden geweht worden war. Dann sagte er etwas, wofür Lawton-Stanley ihm bestimmt gleich zwanzig Schilling abgenommen haben würde.

Er kehrte zum Bett zurück, betrachtete es nachdenklich. Die Matratze und das Kopfkissen zeigten noch den Eindruck des kleinen Mädchens. Plötzlich beugte er sich tief über das Kopfkissen und schnupperte.

Zwischen Bett und Fenster lag ein kleiner Teppich. Bony hob ihn auf, untersuchte ihn genau. Dann rollte er den Teppich zusammen und schob ihn unter das Bett. Er machte das Fenster zu, schloß die Tür ab und steckte den Schlüssel ein.

Mrs. Marshall saß am Küchentisch. Bony beugte sich zu ihr hinab.

»Ich glaube nicht, daß Rose Marie tot ist«, sagte er leise. »Sie müssen jetzt nicht darüber nachdenken, denn Sie haben viel zu tun. Wir alle haben jetzt viel zu tun. Bitte holen Sie rasch Pfarrer Lawton-Stanley, ja?«

Langsam hob sie den Kopf und blickte Bony an, dann nickte sie.

»Ich habe doch Rose Marie ebenfalls in mein Herz geschlossen«, murmelte er.

Er drehte sich abrupt um und ging ins Büro zurück. Er sah auf die Uhr. Es war zwanzig Minuten vor acht. Er hob den Telefonhörer ab.

»Hallo!« meldete sich eine verschlafene Frauenstimme.

»Doktor Scott, bitte.«

»Die Nummer, bitte?« fragte die Frau.

»Hier spricht Inspektor Bonaparte von der Polizeistation. Ich brauche sofort eine Verbindung mit Doktor Scott. Sie kennen ja wohl die Nummer. Sonst sehen Sie nach!«

»Die Nummer ist Merino vierzehn«, sagte die Frau schnippisch.

»Rufen Sie zurück, sobald Sie den Doktor erreicht haben.«

Bony trat ans Fenster. Er sah, wie Mrs. Marshall durch das Gartentor trat und sich nach Westen wandte, wo der Lastwagen des

Wanderpredigers stand. Zweifel überkamen ihn. Hatte er sich geirrt? Hatte er den Fall mit der Nüchternheit des Wissenschaftlers betrachtet, anstatt mit menschlicher Wärme? War für ihn ein Mord nur eine Denksportaufgabe, wobei ihm das Opfer überhaupt nichts bedeutete – wo es ihm nur darauf ankam, den Mörder an den Galgen zu bringen?

Ach, zum Teufel! Es war eben ein gewaltiger Unterschied, wenn das Opfer plötzlich ein kleines Mädchen war, das er ins Herz geschlossen hatte. Er hatte die anderen getadelt, weil sie sich von persönlichen Gefühlen hatten leiten lassen, hatte sich seines nüchternen Intellekts gerühmt. Hatte Marshall recht – auch als Polizeibeamter?

Das Telefon schrillte.

»Doktor Scott!« bellte eine Stimme.

»Hier Bonaparte. Würden Sie sofort zur Polizeistation kommen?«

»Gewiß. Ist das Kind gefunden worden? Meine Haushälterin erzählt mir gerade davon.«

»Nein. Aber ich brauche Ihre Hilfe – dringend!«

»Bin in einer Minute drüben.«

Bony legte den Hörer auf, rief erneut die Vermittlung.

»Hat der Postmeister Telefon?« fragte er.

»Ja. Seine Nummer ist –«

»Ich will ihn sprechen, rasch!«

»Sie könnten ruhig etwas freundlicher sein, Inspektor«, sagte die Telefonistin.

»Das bin ich. Sie würden sich wundern, wenn ich erst grob werde. Also geben Sie mir den Postmeister, rasch – ich habe es eilig.«

Er knallte den Hörer auf und fuhr herum. In der Tür standen Mr. Watson und zwei Männer.

»Morgen!« rief Watson strahlend. »Sie machen hier sauber? Wo ist denn der Sergeant?«

»Weg. Was wollen Sie?«

»Oh, wir wollten Mr. Marshall nur guten Tag sagen. Diese Herren hier sind Kollegen aus der Stadt, sie wollten hören, was es Neues gibt. Stimmt es, daß das Töchterchen von Sergeant Marshall entführt worden ist?«

»Unsinn! Sie ist im Schlaf davongelaufen. Sie ist Schlafwandlerin.«

»Interessant«, bemerkte einer von Mr. Watsons Begleitern.

»Tatsächlich?« Watson nickte. »Darf ich bekannt machen: Dies ist ein Freund von mir – Mr. Burns. Seine Freunde nennen ihn Bony.«

»He!« rief einer der Reporter aus der Stadt. »Da will ich doch gleich . . .!«

»Jawohl, ich bin Inspektor Bonaparte. Ich habe heute morgen keine Neuigkeiten für Sie. Sobald es etwas gibt, werde ich Ihnen Bescheid sagen. Fragen Sie heute abend noch einmal nach.«

Er wandte sich dem schrillenden Telefon zu. Als er den Hörer abhob, ertönte im Korridor die Stimme von Sergeant Marshall. Bony hielt rasch die Hand über die Sprechmuschel.

»Führen Sie diese Herren hinaus, Marshall«, rief er. »Ich erwarte Lawton-Stanley und Doktor Scott.«

Ein riesiger Arm umschlang die drei Reporter und zog sie in den Korridor, im nächsten Augenblick fiel die Tür ins Schloß.

»Hier Lovell, der Postmeister«, tönte eine ruhige Stimme durch den Draht.

»Ah – guten Morgen, Mr. Lovell. Hier spricht Inspektor Bonaparte. Ich möchte Sie bitten, so schnell wie möglich zur Polizeistation zu kommen. Wir haben uns noch nicht kennengelernt, aber soviel ich weiß, haben Sie Familie, und deshalb werden Sie mir gewiß Ihre Hilfe nicht versagen.«

»Selbstverständlich. Ich bin gleich bei Ihnen.«

Bony hatte kaum aufgelegt, als der Sergeant und Lawton-Stanley das Büro betraten. Zögernd kam Mrs. Marshall hinterher.

»Haben Sie die Reporter losbekommen?«

Marshall nickte.

»Sie haben gehört, daß Rose Marie verschwunden ist«, wandte sich Bony an den Wanderprediger. »Sie können uns bei der Suche sehr helfen. Hören Sie: Wir Polizeibeamte sind durch eine Menge verdammter Vorschriften behindert. – Entschuldigung – hier ist ein Schilling.« Während er weitersprach, nahm er eine Handvoll Kleingeld aus der Tasche und reichte Lawton-Stanley einen Schilling. »Also, wie gesagt – uns sind die Hände gebunden. Ohne richterlichen Durchsuchungsbefehl können wir nicht in die Häuser eindringen. Aber Sie können es. Nehmen Sie sich ein paar Männer, gehen Sie gemeinsam von Haus zu Haus und suchen Sie nach Rose Marie. Kein Mensch wird wagen, sich einer solchen Aktion zu widersetzen. Es ist sinnlos, im Freien nach Spuren zu suchen. Also – nehmen Sie ein paar Männer und durchsuchen Sie jedes Haus von Dach bis Keller.«

»In Ordnung«, erwiderte Lawton-Stanley. »Wir nehmen uns erst die eine Straßenseite vor, dann die andere.«

»Gut! Und lassen Sie Kirche und Pfarrhaus nicht aus!«

Der Wanderprediger nickte und entfernte sich gemeinsam mit Mrs. Marshall. Bony hörte, wie er auf dem Korridor leise auf sie einsprach. Dann kam Dr. Scott ins Zimmer gestürmt.

»Morgen!« bellte er, und sein weißes Haar war zersaust. »Bißchen früh. Habe noch nicht mal gefrühstückt!«

»Bitte, riechen Sie einmal an Rose Maries Kopfkissen. Meiner Meinung nach riecht es nach Chloroform. Und unter dem Bett finden Sie einen kleinen zusammengerollten Teppich. Nehmen Sie ihn mit und untersuchen Sie mit Ihrem Mikroskop, was dieses seltsame Zeug ist, was dranhängt. Ich halte es für Jutefasern. Würden Sie das für mich tun? Hier ist der Zimmerschlüssel!«

»Selbstverständlich! Zum Teufel mit dem Frühstück! Ich kümmere mich gleich darum und bringe Ihnen dann meinen Bericht.«

»Gut! Sie werden allerdings von Lawton-Stanley und seinem Suchtrupp gestört werden, aber das macht Ihnen sicher nichts weiter aus.«

»Zum Teufel, wonach will Lawton-Stanley denn bei mir suchen?« knurrte der Arzt.

»Nach Rose Marie. Sie durchsuchen alle Häuser.«

»Ach so – na schön. Ich werde nichts sagen.«

Dr. Scott stürmte aus dem Zimmer, Marshall folgte ihm. Nach zwei Minuten war der Arzt wieder da und erklärte, daß das Kopfkissen auch jetzt noch nach Chloroform rieche. Mashall begleitete ihn hinaus, kehrte aber sofort zu Bony zurück.

»Tut mir leid, daß ich vorhin so gesprochen habe«, sagte er schroff, ohne den Inspektor anzuschauen.

Über Bonys Gesicht huschte ein kurzes Lächeln.

»Schon gut, Marshall. Ich bin genauso verzweifelt wie Sie. Ich erwarte jetzt den Postmeister. Sobald er da ist, bitten Sie den jungen Jason herüberzukommen. Sie wissen ja, daß er sich sehr gut mit Rose Marie verstanden hat. Vielleicht kann er uns einen Tip geben. Aber behandeln Sie ihn mit Glacéhandschuhen.«

»Ja, er kann uns vielleicht einen Hinweis geben.« Marshall nickte. »Er ist ein seltsamer Bursche, aber die Kinder mögen ihn. Ah – da kommt Lovell.«

Der Postmeister hatte eine leicht gebückte Haltung, sein blasses Gesicht zierte ein dünnes Bärtchen. Der Sergeant schob ihm einen Stuhl an den Schreibtisch und verschwand.

»Sie sind also Polizeiinspektor.« Lovell zog die Brauen hoch. »Und was kann ich für Sie tun?«

»Eine Menge – für Rose Marie und mich«, erwiderte Bony. »Das Kind wurde im Laufe der Nacht entführt, und ich möchte Sie ins Vertrauen ziehen: Meines Erachtens wurde sie von dem Mann entführt, der Kendall und diesen Tramp ermordet hat.« Bony lehnte sich zurück und blickte Lovell fest an. »Ich habe vor einigen Tagen in Sydney einige Auskünfte angefordert. Nun werden Sie wissen, daß man sich in Sydney gern Zeit läßt, man hat ja keine Ahnung, was sich hier ereignet hat. Sie werden also verstehen, daß ich so schnell wie möglich eine Verbindung mit Sydney brauche.«

»Verstehe, Inspektor.«

»Würden Sie deshalb selbst die Vermittlung übernehmen und ganz schnell eine Verbindung mit Sydney herstellen?«

»Ja.«

»Ich werde dabei Dinge besprechen, die normalerweise nur in einem versiegelten Brief mitgeteilt würden. Darf ich Sie deshalb bitten, selbst in der Vermittlung zu bleiben, bis dieses Gespräch beendet ist?«

»Selbstverständlich.«

»Danke. Wie klappt normalerweise die Verbindung mit Sydney – schlecht?«

»Nicht sehr gut. Aber ich werde meine Beziehungen spielen lassen.«

»Fein. Besten Dank, Mr. Lovell. Würden Sie sich dann sofort darum bemühen?«

Der Postmeister schob den Stuhl zurück und stand auf.

»Kann ich sonst noch etwas für Sie tun? Ich habe eine Tochter in Rose Maries Alter.«

Bony preßte die Fingerspitzen zusammen und stützte das Kinn darauf.

»Sie könnten sich mal dafür interessieren, was heute morgen am Telefon gesprochen wird. Merken Sie sich alles, was einen Hinweis auf das Verschwinden von Rose Marie geben könnte. Aber sorgen Sie vor allem für eine rasche Verbindung mit Sydney.«

»Ich wette, daß ich Sydney innerhalb einer Stunde bekomme. Also bis dann. Und wenn das Gespräch kommt, schließe ich die Tür ab und mache das Fenster zu.«

Es war Viertel vor neun. Bony starrte auf die Bekanntmachungen an der Tür. Vor dem Fenster heulte der Wind, der nun bereits zu einem leichten Sturm angewachsen war. Bony dachte an den jungen Jason und an Pastor James, dann wieder an den Postmeister. Was hatte Lovell gesagt, als er ging? Er wollte die Tür abschließen. Richtig! Und wer hatte noch etwas gesagt von Tür abschließen?

Vor Bonys geistigem Auge erschien plötzlich die Hütte von Sandy Flat, wie er sie zuletzt im Mondschein gesehen hatte. Die Tür war geschlossen – er erinnerte sich, daß er überlegt hatte, ob er sie selbst geschlossen hatte. Nein, er hatte die Tür nicht geschlossen, als er zur Bambushütte gegangen war, er hatte ja seine Hände gar nicht freigehabt. Und der Wind konnte die Tür auch nicht zugeschlagen haben, das Schloß war ja abmontiert. Nur mit der Drahtschlinge konnte man die Tür geschlossen halten. Bony sprang auf. Drei Sekunden später war er auf der Straße.

21

Mrs. Sutherland wollte an diesem Morgen in Merino ihre Schwester abholen, die um elf mit dem Postauto eintraf. Sie hatte noch eine Menge Besorgungen zu machen und wollte damit vor der Ankunft ihres Besuches fertig sein.

Der Weg, der zu ihrer Farm führte, stieß gleich unterhalb der Kirche auf die Hauptstraße. Als sie um die Ecke bog, wunderte sie sich über den Betrieb, der überall herrschte. Sie wollte zum Hotel, dort stellte sie stets ihren Wagen ab. Auf halbem Weg sah sie, wie Pfarrer Lawton-Stanley mit einigen Männern aus einem Geschäft trat und sofort in der Tür des Nebenhauses verschwand. Verschiedene Grüppchen standen zusammen und unterhielten sich aufgeregt.

Mr. Watson, der sich in Begleitung von zwei Fremden befand, winkte ihr zu. Pastor James sprach mit Mr. Fannings, dem Fleischer, und zog vor ihr den Hut, aber niemand lächelte ihr zu. Und plötzlich, wie aus dem Boden gestampft, stand dieser Robert Burns auf dem Trittbrett ihres Wagens.

»Bringen Sie mich sofort hinaus nach Sandy Flat!« befahl er.

Instinktiv trat sie auf das Gaspedal, doch dann bremste sie hart. Der Wagen hielt genau zwischen dem Hotel und Mrs. Jasons Garage. Bony lief um den Wagen herum und stieg ein. Mrs. Sutherland kicherte.

»Was gibt es eigentlich? Laufen Sie vor der Polizei oder vor Ihrer Frau davon? Steigen Sie sofort aus! Ich fahre keinen Schritt, solange Sie hier sitzen.«

»Hören Sie, Mrs. Sutherland. Ich muß sofort nach Sandy Flat. Kommen Sie! Ich erzähle Ihnen alles unterwegs.«

Mrs. Sutherland war sehr romantisch veranlagt, und überdies besaß sie genügend Selbstvertrauen, auf sich aufpassen zu können. Und schließlich hatte dieser Burns schöne Augen, die allerdings seltsam zu glitzern schienen.

Sie trat auf den Anlasser, legte den Gang ein und wendete. In diesem Augenblick trat Sergeant Marshall mit dem jungen Jason aus der Garage.

»Vielen Dank, Mrs. Sutherland – und nun fahren Sie wie der Teufel!« sagte Bony.

»Sind Sie aus dem Gefängnis ausgebrochen? Ich dachte, Sie sind wieder frei«, meinte sie gleichgültig. »Weshalb der ganze Wirbel?«

Die Leute blickten dem alten Vehikel nach, das mit Höchstgeschwindigkeit die Hauptstraße hinunterraste. Am meisten erstaunt aber war Sergeant Marshall.

Bony erklärte rasch, wer er sei und was ihn nach Merino geführt hatte. Dann berichtete er, daß Rose Marie entführt worden war.

»Sie wissen also nicht, wer der Mörder ist?«

»Nein – noch nicht. Aber ich werde es bald wissen. Können Sie nicht schneller fahren?«

»Mal sehen.« Sie trat das Gaspedal ganz durch. »Wissen Sie, ich hatte immer schon den Eindruck, daß Sie kein gewöhnlicher Farmarbeiter sind. Ich sagte es erst neulich zu Mr. Jason. Er kommt manchmal zu mir und hört sich mein Klavierspiel an.«

»Ein seltsamer Mensch«, bemerkte Bony. »Er war früher Schauspieler. Wann war er eigentlich zuletzt bei Ihnen?«

»Lassen Sie mich überlegen. Hm, es war Samstag vor acht Tagen. Sie brauchen aber nicht eifersüchtig zu sein, Inspektor. Sie sind mir jederzeit willkommen. Meine Schwester kommt heute aus Melbourne. Sie spielt recht passabel Geige.«

»Vielen Dank, vielleicht komme ich. – Aber halten Sie lieber vor dem Gattertor an. Der Stacheldraht ist zu zäh!«

Bony machte sich nicht die Mühe, das Tor wieder zu schließen, sondern stieg sofort wieder ein.

»Sollten Sie nicht erst das Tor schließen?«

»Fahren Sie zu, Mrs. Sutherland. Jede Minute zählt.«

»Na schön! Und wen glauben Sie in der Hütte zu finden? Etwa den Mörder?«

»Nein, Rose Marie.«

Der Wind rüttelte den Wagen durch, wirbelte den Staub hoch auf. Vor ihnen erhob sich braun und verschwommen die Chinesische Mauer.

»Glauben Sie, daß sie tot ist?«

»Ich hoffe nicht. Deshalb bat ich Sie ja, mich zu fahren. Ich wollte nicht erst auf Sergeant Marshall warten. Fahren Sie lieber langsamer, sobald wir den weißen Sand erreichen. Ein paar Sekunden spielen jetzt keine Rolle mehr.«

Die Hütte und der Wassertank waren nur kleine schwarze Punkte. Ohne auf ihren Wagen Rücksicht zu nehmen, fuhr Mrs. Sutherland mit hoher Geschwindigkeit. Nach einer weiten Schleife hielt sie vor der Hütte an.

»Bleiben Sie bitte hier!« rief Bony und stieg aus.

Er starrte zunächst einige Augenblicke durch den dichten Sandschleier auf die Hütte. Die Tür war mit der Drahtschlinge geschlossen. Er suchte nicht erst nach Spuren, denn die hatte der Wind längst verweht.

Die Stufe war mit Sand bedeckt. Er löste die Drahtschlinge und stieß die Tür auf. Dann drehte er sich um und winkte Mrs. Sutherland heran.

Als sie eintrat, öffnete er gerade die Klappe in der Rückwand, dann starrten sie gemeinsam auf das kleine Mädchen, das auf der Pritsche lag.

»Sie lebt!« Ein Stöhnen löste sich aus Bonys Brust.

Rose Marie hatte nur ihren Pyjama an. Sie lag auf dem Rücken, ihr Gesicht war mit einer dicken Sandschicht bedeckt. Bony pustete vorsichtig den Sand von den geschlossenen Augen.

»Schläft sie?« fragte Mrs. Sutherland leise. »Treten Sie mal zur Seite, damit ich sie aufheben kann.«

»Moment! Ich glaube nicht, daß sie schläft.« Bony nahm die leblose Hand. »Rose Marie! Wach auf! Mrs. Sutherland und dein Freund Bony sind hier. Wir wollen dich nach Hause bringen.« Vorsichtig hob er ihren Kopf. Mrs. Sutherland schrie auf. Der Hinterkopf des kleinen Mädchens war blutig.

»Hm, mit einem stumpfen Gegenstand auf den Kopf geschlagen!« knurrte Bony. Er bewegte vorsichtig die Beine des Mädchens, dann die beiden Arme. »Anscheinend keine Verletzungen weiter. Ich bringe sie jetzt zum Wagen. Lassen Sie die Tür, wie sie ist. Steigen Sie ein und nehmen Sie mir Rose Marie ab. Ich setze mich ans Steuer.«

Bony reichte die leblose Kindergestalt in den Wagen, setzte sich ans Steuer und fuhr los. Der Wind riß am Verdeck und wehte Sand unter die Motorhaube. Endlich erreichten sie das Gatter. Ohne anzuhalten fuhr Bony weiter. Sie hatten gerade den Friedhof passiert, als das Kind plötzlich etwas murmelte.

»Annabella! Annabella!«

»Wer ist Annabella?« fragte Bony Mrs. Sutherland.

»Ich weiß nicht. Vielleicht Annabella Watson, Mr. Watsons Mutter.«

Bony schwieg.

»Annabella Zetterling, was machst du mit dem Schmetterling?« sagte Rose Marie mit Singsangstimme.

»Das Kind ist im Delirium«, meinte Mrs. Sutherland besorgt. »Armes kleines Wurm. Wahrscheinlich hat sie diesen Reim in der Schule gelernt.«

Endlich erreichten sie Merino, rasten an der Kirche vorbei.

»Ich fahre in den Hof von Doktor Scott«, erklärte Bony. »Das Tor steht immer offen.«

Bony bog ein, hielt vor der Verandatreppe. Er sprang aus dem Wagen, ließ sich das Kind reichen und trug es durch die Seitentür, die zufällig offenstand, ins Haus. Eine ältliche Frau begegnete ihm.

»Doktor, Sie werden gebraucht – schnell!« rief sie sofort. Dann fügte sie, zu Bony gewandt, leise hinzu: »Kommen Sie hier entlang ins Behandlungszimmer.«

Bony folgte ihr in einen großen Raum. Er war Behandlungszimmer, Bibliothek und Labor zugleich. Die Frau glättete das Polster einer Liege, schüttelte das Kissen auf, und Bony legte das Kind nieder. Der Doktor trat mit einem überraschten Ausruf ein und beugte sich über Rose Marie. Bony setzte sich in einen großen Lehnsessel. Er fühlte sich plötzlich schrecklich müde.

Wie aus weiter Ferne hörte er den Doktor nach heißem Wasser rufen, und die Haushälterin eilte davon. Er sah, wie Mrs. Sutherland ein Instrumententischchen zum Liegesofa rollte und dem Doktor eine Schere reichte. Die Haushälterin kam mit einer Kanne dampfendem Wasser zurück.

Lawton-Stanley trat ein. Er blickte den Arzt und die beiden Frauen an. Als er Bony bemerkte, hockte er sich auf die Seitenlehne des Sessels.

»Jemand hat gesehen, wie Sie das Kind ins Haus brachten«, flüsterte er. »Gott sei Dank, sie lebt. Ist die Verletzung schlimm?«

Bony nickte. »Wir fanden sie in Sandy Flat. Würden Sie ihren Eltern Bescheid sagen? Und wenn Sie Gleeson sehen, dann richten Sie ihm aus, er soll sich draußen postieren und niemanden hereinlassen.«

Lawton-Stanley stand auf. »Kann ich den Marshalls Hoffnung machen?«

»Ich weiß nicht.«

Der Buschprediger entfernte sich. Bony saß reglos in dem hohen Sessel und grübelte vor sich hin. Schließlich trat der Arzt zu ihm.

»Übel«, sagte er. »Schädelbasisbruch. Vielleicht kommt sie durch. Es wird allerdings lange dauern, sie braucht gute Pflege. Ich werde sie hierbehalten. Mrs. Sutherland übernimmt die Pflege. Wo haben Sie sie denn gefunden?«

»In der Hütte von Sandy Flat.«

»Ach! Besteht eine Verbindung mit den Morden?«

»Ja. Und der Mörder kann immer noch einen Versuch unternehmen, sie zu töten. Aber keine Angst, ich lasse das Haus bei Tag und Nacht bewachen, bis ich den Mörder habe. Es wird nicht mehr lange dauern. Lawton-Stanley war hier. Ich bat ihn, die Eltern zu holen.«

Der Doktor spitzte die Lippen. Seine grauen Augen waren klein und hart.

»Auf dem kleinen Teppich waren Jutefasern. Sie stammen von einem Sack. Ich habe einige in einen Umschlag gesteckt.«

In diesem Augenblick erschien Mrs. Marshall in der Tür, dahinter ihr Mann. Der Doktor ging zu ihnen und sprach energisch auf sie ein, dann führte er sie zu dem Liegebett. Nach einigen Minuten trat der Sergeant zu Bony.

»Nicht so schlimm wie ich dachte – aber immer noch schlimm genug«, meinte er.

Bony erhob sich. »Sind Sie bereit?«

»Ja, ich bin bereit.«

»Dann kommen Sie!«

Gleeson stand am Ende der vorderen Veranda. Von hier aus konnte er jeden anhalten, der ins Haus wollte. Bony gab rasch einige Anweisungen und wies vor allem darauf hin, daß der Entführer vielleicht versuchen könne, das Kind zu töten. Gleeson solle deshalb unbedingt auf Posten bleiben, bis er abgelöst würde.

Dann ging Bony mit Sergeant Marshall zur Polizeistation.

»Holen Sie Ihren Wagen«, sagte Bony energisch. »Wir müssen noch einmal nach Sandy Flat. Während Sie den Wagen aus der Garage holen, fordere ich bei Ihrer Direktion Verstärkung an.«

Bony lief mit langen Schritten ins Büro und rief die Vermittlung. Der Postmeister meldete sich sofort.

»Nein, ich habe Sydney noch nicht erreicht«, erklärte Lovell. »Tut mir leid. Aber irgendwo scheint es Schwierigkeiten zu geben. Hier ist ein dicker Einschreibebrief eingegangen. Aus Sydney – adressiert an Sergeant Marshall.«

»Ah – gut! Dann benötige ich das Gespräch mit Sydney gar nicht mehr. Ich komme mit Marshall sofort hinüber. Besten Dank, Mr. Lovell – Ja, das Mädchen haben wir gefunden. Sie erhielt einen bösen Schlag auf den Kopf. Sie ist jetzt bei Doktor Scott. – O ja! Der Doktor hat Hoffnung.«

22

Als Bony und der Sergeant mit dem Wagen Merino verließen, war von der Chinesischen Mauer nichts zu sehen. Noch nicht einmal der Friedhof war zu erkennen. Der Wind blies kräftig aus Westnordwest mit Stärke acht und wehte lange Sandschleier über den Busch. Die Sonne stand wie eine trübe Scheibe am Himmel.

»Ich habe mit Ihrem Vorgesetzten gesprochen«, sagte Bony. »Er schickt zwei Wachtmeister herüber.«

»Hat er etwas wegen Florence gesagt?«

»Ja. Ich habe ihn gebeten, mich den Fall zu Ende bearbeiten zu lassen. Er war sofort einverstanden. Ein netter Mensch.«

»Ich habe ihn bisher nicht als nett empfunden. Er wird immer gleich ungeduldig.« – »So sind sie alle, Marshall«, stellte Bony fest.

»Nun erzählen Sie mal, Bony! Haben Sie erwartet, unser Mädel in Sandy Flat zu finden?«

»Ja. Als ich in der vergangenen Nacht durch das Klappern des Windrades geweckt wurde, blickte ich hinüber zur Hütte. Ich sah, daß die Tür geschlossen war, und überlegte, ob ich sie selbst geschlossen hatte. Aber die Frage schien mir im Augenblick unwichtig. Als heute morgen der Postmeister im Büro war, sagte er, daß er die Tür abschließen würde, damit ich ungestört mit Sydney sprechen könne. Diese Bemerkung blieb in meinem Unterbewußtsein haften, und plötzlich wußte ich ganz genau, daß ich die Tür der Hütte nicht geschlossen hatte. Also mußte es der Mann mit der Kapuze gewesen sein. Und was sollte er in der Hütte gewollt haben – als Rose Marie hineinzulegen?«

»Ich verstehe immer noch nicht, warum dieses Untier Florence hinausgebracht hat. Wissen Sie es?« fragte Marshall.

»Noch nicht. Aber mir dämmert etwas.«

»Dann haben Sie vielleicht auch eine Idee, was die Windräder dabei sollen?«

»Auch da dämmert es leicht.«

»Schön, und was dämmert Ihnen?« Marshalls Stimme klang scharf, er war immer noch erregt.

»Es ist alles noch zu vage, um darüber zu reden. Aber wie sind Sie eigentlich mit dem jungen Jason zurechtgekommen?«

»Ach, als ich in die Garage kam, schloß er gerade ab. Er bestürmte mich mit einer Menge von Fragen über Florence. Wann wir sie zuerst vermißt hätten, und so weiter. Er war richtig aufgeregt. Ich fragte ihn, wo sein Vater steckt, und er antwortete, der sei noch im Haus. Wahrscheinlich wasche er das Frühstücksgeschirr ab. Er selbst habe die Garage geschlossen, um sich an der Suche nach unserer Kleinen zu beteiligen.«

»Haben Sie ihn gesehen, als wir vom Doktor kamen? Ich nicht.«

»Nein, ich auch nicht.«

Sie erreichten das Tor im Zaun, das Bony offengelassen hatte, und diesmal stieg Bony aus und schloß es, bevor sie weiterfuhren.

»Was haben Sie mit dem jungen Jason gemacht, als Sie sahen, daß ich mit Mrs. Sutherland wegfuhr?« fragte er, als er wieder neben Sergeant Marshall saß.

»Nun, ich sagte ihm, daß er sich doch mit den Kindern recht gut versteht und uns vielleicht helfen könne. Wir waren gerade auf dem Weg ins Büro, als Sie davonfuhren. Da sagte ich ihm, daß wir uns an der Suche beteiligen würden, bis Sie zurückkämen.«

»Sie haben ihm also gesagt, daß ich Polizeibeamter bin?«

»Ja. Sie selbst hatten diese Tatsache ja überall ausposaunt. Ich sagte ihm, daß Sie die Untersuchung leiten. Er solle Ihnen gegenüber nicht so bockig sein, weil Sie ja nichts für Redmans Benehmen können. Wir wollten ihn doch vorsichtig behandeln.«

»Richtig! Wenn wir zurückkommen, können wir ihn mitnehmen. Und sobald wir mit ihm gesprochen haben, werden wir Pastor James zu uns bitten.«

»Kann ich dabeisein?«

»Wenn Sie versprechen, sich zu beherrschen«, sagte Bony ruhig. »Wir müssen James mit Samthandschuhen anpacken, aber wir können ein Hufeisen hineinstecken. Fahren Sie bis zur Tür der Hütte.«

Bony stieg aus und starrte in den Sandnebel. Wassertank und

Windrad waren nur ungewisse Schemen. Die Chinesische Mauer war eine einzige durcheinanderwirbelnde Sandmasse, und der ganze Erdboden schien in Bewegung geraten zu sein.

Im Innern der Hütte heulte der Wind durch das offene Klappfenster und die Tür. Spuren waren hier keine zu finden. Bony schloß das Klappfenster, sofort war es ruhiger im Raum.

»Ich möchte wissen, warum der Mörder Rose Marie hierhergebracht hat«, sagte er. »Warum hat er sie nicht irgendwo im Busch liegenlassen? Er muß doch in dem Glauben gewesen sein, sie getötet zu haben. Und warum ist er auf das Gerüst mit dem Wassertank geklettert? Ich sehe mich jetzt einmal dort oben um.«

Sie verließen die Hütte. Marshall befestigte die Drahtschlinge der Tür. Bony ging hinüber zum Fleischhaus und sah, daß seine Decken und die Lebensmittelkiste unverändert dalagen. Dann kämpften sie sich hinüber zum Tankgerüst.

»Passen Sie auf, daß Sie nicht heruntergeweht werden!« rief der Sergeant durch das Brausen des Sturmes.

»Nun, ich würde ja weich fallen.«

Bony kletterte die Eisenleiter hinauf. Als er auf der Plattform stand, konnte er gerade die obere Kante des Wasserbehälters erreichen – genau, wie er es bei dem Kapuzenmann gesehen hatte. Langsam schob er sich um den Tank herum. Endlich hatte er die Stelle erreicht, an der dieser Kapuzenmann gewesen sein mußte.

Am Wassertank war nichts Ungewöhnliches zu bemerken, und die Plattform war ebenfalls in Ordnung. Warum also war der Mann hier heraufgekommen? Warum war er mindestens vierzig Minuten lang hier oben geblieben?

Bony packte mit beiden Händen die Oberkante des Tanks und zog sich hinauf. Trotz der windgekräuselten Wasseroberfläche konnte er bis auf den Grund blicken. In diesem Behälter war lediglich Wasser.

Er ließ sich wieder zur Plattform heruntergleiten und lehnte sich mit dem Rücken gegen den Tank. Jetzt blickte er auf das Windrad, das ein klein wenig höher war als er selbst.

Marshall kam näher und sah zu Bony herauf.

»Setzen Sie mal das Windrad in Gang!« rief Bony hinunter.

Sobald der Sergeant den Bolzen gelöst hatte, begann sich das Windrad zu drehen. Infolge des Sturmes drehte es sich wie rasend, und Marshall schwenkte es rasch etwas zur Seite, so daß der Wind nicht mit voller Wucht auftreffen konnte. Hinter Bony plätscherte Wasser in den Tank.

Minutenlang beobachtete Bony das sich drehende Windrad, und er schien weder den Sturm noch die unangenehmen Sandwolken zu spüren. Durch das Heulen des Windes vernahm er das Klappern des Windrades.

War dieses monotone Klappern vielleicht Musik in den Ohren des Kapuzenmanns? Oder zog ihn das Windrad an, das wie eine blitzende Scheibe wirkte? In der vergangenen Nacht hatte kein Sandschleier das silberne Licht des Mondes verdunkelt. Hatte das Blitzen des Windrades vielleicht hypnotischen Einfluß auf den Kapuzenmann? Aber wenn dem so war – was hatte dies mit der Ermordung von Kendall und dem Mordversuch an Rose Marie zu tun? Bony kletterte wieder die Leiter herab.

»Nun, haben Sie etwas gefunden?« fragte Marshall.

»Nein, ich habe nichts entdeckt«, erwiderte Bony. »Stellen Sie das Windrad wieder ab, wir fahren in die Stadt zurück.«

Bevor sie das Tor im Drahtzaun erreicht hatten, begegnete ihnen ein Wagen. Sie mußten beide anhalten, denn ein Ausweichen war an dieser Stelle schwierig. Der Fahrer des anderen Wagens stieß einige Meter zurück, und nun konnte Marshall passieren. Am Steuer des anderen Autos saß Mr. Watson. Er wurde von den beiden Journalisten aus der Stadt begleitet.

Weiter ging die Fahrt, das Tor im Grenzzaun tauchte auf, dann kam die Landstraße. Marshall versuchte einige Male, mit Bony ins Gespräch zu kommen, doch der Inspektor saß zusammengesunken auf seinem Sitz und starrte mit leeren Augen durch die Windschutzscheibe.

»Halten Sie ruhig beim Doktor und erkundigen Sie sich, wie es Rose Marie geht«, sagte Bony, als sie an der Kirche vorüberkamen. »Ich gehe zu Fuß weiter. Wenn Ihre Frau bei dem Mädel ist, dann sagen Sie ihr, daß sie sich um uns keine Sorgen machen soll. Wir können uns das Essen selbst bereiten. Und veranlassen Sie, daß Gleeson für eine Stunde abgelöst wird.«

»Danke. Ich möchte natürlich wissen, wie es Florence geht.«

»Selbstverständlich. Lassen Sie sich Zeit.«

Bony betrat die Polizeistation durch den rückwärtigen Eingang, der unverschlossen geblieben war. Die Küchenuhr zeigte zwanzig Minuten vor eins an. Das Feuer war ausgegangen. Er entzündete es erneut, um Wasser zu kochen. Danach ging er ins Büro und nahm den Hörer ab. Der Postmeister meldete sich.

»Sie sind immer noch in der Vermittlung?« fragte Bony.

»Ja. Ich hielt es für besser. Übrigens – ganz inoffiziell natürlich: Vor einer Stunde wurde ein langes Pressetelegramm aufgegeben. Es steht auch eine Menge über Sie drin. Wenn Sie herüberkommen, können Sie die Originale einsehen.«

»Besten Dank! Ich komme dann vorbei. Jetzt verbinden Sie mich bitte mit der Wattle Creek Station.«

Der Buchhalter meldete sich, und Bony verlangte Mr. Leylan. Eine Minute später vernahm er die Stimme des Schafzüchters.

»Ganz im Vertrauen«, sagte Bony. »Ich habe in Merino eine Menge zu tun. Ich mußte Sandy Flat Hals über Kopf verlassen, und nun weiß ich nicht, ob das Pferd in der Nachtkoppel Wasser finden wird.« – »Sie wollen nicht zurückkommen?«

»Vielleicht doch. Deshalb möchte ich Sie bitten, jemanden hinauszuschicken, der das Tier tränkt und dann in die Nachtkoppel zurückbringt. Vielleicht brauche ich das Pferd noch vor morgen abend.«

»Wird erledigt. Wie gehen die Ermittlungen voran?«

»Langsam«, erwiderte Bony und berichtete, was mit Rose Marie geschehen war. Sein eigenes Abenteuer mit dem Kapuzenmann verschwieg er allerdings.

»Auf Sandy Flat muß wirklich ein Fluch liegen«, ereiferte sich der Schafzüchter. »Was gibt es nur dort draußen, das einen Menschen veranlassen könnte, an dieser Stelle zu morden?«

»Das wüßte ich auch gern«, antwortete Bony. »Sagen Sie, haben Sie jemals festgestellt, daß der Wassertank übergelaufen ist?«

»Ja – doch. Komisch, daß Sie mich danach fragen«, meinte Leylan. »Im Laufe der letzten zwei Jahre habe ich oft festgestellt, daß unter dem Tank Wasser im Boden versickert ist. Ich habe sogar den Tank untersucht, weil ich dachte, er hat ein Leck.«

»Aber Sie haben dem weiter keine Bedeutung beigemessen?« bohrte Bony weiter.

»Nein. Sehen Sie, wenn dort draußen niemand wohnt, schicke ich von Zeit zu Zeit jemanden hinaus, damit er nachsieht, ob noch genügend Wasser im Tank ist. Notfalls setzt er das Windrad in Betrieb und läßt den Tank vollaufen. Ich glaubte immer, die Männer hätten nicht aufgepaßt, wenn Wasser übergelaufen war.«

»Hm! Vielen Dank. Sehr interessant. Sagen Sie, ist Miss Leylan heute zu Hause . . .? Gut. Dann richten Sie ihr bitte aus, daß wir ihr noch Bescheid geben, wie sich der Zustand des Kindes entwikkelt . . . Ja, Doktor Scott ist optimistisch. Auf Wiedersehen.«

Bony hatte Tee bereitet und aß gerade zu Mittag, als Marshall eintrat.

»Immer noch bewußtlos«, berichtete er. »Meine Frau bleibt bei ihr. Mrs. Sutherland bringt rasch ihre Schwester nach Hause, die mit dem Postauto eingetroffen ist.«

»Haben Sie mit dem Doktor gesprochen?«

»Nein, er mußte zu einem Patienten.«

Bony schenkte Tee ein, und der Sergeant schnitt sich ein ordentliches Stück von der Hammelkeule ab. Minutenlang aßen sie schweigend.

»Ich habe den Einschreibebrief durchgesehen, der heute morgen aus Sydney gekommen ist«, sagte Bony dann. »Viel haben mir diese Informationen nicht genützt, und im Grunde bin ich froh darüber.«

»Oh! Wieso?«

»Weil ich den Fall aus eigener Kraft abschließen möchte. Hätte uns das Präsidium auch nur einen kleinen Hinweis geliefert, würden wir beide weniger Anerkennung ernten. Way hatte übrigens schon mal gesessen – wegen Schafdiebstahls. Aber das ist alles.«

Nach dem Essen löste Marshall Gleeson ab, und Bony ging zum Postamt, wo er die Pressetelegramme von Mr. Watsons Kollegen durchlas.

»Der Absender weiß ziemlich genau Bescheid über mich, wie?« meinte Bony zu Lovell. »Unser Wanderprediger wird auch tüchtig gelobt. Aber ich hasse derartiges Aufsehen. Sagen Sie, haben Sie jemals bei Ihren Kindern den Reim gehört: ›Annabella Zetterling, was machst du mit dem Schmetterling?‹«

»Ja, oft.«

»Rose Marie hat diesen Reim mehrmals wiederholt, als sie bewußtlos in Mrs. Sutherlands Armen lag. Nun frage ich mich, ob das irgendeine Bedeutung haben könnte. Wie lange sind Sie schon in Merino?« – »Viel zu lange. Schon seit acht Jahren.«

Bony lachte. »So, nun muß ich gehen. Besten Dank für Ihre Mitarbeit. Der Einschreibebrief hat mir eine Menge Kopfzerbrechen erspart.«

Bony ging zur Polizeistation zurück. Er wollte gerade durch das Gartentor treten, als er den jungen Jason vor der Gartentür entdeckte, und er winkte ihn heran.

23

»Nehmen Sie Platz, Mr. Jason«, sagte Bony und wies auf den Besucherstuhl. Er schob dem jungen Mann Tabaksbeutel und Zigarettenpapier hin. Tom Jason nickte und drehte sich eine Zigarette, ohne Bony aus den Augen zu lassen. Am Vormittag hatte er erfahren, daß dieser Mischling Polizeiinspektor war.

»Wenn Sie glauben, daß ich der Täter bin, dann sind Sie gewaltig auf dem Holzweg«, sagte er leise, aber drohend. »Ich hätte Kendall umbringen können, aber niemals Rose Marie.«

»Ach! Und warum?«

Bony blickte ruhig in die dunklen Augen, die ihn anstarrten. Der junge Mann hatte seine schmierige Mütze einfach neben sich auf den Boden geworfen, das dunkle Haar mit dem Linksscheitel war sauber gebürstet. Die Hände, die eine Zigarette drehten, waren groß und kräftig. Diesen Händen war vieles zuzutrauen.

»Das würden Sie doch nicht verstehen.«

Bony zündete eine Zigarette an.

»Na schön«, sagte er barsch. »Jetzt hören Sie mal gut zu. Hier in Merino lebt jemand, der in der vergangenen Nacht Rose Marie aus ihrem Bett geholt und dann mit einem stumpfen Gegenstand auf den Kopf geschlagen hat. Danach hat er das bewußtlose Kind zu der Hütte am Sandy Flat gebracht. Sie sagen, daß Sie es nicht waren – nun, ich habe nicht einmal den Verdacht geäußert. Ich darf also annehmen, daß Sie mir helfen wollen, den zu fassen, der diese abscheuliche Tat begangen hat?«

»Kommt darauf an«, erwiderte der junge Mann mürrisch.

»Hm, und worauf kommt es an?«

»Ach, nichts.«

Tom Jason musterte Bony mit ausdruckslosem Gesicht.

»Als ich gemeinsam mit Mrs. Sutherland Rose Marie nach Merino brachte, sagte sie im Delirium mehrmals: ›Annabella Zetterling, was machst du mit dem Schmetterling?‹ Hat sie diesen Reim von Ihnen?«

Der mürrische Ausdruck wich aus den dunklen Augen, sie wirkten jetzt nachdenklich.

»Hat sie das wirklich gesagt?« fragte der junge Mann.

»Ja. Haben Sie sich diesen Reim ausgedacht?«

»Nein. Aber sie hat ihn von mir gelernt.«

Bony nickte. Er sah deutlich, wie das Gehirn hinter der hohen und breiten Stirn gewaltig arbeitete.

»Was hält denn Doktor Scott von ihr?« fragte Tom.

»Kommt darauf an«, antwortete Bony.

»Kommt darauf an!« echote der junge Mann. »Was meinen Sie damit?«

»Es kommt darauf an, ob Sie bereit sind, mitzuspielen.«

»Aha, so ist das also?«

»Genauso ist es«, meinte Bony. »Sie haben doch Rose Marie immer gern gehabt, nicht wahr? Und ich habe sie ebenfalls sehr gern. In diesem Punkt dürften wir also durchaus einer Meinung sein. Ich glaube nicht, daß Sie das Kind entführt haben, aber meiner Meinung nach könnten Sie mir helfen, den Täter zu fassen.«

»Klingt prächtig«, spöttelte der junge Mann. »Aber seit Sergeant Redman hier war, habe ich die Nase voll. Er hat mir auf den Kopf zugesagt, daß ich ein prächtiges Motiv für die Ermordung von Kendall hatte.«

»Das weiß ich. Und wenn ich damals hier gewesen wäre, hätte er mich wahrscheinlich ebenfalls verdächtigt.« Bony schwieg kurz. »Und nun will ich Ihnen sagen, weshalb ich nicht glaube, daß Sie der Täter sind. Sie besaßen einen braun-weißen Hund, den Sie sehr gern hatten. Ich habe oft beobachtet, wie Sie mit ihm gespielt haben, wie Sie ihn streichelten. Es war deutlich zu sehen, daß der Hund Sie gern hatte. Nun vergiftet kein Mensch den eigenen Hund. Nicht mit Strychnin. Wenn er ihn töten muß, dann erschießt er ihn.«

Bony konnte beobachten, wie die dunklen Augen des jungen Mannes ärgerlich aufglühten.

»Der Hund ist also vergiftet worden, wie? Woher wissen Sie das?«

»Ich habe ihn gefunden – auf der Chinesischen Mauer.«

»Auf der Chinesischen Mauer«, wiederholte Tom Jason. »Aber er ist doch nie so weit weggelaufen. Er hat die Stadt nie verlassen. Dieser Hund hat noch nicht mal eine Katze gejagt, geschweige denn draußen im Busch Karnickel.«

»Und doch habe ich ihn tot auf der Chinesischen Mauer gefunden«, versicherte Bony. »Und das Seltsame bei der Sache ist, daß die Leute von der Schafstation versichern, keine vergifteten Köder ausgelegt zu haben.«

Die beiden Männer starrten sich an.

»Das verstehe ich nicht«, murmelte der junge Jason.

»Reiten Sie manchmal aus?«

»Nein – warum?«

»Machen Sie ausgedehnte Spaziergänge im Busch?«

»Zum Teufel, weshalb sollte ich?«

»Weil ich den Eindruck habe, daß der Hund jemandem gefolgt ist – als er den vergifteten Köder auflas.«

Der junge Jason nickte bedächtig. »Ja, so kann es gewesen sein. Er ist jemandem nachgelaufen.«

»Und wem könnte er wohl nachgelaufen sein – bis zur Chinesischen Mauer?«

»Woher soll ich das wissen? Er kann – er kann jedem nachgelaufen sein.«

Bony war das kurze Zögern nicht entgangen.

»Aber wenn Sie die Spur des Hundes gefunden haben«, meinte der junge Mann scharfsinnig, »dann müssen Sie doch auch die Spuren desjenigen gefunden haben, dem er gefolgt ist.«

»Nein, ich konnte in der ganzen Gegend keine Stiefelabdrücke finden«, erwiderte Bony wahrheitsgemäß.

»Wie kommen Sie dann darauf, daß der Hund jemandem nachgelaufen ist?«

»Weil ich nicht glaube, daß Ihr Hund einfach so weit wegläuft. Und außerdem sieht es ganz danach aus, als ob er absichtlich vergiftet worden ist.«

»Wann haben Sie den Hund gefunden?« fragte der junge Jason.

»Ungefähr zu dem Zeitpunkt, da Sie ihn vermißt haben«, erwiderte Bony. »Und nun sagen Sie mir – warum sind Sie so sehr an Windrädern interessiert?«

»An Windrädern!« rief Jason laut, doch dann senkte er sofort seine Stimme. »Ich interessiere mich nicht für Windräder. Höchstens, wenn ich am städtischen Reservoir das Windrad reparieren muß. Und an diesem Ding doktere ich schon seit Jahr und Tag herum, daß ich gar nicht mehr daran denken möchte. Wer behauptet denn, daß ich mich für Windräder interessiere?«

»Niemand hat es behauptet, aber Sie ließen sich von Rose Marie mit gekreuzten Fingern versprechen, über eine Sache zu schweigen, die sie offenbar erfahren hatte.«

»Sie hat Ihnen nichts gesagt?«

»Nein. Schließlich hat sie es Ihnen doch mit gekreuzten Fingern versprochen.«

Über das häßliche Gesicht glitt ein Grinsen.

»Das kann ich Ihnen sehr rasch erklären«, meinte Tom Jason. »Als ich einmal das Windrad oben am Staudamm reparieren mußte, nahm ich Rose Marie mit. Am schwierigsten ist dabei die Herstellung der Ersatzteile, denn die kann man nicht kaufen. Das Ersatzteil, das ich nun an diesem Tag mitgenommen hatte, wollte nicht passen, und da wurde ich wütend und fluchte fürchterlich – ich hatte ganz vergessen, daß das Kind bei mir war. Ein andermal schmiedete ich in der Werkstatt ein Ersatzteil, und weil es nicht so recht klappen wollte, fluchte ich wieder. Als ich aufblickte, stand das Mädel an der Tür. ›Warum sagst du immer so böse Worte, wenn du Teile für das Windrad machst?‹ fragte sie. Da versprach ich ihr, es nie mehr zu tun, wenn sie dafür versprach, nie etwas davon zu erzählen. Wir kreuzten beide die Finger und legten das Versprechen ab.«

»Dann betrifft das Versprechen nicht eine dritte Person?«

»Nein, natürlich nicht. Aber was hat das alles mit dem Mordversuch an Rose Marie zu tun?«

»Ich weiß noch nicht«, gab Bony offen zu. »Ich hatte gehofft, daß Sie mir helfen können. Kennen Sie jemanden hier in Merino, der einen Spleen mit Windrädern hat? Der vielleicht immer wieder Verbesserungen erfindet?«

»Nein. Der einzige Verrückte, der sich mit Windrädern abgibt, bin ich. Ich hasse sie. Wenn ich könnte, würde ich sie alle in die Luft sprengen. Ein Motor – ja, der hat eine Seele, den kann man dazu bringen, sanft zu laufen. Aber Windräder!«

Bony lächelte. »Durchaus wahr. Ein Motor singt ein Lied. Ich nehme an, daß Sie allein aus dem Klang eines Motors einen Fehler erkennen können?«

»Ja. Ich höre den Fehler sogar schon lange, bevor es zu einer Panne kommen kann.« In der Stimme des jungen Mannes schwang Stolz. Doch die kurze Begeisterung schwand sofort wieder, und sein Gesicht nahm den gewohnten mürrischen Ausdruck an. »Windräder und Motoren! Was hat das alles mit Rose Marie zu tun? Sie haben mir eine Menge dumme Fragen gestellt, und zum Schluß werden Sie behaupten, daß ich ein Mörder sei.« Tom Jason war aufgestanden, seine Stimme klang schrill. »Sie halten sich für schrecklich klug, wie? Jetzt will ich Ihnen etwas verraten. Alle machen sich über den buckligen kleinen Jason lustig, nur die Kinder nicht. Die Kinder sind meine wahren Freunde. Und wenn ich herausfinde, wer die kleine Rose Marie erschlagen wollte – dann gnade ihm Gott!«

»Das überlassen Sie ruhig der Justiz«, meinte Bony.

»Der Justiz!« brummte der junge Jason. »Und dann? Dann bekommt er schon sechs Monate, oder man stellt fest, daß er nicht ganz richtig ist im Kopf!«

Der Wutausbruch war so plötzlich vorbei, daß Bony glaubte, der junge Mann habe nur geschauspielert. War sein Vater nicht Schauspieler gewesen? Und dieses Lauschen auf laufende Motoren! Hatte der Kapuzenmann vielleicht auf das Klappern des Windrades gelauscht? Was mochte Rose Marie – wenn auch ganz zufällig – über Windräder erfahren haben? Tom Jasons Geschichte, daß es sich nur um die Flucherei gehandelt habe, klang nicht überzeugend.

»Na schön.« Bony erhob sich. »Schade, daß Sie mir nicht helfen wollen. Guten Tag.«

Der junge Jason bückte sich, hob die Mütze auf und ging zur Tür. Dort drehte er sich noch einmal um und blickte Bony nachdenklich an.

»Sagen Sie schon, wie es dem Kind geht, Inspektor«, bat er. »Mir will man beim Doktor nichts sagen.«

»Sie verdienen auch keine Auskunft«, erwiderte Bony barsch. »Aber ich will es Ihnen trotzdem sagen. Rose Marie hat eine Platzwunde am Hinterkopf. Die Kleine war bewußtlos, als wir sie fanden. Wie ich Ihnen bereits sagte, erwachte sie im Auto kurz aus der tiefen Bewußtlosigkeit, aber seitdem ist sie noch nicht wieder zu sich gekommen. Doktor Scott hofft, daß sie wieder gesund wird, aber sie benötigt sorgfältige Pflege. Sie wollen mir also nicht sagen, wem Ihr Hund nachgelaufen ist?«

»Nein, denn ich weiß es nicht. Dieser Hund lief allen nach. Sonst noch was?«

»Im Augenblick nicht.«

Der junge Jason tappte den Korridor entlang. Bony hörte, wie er die Haustür öffnete und hinter sich zuwarf. Er spitzte die Lippen und drehte sich eine Zigarette. Als Marshall – der Gleeson vorübergehend abgelöst hatte – zurückkam, war Bony eifrig mit Schreiben beschäftigt.

»Nun?« fragte Bony und zog die Brauen hoch.

»Florence? Ach, bis jetzt keine Änderung. Sie ist immer noch bewußtlos.«

»Ich hatte den jungen Jason hier. Kein bißchen hilfsbereit. Er interessierte sich vor allem dafür, wie sein Hund vergiftet worden war. Wollen Sie dabeisein, wenn ich mir Pastor James vorknöpfe?«

»Unbedingt«, erwiderte Marshall grimmig.

Bony nahm den Telefonhörer ab und ließ sich mit dem Pfarrhaus verbinden. Die sanfte Stimme von Mrs. James meldete sich.

»Guten Tag, Mrs. James«, sagte Bony. »Hier spricht Inspektor Bonaparte. Wir kennen uns bereits. Ich nannte mich damals Robert Burns.«

»Ja, Inspektor. Mein Mann hat mir beim Mittagessen erzählt, daß mein Mr. Burns in Wirklichkeit ein Kriminalbeamter ist«, antwortete sie. »Entschuldigen Sie, wenn ich Sie ›meinen Mr. Burns‹ nenne, aber Sie waren so freundlich, mein Holz zu hacken. Ich war gerade bei Doktor Scott und habe nach der kleinen Rose Marie gesehen.«

»Ja, eine schreckliche Geschichte, Mrs. James. Aber wir wollen die Hoffnung nicht verlieren, das Kind befindet sich in guten Händen. Äh – ich müßte Ihren Mann sprechen. Ist er zu Hause?«

»Ja, aber er hält sein Mittagsschläfchen. Der Ärmste muß nach dem Essen immer zwei Stunden ruhen.«

»Hm! Ich fürchte, ich muß ihn da stören. Leider ist unsere Zeit knapp. Würden Sie ihn bitte an den Apparat holen?«

»Natürlich – wenn Sie darauf bestehen. Ich nehme an, es ist sehr wichtig?«

Nach drei Minuten vernahm Bony die näselnde Stimme des Pfarrers. »Hier Pastor James. Sie wünschen mich zu sprechen?«

»Ach ja! Guten Tag, Herr Pastor«, sagte Bony liebenswürdig. »Könnten Sie wohl gleich einmal zur Polizeistation kommen? Ich glaube, Sie können mir behilflich sein.«

Pastor James schien mißgelaunt.

»Nun, wenn es wirklich derart wichtig ist. Aber nach dem Essen ist es schlecht für mich. Mein Herz, müssen Sie wissen. Würde es nicht auch heute abend gehen?«

»Leider bin ich heute abend anderweitig beschäftigt. Ich werde Sie nicht lange aufhalten.«

»Aber könnten Sie dann nicht zu mir kommen?« argumentierte Mr. James. »Ich müßte mich erst anziehen.«

»So leid es mir tut, ich muß Sie bitten, so schnell wie möglich hierherzukommen«, erwiderte Bony. »Ich kann Sie natürlich von Sergeant Marshall mit dem Wagen abholen lassen.«

»O nein! Das ist nicht nötig«, antwortete Pastor James hastig. »Ich bin in ein paar Minuten bei Ihnen.«

»Vielen Dank, Herr Pastor. Ich erwarte Sie.«

Bony legte seufzend den Hörer auf und blickte Marshall an.

»War wieder ziemlich anmaßend, wie?« polterte der Sergeant los.

»Ein wenig«, meinte Bony. »Wenn Sie dabeisein wollen, brauchen wir noch einen Stuhl. Sie setzen sich dann am besten an Gleesons Schreibtisch.«

Erst fünfzehn Minuten später erschien Pastor James. Bony erhob sich nicht, er wies lediglich auf den Besucherstuhl, und der Pastor setzte sich wortlos.

»Nun, Hochwürden«, begann Bony, »wie Sie wohl inzwischen gehört haben, bin ich mit der Aufklärung der Verbrechen beauftragt, die hier in der Gegend begangen worden sind. Zuletzt wurde ein Mordversuch an der kleinen Rose Marie unternommen. Sie wohnen schon seit Jahren in Merino und dürften alle Bewohner gut kennen. Sie gehören zu den prominenten Bürgern und können uns vielleicht wichtige Hinweise geben. Soviel ich weiß, besitzen Sie ein Pferd.«

»Ja«, antwortete der Pastor.

»Es steht im Stall von Mr. Fanning?«

»Jawohl.«

Bonys Augen wurden hart. »Wann sind Sie zuletzt ausgeritten?«

»Vorgestern. Da besuchte ich Mrs. Sutherland.«

»Sie besitzen einen Wagen. Warum fahren Sie nicht damit?«

»Aus zwei Gründen. Der Weg ist teilweise sehr schlecht, und außerdem brauche ich etwas leichte Bewegung. Reiten ist meiner Gesundheit dienlich.«

»Ah – so«, murmelte Bony. »Besitzen Sie das Pferd schon lange?«

»Seit zwei Jahren. Ich kaufte es –«

»Spielt keine Rolle, Hochehrwürden. Nur schade, daß Sie nicht ab und zu mal einen ordentlichen Galopp einlegen können.« Bony lächelte, und Marshall, der hinter dem Pfarrer saß und Bonys Gesicht sehen konnte, fühlte Enttäuschung. »Es geht nämlich nichts über einen anständigen Galopp. Besonders an einem frostklaren Morgen. Wie oft reiten Sie im allgemeinen in der Woche aus?«

»Ach, ungefähr dreimal. Meist besuche ich dann gleich meine Gemeindemitglieder. Wie Ihnen bekannt sein dürfte, ist mein Pfarrbezirk sehr groß.«

»Selbstverständlich! Am fünften Dezember sind Sie ausgeritten. Wo waren Sie da – am letzten Donnerstag?«

»Letzten Donnerstag? Lassen Sie mich überlegen.«

»Es war an dem Tag, an dem der Tramp in der Hütte am Sandy Flat gefunden wurde – erinnern Sie sich?«

Sergeant Marshall fühlte sich jetzt etwas besser. Pastor James lehnte sich zurück und legte beide Hände auf den Griff seines Spazierstockes.

»Ich muß gestehen, daß mir Ihre Fragen im höchsten Maße mißfallen, Inspektor«, sagte er mit seiner näselnden Stimme. »Was könnten wohl meine Reitübungen mit diesen schrecklichen Morden zu tun haben? Ich bin Pfarrer, allgemein bekannt und geachtet.«

»Das bezweifle ich nicht, Hochehrwürden«, versicherte Bony. »Aber ich muß viele kleine Steinchen zusammensetzen, um das Bild des Mörders zu erhalten, und bei meinen Ermittlungen muß ich selbstverständlich auch Personen befragen, die zwar nichts mit dem Verbrechen zu tun haben, mir aber trotzdem wichtige Hinweise geben können.«

Pastor James beruhigte sich etwas, und Bony zündete sich eine frische Zigarette an.

»Sie ritten also am fünften Dezember aus – an dem Tag, als der Tote gefunden wurde«, fuhr der Inspektor fort. »Haben Sie an diesem Tag zufällig irgend etwas Ungewöhnliches bemerkt?«

»Nein, das kann ich nicht sagen.«

»Erinnern Sie sich jetzt, wo Sie an diesem Tag waren?«

»Äh – ja. Ich erinnere mich. Ich war bis hinter die Chinesische Mauer geritten.«

»Sie haben mir erzählt, daß Sie wegen Ihres schwachen Herzens nur im Schritt reiten können, Hochehrwürden«, fuhr Bony ruhig fort. »Was hat Sie nun veranlaßt, am Morgen des fünften Dezembers so wild zu reiten, daß Ihr Pferd völlig erschöpft war? Ich wäre Ihnen dankbar, wenn Sie den Grund nennen würden, warum Sie Ihr krankes Herz einer solchen Gefahr ausgesetzt haben.«

Pastor James erhob sich. Das weichliche Gesicht verlor jegliche Beherrschung.

»Diesen Gefallen werde ich Ihnen nicht tun«, stieß er aus. »Ich finde Ihre Fragen unverschämt und beleidigend.«

»Nun, nun!« murmelte Bony. »Warum gleich so heftig. Ich möchte ja lediglich einen Mörder ausfindig machen. Und als Geistlicher werden Sie mir dabei bestimmt helfen wollen. Bitte, nehmen Sie wieder Platz.«

»Nein, ich werde gehen.«

Der Pastor drehte sich um und sah Sergeant Marshall.

»Ah!« rief er. »Ich appelliere an Sie, Sergeant. Sie sind Zeuge, was dieser Mensch mir angetan hat!«

»Das geht in Ordnung, Herr Pastor«, erwiderte Marshall fröhlich. »Ich habe jedes Wort mitgeschrieben.«

»Was haben Sie? Oh . . .!«

»Übrigens«, mischte sich Bony ein, »wie lautet eigentlich der Titel des Romans, den Sie gerade lesen?«

Pfarrer James fuhr herum und starrte Bony an.

»Ich hoffe, daß Ihnen ›Ein Flirt in Florenz‹ Vergnügen bereitet.

Wie ich hörte, ist es ein recht saftiger Roman. Glauben Sie, daß Ihre Gemeinde Ihren literarischen Geschmack gutheißen würde? Nun, möchten Sie sich nicht doch wieder setzen?«

»Ich lese dieses Buch aus einem ganz bestimmten Grund. – Ich will nämlich in einer meiner nächsten Predigten auf den Schund eingehen, der verbreitet wird.« Der Pastor unterstrich jedes Wort, indem er mit dem Spazierstock auf den Boden stampfte.

»Das erklärt natürlich alles«, meinte Bony. »Manche Menschen haben allerdings eine lebhafte Phantasie und werden diese Erklärung nicht glauben. Also setzen Sie sich.«

Pastor James sank auf den Stuhl.

»Sie ritten also am Morgen des fünften Dezember östlich der Chinesischen Mauer«, fuhr Bony erbarmungslos fort. »Um welche Zeit haben Sie die Stadt verlassen?«

»Oh, es muß gegen zehn Uhr gewesen sein«, erwiderte Pastor James resigniert.

»Sie ritten so scharf, daß Ihr Pferd völlig außer Atem war. Miss Leylan traf sie kurz nach ein Uhr. Woher hatten Sie dieses Stück Sackleinen, mit dem Sie Ihr Pferd abgerieben haben?«

»Ich habe es gefunden. Es lag zufällig an der Stelle, an der ich abgestiegen war.«

»Tatsächlich!«

»Jawohl, ich habe es gefunden! Noch eine Frage – oder kann ich nun gehen?«

»O ja. Wohin sind Sie in der vergangenen Nacht geritten?«

»In der vergangenen Nacht?« wiederholte Pastor James. »In der vergangenen Nacht war ich überhaupt nicht weg. Meine Frau kann das bezeugen.«

»Um welche Zeit sind Sie ins Bett gegangen?«

»Gegen halb zwölf. Wir besuchten die Versammlung von Lawton-Stanley.«

»Schlafen Sie mit Ihrer Frau im selben Zimmer?«

»Mein Herr, diese Frage ist eine Beleidigung!«

»Aber Hochehrwürden!« meinte Bony besänftigend. »Erinnern Sie sich doch. Sie sagten gerade, daß Ihre Frau bestätigen könne, daß Sie in der Nacht zu Hause waren. Wenn ich mich nicht irre, schlafen Sie aber in getrennten Räumen. Wie kann dann aber Ihre Gattin Ihre Aussage bestätigen? Wie kann sie wissen, ob Sie das

Haus verlassen haben, nachdem Sie sich zurückgezogen hatten? Nun, Hochehrwürden?«

»Hören Sie endlich mit Ihrem ›Hochehrwürden‹ auf!« schrie James.

»Gern«, erwiderte Bony ruhig. »Jetzt möchte ich Ihnen einmal sagen, was ich weiß. Ich weiß, daß Ihr Pferd spät in der Nacht aus dem Stall von Mr. Fanning geholt und heute morgen kurz vor Tagesanbruch zurückgebracht worden ist.«

»Dann muß es jemand genommen haben. Ich war es nicht«, versicherte Pfarrer James betroffen.

»Vermieten oder verleihen Sie es vielleicht?«

»Vermieten! Verleihen!«

»Ja. Stellen Sie es manchmal jemandem zur Verfügung?«

»Natürlich nicht. Wenn mein Pferd in der vergangenen Nacht nicht im Stall war, dann ohne meine Einwilligung!«

»Aha!« murmelte Bony und lächelte freundlich. »Das wäre alles, Herr Pastor. Jemand muß das Pferd genommen haben. Kaufen Sie sich eine Kette und ein Vorlegeschloß und verschließen Sie das Tor der Koppel. Warum tun Sie eigentlich so, als hätten Sie ein schwaches Herz?«

»Ich tue nicht so! Ich habe ein schwaches Herz.«

»Haben Sie deshalb schon einen Arzt aufgesucht?«

»Nein, ich bin nicht wohlhabend. Ich verdiene hier sehr wenig.«

Bony stützte das Kinn gegen die Fingerspitzen.

»Wissen Sie, Herr Pastor«, sagte er, »jeder Mensch hat einen anderen Gang. Ich habe umfangreiche Studien getrieben. Deshalb weiß ich, daß sich der Gang eines Kranken von dem eines Gesunden unterscheidet. Sie haben kein schwaches Herz, Pastor James. Sie sollten Sport treiben, besonders vor dem Frühstück. Boxen Sie zehn Minuten mit Lawton-Stanley. – So, vielleicht muß ich Sie noch einmal zu mir bitten. In der Zwischenzeit denken Sie bitte darüber nach, wem Sie Ihr Pferd geliehen haben. Guten Tag.«

Bony stand auf und begleitete den Pastor zur Haustür.

»Ich werde mich bei Ihrem Vorgesetzten beschweren!« rief der Pastor, und vor Ärger geriet er ins Stottern. »Ihr Benehmen ist – ist empörend.«

»Schreiben Sie nur, Herr Pastor. Mein Chef ist an solche Briefe gewöhnt. Guten Tag.«

24

Die beiden Wachtmeister, die von der Bezirksinspektion geschickt worden waren, trafen kurz nach vier in Merino ein. Sie erhielten von Mrs. Marshall, die die Krankenpflege der erfahrenen Mrs. Sutherland überlassen hatte, ein spätes Mittagessen. Um fünf meldeten sie sich bei Sergeant Marshall, der allein im Büro saß.

»Hat die Frau Sie gut untergebracht?« fragte er auf seine amtliche Art. Nachdem ihm versichert worden war, daß ›die Frau‹ alles bestens geregelt habe, schickte er den einen Beamten zum Hause von Dr. Scott, damit Gleeson abgelöst wurde.

»Haben Sie den Inspektor gesehen?« fragte der Sergeant den Wachtmeister, als Gleeson eintrat.

»Ja, Sergeant. Er war eine Stunde lang beim Doktor. Dann ging er ins Pfarrhaus und später in den Fleischerladen.«

»Hm, scheint sehr beschäftigt zu sein. Bitten Sie doch die Frau mal um eine Tasse Tee. Ich brauche Sie vielleicht noch. Haben Sie gehört, wie es Florence geht?«

»Immer noch bewußtlos.«

Marshall seufzte, Gleeson machte auf seine militärische Art kehrt und verließ das Zimmer. Der eine Wachtmeister, der von der Bezirksinspektion abgestellt worden war, saß an Gleesons Schreibtisch und las Zeitung.

»Inspektor Bonaparte kann jetzt jeden Augenblick kommen«, teilte ihm der Sergeant mit. »Ich sage es Ihnen vor allem, weil er gar nicht aussieht wie ein Inspektor. Ein Mischling, aber nicht von der Art, wie sie im Busch herumlaufen. Sie werden es ja gleich selbst merken.« – »All right, Sergeant.«

Marshall schrieb weiter an seinem Bericht, der Wachtmeister nahm wieder die Zeitung in die Hand. Durch das offene Fenster drangen die gewohnten Geräusche des kleinen Städtchens. Die Vögel piepsten, und das Summen der Schmeißfliegen machte schläfrig. Der Wind hatte nachgelassen, wehte nun kühl aus dem Süden.

Gleeson kam zurück und setzte sich stocksteif auf den Besucherstuhl. Der Sergeant blickte Gleeson kurz an, dann wieder auf seinen Bericht. Irgendwie war es ihm unmöglich, jetzt zu schreiben. Er mochte Gleeson. Man kann nicht jahrelang eng zusammenarbeiten, ohne sich genau zu kennen. Ein bißchen übereifrig und ein großer Paragraphenfuchser, aber sonst ein prächtiger Kerl. Und wenn es eine Rauferei gab, konnte man sich auf ihn verlassen.

Schritte näherten sich der Haustür. Gleeson stand auf und trat zu dem anderen Wachtmeister, der sich ebenfalls erhob und stramme Haltung einnahm, als Bony eintrat.

»So, da wären wir, Sergeant!« sagte der Inspektor. »Hoffe, Sie haben nicht geglaubt, daß ich mit Mrs. Sutherland davongegangen bin.«

Er setzte sich auf den Stuhl, den Marshall frei gemacht hatte.

»Ich habe mich nur gewundert, wo Sie stecken, Sir«, meinte Marshall mit ernstem Gesicht.

»Ich habe ein paar Besuche gemacht. War beim Pfarrer, dann hatte ich ein kleines Gespräch mit Mr. Fanning und eine geheime Unterredung mit Doktor Scott. Ich glaube, nun ist alles geregelt.«

»Das heißt, Sir?« Marshall riß die Augen auf.

Bony lächelte. Es war das triumphierende Lächeln der Eingeborenen, die stundenlang ein Känguruh verfolgt hatten und nun endlich den Speer werfen konnten. »Wachtmeister Gleeson!« sagte er scharf.

»Sir!« Gleeson baute sich vor dem Schreibtisch stramm auf.

»Gehen Sie jetzt zu Mr. Jason senior und bitten Sie ihn, einen Augenblick hierherzukommen.«

»Jawohl, Sir.«

»Sorgen Sie aber unter allen Umständen dafür, daß er kommt.«

»Jawohl, Sir.«

Gleeson machte kehrt.

»Ach – Gleeson!«

»Jawohl, Sir!« Gleeson drehte sich um.

»Es dürfte besser sein, wenn Sie eine Schußwaffe mitnehmen«, sagte Bony, und Marshall schnappte laut vernehmbar nach Luft.

»Jawohl, Sir!«

Gleeson trat an den großen Geldschrank, in dessen Schloß der Schlüssel steckte. Er öffnete die Tür und nahm ein schwarzes Lederkoppel heraus, in dessen Halfter ein schwerer Revolver steckte.

Gleeson schnallte das Koppel um, setzte den Hut auf und verließ den Raum. Sie hörten, wie sich seine energischen Schritte über die Veranda entfernten.

»Ich glaube, wir können diesen Auftrag unbesorgt Wachtmeister Gleeson überlassen«, sagte Bony ruhig. »Trotzdem postieren Sie sich besser an der Gartentür, Wachtmeister, damit Sie sofort zur Stelle sind, falls Gleeson Hilfe benötigt oder eine Schießerei beginnt.«

Der Wachtmeister verschwand sofort. Marshall trat zu Bony.

»Ist Jason der Täter?«

»Jason ist der Täter«, erwiderte Bony. »Der Zufall hat mir bereits wichtige Hinweise zukommen lassen, aber heute habe ich mich außerdem angestrengt. Und wenn wir Jason hinter Schloß und Riegel haben, machen wir eine Flasche Bier auf – oder noch besser zwei.«

»Wann ...?«

»Sie werden alles erfahren, wenn Ihr Friedensrichter und Leichenbestatter da ist. Und dieser Kerl hat mich zehn Tage eingesperrt!« Bony lächelte, doch dann wurde er sofort wieder ernst.

»Wollen Sie sofort Anklage erheben?« fragte Marshall.

»Ja. Ah – da kommen sie. Lassen Sie ihn nicht aus den Augen. Er könnte irgendeine Dummheit versuchen.«

Die Prozession wurde von dem auswärtigen Wachtmeister angeführt. Hinter ihm kam Mr. Jason, dann folgte Wachtmeister Gleeson.

»Guten Abend, Mr. Jason. Nehmen Sie bitte Platz«, sagte Bony freundlich, und der alte Herr nahm auf dem Besucherstuhl Platz. Gleeson baute sich unmittelbar hinter Jason auf. Der zweite Wachtmeister postierte sich an der Tür.

Jason trug einen altmodischen braunen Straßenanzug. Er wandte sich um, blickte Gleeson an, dann den Wachtmeister an der Tür, und schließlich Marshall, der seitlich vom Schreibtisch saß und so das Fenster bewachen konnte.

»Was hat das alles zu bedeuten?« fragte er mit seiner warmen Stimme.

Nur die lange dünne Nase besaß Farbe. Der Bart hob sich schwarz gegen das weiße Kinn und die bleichen Wangen ab. Unter den hochgezogenen Brauen standen große Augen.

»Vielleicht irre ich mich, Mr. Jason, aber ich glaube, es war ein gewisser Sam Weller, der zu sagen pflegte: ›Schluß mit dem Geschwätz – auf die Pferde!‹« erwiderte Bony. »Das ist ein guter Rat. Also: Ich verhafte Sie wegen vorsätzlichen Mordes an George Kendall in der Nacht des elften Oktober.«

»Sie erstaunen mich«, meinte Mr. Jason ruhig. »Ich nehme an, daß Sie gute Gründe für Ihr Vorhaben besitzen. Darf ich sie hören?«

»Gewiß, Jason. Ich will sie Ihnen nennen, obwohl es nicht üblich ist«, erwiderte Bony. »Sie sind ein Mann von überdurchschnittlicher Intelligenz, und Sie lieben – genau wie ich – dramatische Effekte. Gleeson, würden Sie bitte Mr. Jason durchsuchen.«

»Aufstehen! Hände hoch!« bellte Gleeson, und Mr. Jason gehorchte. Der zweite Wachtmeister trat rasch hinter Mr. Jason. Mit der Kunstfertigkeit eines Taschenspielers zauberte Gleeson Brieftasche, Pfeife, Tabak und Messer hervor, und dann noch eine Pistole, die in der Hüfttasche steckte. Blitzschnell reichte Gleeson die Waffe dem auswärtigen Wachtmeister, die anderen Sachen legte er vor Bony auf den Schreibtisch. Danach durfte Jason sich wieder setzen. Er blieb völlig ruhig.

»Für die Pistole besitze ich keinen Waffenschein«, meinte er. »Ein kleines technisches Versehen.«

»Wenn man bedenkt, wie gut Sie das Gesetz kennen, Jason, dann ist das recht bezeichnend«, sagte Bony. Er schob Tabak, Pfeife und das Taschenmesser über den Schreibtisch und legte seine eigene Streichholzschachtel dazu. Gleeson runzelte die Stirn. »Vielleicht möchten Sie rauchen«, fuhr Bony fort. »Es wird nämlich eine Weile dauern.«

»Vielen Dank.«

Tiefe Stille trat ein, während Jason Tabakschnitzel abschnitt. Dann legte er das Messer weg und zerrieb die Tabakfasern zwischen den Handflächen. Sofort nahm Gleeson das Messer weg. Jason lächelte kalt. Er stopfte die Pfeife, vergewisserte sich, daß die kleine Kappe am Boden des Pfeifenkopfes, die zum Nikotinabfangen diente, festsaß, zündete ein Streichholz an und legte es auf den Tabak.

Zweimal hatte Bony bereits diese Vorstellung genossen, und nachdem Jason sich voll Rauch gepumpt hatte, legte er seine Hände auf den Schreibtisch. Die Pfeife hielt er in der Rechten. Er blickte Bony mit ausdruckslosem Gesicht an.

»Beginnen wir also«, sagte der Inspektor. »Sie wurden in Bathurst geboren und besuchten dort die Schule. Sie gingen bei Ihrem Vater in die Lehre. Er war Beerdigungsunternehmer und Stellmacher. Ihr einziger Bruder ließ sich als Apotheker in Sydney nieder. In Bathurst und später in Sydney wurden Sie als Schauspieler bekannt. Ihr Vater hatte aber eine große Abneigung gegen diesen Beruf. Als er starb, führten Sie das ererbte Geschäft weiter, bis Sie bankrott machten. Ihre Frau war gestorben, und Sie kamen mit Ihrem Sohn nach Merino, gründeten hier ein neues Geschäft. Hier in Merino, abgeschnitten von der Theaterwelt, unter Leuten, die keinerlei literarischen Geschmack besaßen, grübelten Sie über Ihr Mißgeschick nach. Als Kendall sich über Ihre Schauspielleidenschaft lustig machte, war das noch kein Motiv für Sie, ihn umzubringen. Immerhin trug aber auch dieser Vorfall mit dazu bei.«

Der Tabakgeruch, den Jason inhaliert hatte, begann nun langsam aus dem gespitzten Mund zu entweichen. Sein Gesicht war immer noch ausdruckslos, seine Hände lagen unbeweglich auf dem Schreibtisch.

»Das Motiv dürfte interessant sein – auch wenn es nicht stimmt«, sagte er. »Bitte, fahren Sie fort.«

Er reichte Bony die Streichholzschachtel, als der Inspektor sich eine Zigarette nahm.

»Sehen Sie, Jason«, fuhr Bony fort, nachdem er sich die Zigarette angezündet hatte. »Ein Fall, der dem Ihren ähnelt, ist in einem Band über Gerichtsmedizin geschildert, den Doktor Scott besitzt. Im Jahre 1943 stand in England ein junger Mann vor Gericht, der eine Leidenschaft für Windmühlen hatte. Tagelang konnte er eine Windmühle beobachten. Sie wurden von dieser Leidenschaft gepackt, als Sie in Ihrer Garage den Ventilator eines laufenden Motors beobachteten. Ihr Sohn tat alles, Sie davon abzuhalten, weil er merkte, welch böse Auswirkungen dies auf Sie hatte. Ich hörte selbst, wie er Sie einmal anschrie, als er Sie dabei erwischte. – Im Umkreis von drei Meilen gibt es hier drei moderne Windräder – nämlich am Staudamm, auf der Farm von Mrs. Sutherland, und in Sandy Flat. Tagsüber konnten Sie keines dieser Windräder beobachten, denn erstens würde Sie Ihr Sohn davon abgehalten haben, und zweitens würden es die Leute bemerken. Aber in einer Mondnacht konnten Sie es. Das Windrad am Staudamm war für Sie tabu. Dort wohnt in einem kleinen Häuschen ein Arbeiter des Wasserwerks. Es kam also nur das Windrad am Sandy Flat für Sie in Frage. Nur selten wohnte dort jemand in der Hütte, und so besuchten Sie oft Sandy Flat und setzten das Windrad in Gang. Dann kletterten Sie auf die Plattform des Wasserbehälters und beobachteten im Mondschein das Windrad aus nächster Nähe. Sandy Flat liegt drei Meilen entfernt. Sie kamen auf die Idee, hinzureiten, weil das Motorengeräusch eines Autos zu verräterisch gewesen wäre. Sie konnten sich nicht selbst ein Pferd halten, denn dann hätte sich Ihr Sohn leicht den Grund denken können. So gingen Sie zu Pastor James und erzählten ihm eine romantische Geschichte. Sie erzählten ihm, daß Sie Mrs. Sutherland verehren, aber die Reaktion Ihres Sohnes fürchteten. Sie schlugen dem Pastor deshalb vor, ihm ein gutes Pferd zu kaufen, das er dann an Stelle des alten Wagens, der ihm von der Gemeinde zur Verfügung gestellt worden war, für seine Hausbesuche verwenden könnte. Sie wollten die Kosten für Futter und Stall übernehmen, wenn Sie dafür nachts das Pferd für Ihre heimlichen Besuche bei Mrs. Sutherland nehmen könnten. Doch Pastor James wollte nichts davon wissen. Er wollte lieber mit dem Wagen fahren, weil er das weniger anstrengend fand. Da boten Sie ihm ein wöchentliches Honorar von einem Pfund für seine Mithilfe, und da willigte er ein, Ihnen zu helfen. Schließlich fand er sogar Gefallen am Reitsport. Sie konnten nun jederzeit nachts das Pferd aus Mrs. Fannings Koppel holen – ihn hatten Sie ebenfalls ins Vertrauen gezogen – und nach Sandy Flat reiten. Dort setzten Sie das Windrad in Gang, auch wenn der Tank bereits voll war.«

Mr. Jason lauschte mit steinernem Gesicht, wie es auch seine Gewohnheit am Richtertisch gewesen war.

»Das Bobachten von Windrädern ist nicht ungesetzlich, Jason, aber es ist im höchsten Maße ungehörig, zwei Männer in den Glauben zu versetzen, daß Mrs. Sutherland Sie heimlich empfängt. – Als Mr. Leylan nun einen Viehhirten nach Sandy Flat schickte, konnten Sie das Windrad nicht mehr besuchen. Kendall schien sich aber in Sandy Flat wohl zu fühlen, und Ihre Sucht, das Windrad zu beobachten, wurde immer stärker – bis Sie sich schließlich entschlossen, Kendall zu beseitigen. Für Sie war es aber nicht nur wichtig, Kendall aus Sandy Flat zu entfernen, Sie wollten außerdem die dortige Hütte in Verruf bringen, damit niemand mehr hinging. Der Mord mußte also in der Hütte oder ganz in der Nähe geschehen. Nun war aber Sandy Flat äußerst ungünstig für Ihr Vorhaben. Eine halbe Meile weit nur Sand. Wie konnten Sie es nur anstellen, trotzdem keine Spuren zu hinterlassen? Schließlich fanden Sie heraus, daß Sie Ihre Fußspuren weitgehend unsichtbar machen können, wenn Sie die Füße mit Sackleinen umwickeln. Sie dürfen mich später berichtigen, aber ich glaube, daß der Zeitpunkt für Kendalls Ermordung nicht ganz Ihrem Wunsch entsprach. Sie wußten, daß Kendall zu dem bunten Abend kommen würde und sich für die Nacht im Hotel ein Zimmer genommen hatte. Hier ergab sich für Sie eine Gelegenheit, wieder einmal das Windrad anzustarren. Am späten Abend ritten Sie also los. Sie banden das Pferd abseits an einen Baum, wickelten sich Säcke um die Füße und gingen zum Windrad. Nachdem Sie Ihrer Leidenschaft gefrönt hatten, kehrten Sie zu Ihrem Pferd zurück. Als Sie dort ankamen, lauerte Kendall auf den Reiter, denn er dachte wohl, daß jemand Schafe stehlen wollte. Sie waren also entdeckt. Der Wind wehte stark genug, um die schwachen Spuren, die Sie hinterlassen hatten, schon bald ganz auszulöschen. So packten Sie kurzentschlossen einen Knüppel, schlugen Kendall tot und schleppten seine Leiche zur Hütte. Um nun den Eindruck zu erwecken, daß die Tat in der Hütte geschehen war, schlachteten Sie eins von den Schafen, die sich im Pferch befanden, und schütteten Schafsblut über den Kopf des Toten.«

Mr. Jasons Hände zuckten leicht.

»Inspektor, bis jetzt würde ich den Angeklagten noch nicht einmal mit einer Geldstrafe von fünf Schilling belegen«, sagte er. »Die Anklage beruht nämlich bisher lediglich auf Vermutungen.«

Bony zog die Brauen hoch, aber seine Stimme blieb ruhig.

»Es sind nicht nur Vermutungen, Jason. Jemand beobachtete nämlich, wie Sie den Toten zur Hütte trugen, anschließend das Schaf schlachteten und dann das Blut in einem Gefäß zur Hütte brachten. Jemand sah, wie Sie das Schaf enthäuteten und es in den Fleischschrank hängten, damit es so aussehen sollte, als habe Kendall selbst geschlachtet, bevor er nach Merino geritten ist.«

Mr. Jason beugte sich vor und starrte Bony an. »Wer sah mich denn?«

»Der Mann, den Sie mit einem Streifen Sackleinen erdrosselten«, erwiderte Bony. »Dieser Mann war ein richtiggehender Landstreicher – kein wandernder Farmarbeiter. Versetzen Sie sich mal in seine Lage. Aus einem Versteck beobachtete er alles. Er sah auch, daß Ihre Füße mit Sackleinen umwickelt waren. Er brauchte doch nur zwei und zwei zusammenzuzählen. Hat er aber die Sache der Polizei gemeldet? Nein! Diese Tippelbrüder hassen die Polizei und möchten auf keinen Fall in einen Mordfall verwickelt werden. Nun sagte er sich, daß vielleicht viele Tage vergehen konnten, bevor die Leiche entdeckt wurde, und in dieser Zeit konnte ein anderer Tippelbruder zufällig zum Tatort kommen. Und da hinterließ er an der Tür eine Warnung, diese Hütte zu meiden.«

Bony wartete auf einen Einwurf von Mr. Jason, doch der blieb stumm.

»Dieser Landstreicher«, fuhr Bony fort, »verlangte nun Schweigegeld. Wahrscheinlich sollte das Geld in der Hütte hinterlegt werden. Sie aber waren vor ihm dort, verwischten Ihre ohnehin kaum sichtbaren Spuren noch mit einem Wedel, und als der Mann in die Hütte trat, haben Sie – aber Sie wissen ja, was geschah, schließlich haben Sie die gerichtliche Untersuchung geführt. Möchten Sie Streichhölzer? Hier. Die Pistole, die der Wachtmeister Ihnen abgenommen hat, haben Sie dem Tramp weggenommen.«

»Woher wissen Sie das?« fragte Jason und stieß den letzten Rest Rauch aus.

»Der Tramp besaß eine Pistole, als er auf Ned's Swamp Station war«, log Bony. »Und nun sagen Sie, warum Sie den alten Bennett in der Nacht besucht haben, in der er gestorben ist.«

Jason lächelte kalt, aber seine Stimme hatte nichts von ihrem vollen Klang eingebüßt.

»Wenn Sie so eine reiche Phantasie besitzen, müßten Sie sich doch auch das vorstellen können.«

»Schön.« Bony nickte. »Der alte Bennett hatte von seiner Tochter oder von seinem Schwiegersohn erfahren, daß Sie mit ihnen und dem Pastor eine Regelung getroffen hatten, das Pferd des Pastors zu benützen, um Mrs. Sutherland nächtliche Besuche abzustatten.

Der alte Bennett wies Sie deswegen im Hotel zurecht, und da entschlossen Sie sich – ihn totzuschlagen.«

Jason schob den Pfeifenstiel zwischen die Zähne und nickte bedächtig.

»Sie haben eine sehr reiche Phantasie, Inspektor. Sonst noch was?«

»Nachdem Sie den Tramp erdrosselt hatten – warum hängten Sie den Toten dann noch auf?« fragte Bony.

»Es sollte so aussehen, als hätte Way sich erhängt. Aus Gewissensbissen, weil er Kendall ermordet hätte. Damit wäre gleichzeitig der Fall Kendall abgeschlossen gewesen, und für Jahre hätte niemand mehr in dieser Hütte wohnen mögen. Sonst noch was?«

Man konnte den Eindruck haben, daß Mr. Jason ein Interview gab, das er nun zu beenden wünschte.

»Ja. Warum wollten Sie Rose Marie töten?«

»Ich wollte das Kind zunächst gar nicht töten«, erwiderte Jason. »Ich wollte auch den alten Bennett nicht töten. Aber schließlich blieb mir nichts anderes übrig. Der alte Bennett brach tot zusammen, als er mich vor der Tür stehen sah, und das ersparte mir weitere Mühe. Nun hörte ich, wie Rose Marie Ihnen erzählte, daß sie meinem Sohn versprochen habe, niemandem zu erzählen, daß ich so gern Windräder beobachte – Sie saßen an unserem Gartenzaun. Ich konnte mich natürlich nicht darauf verlassen, daß das Kind das Versprechen halten würde, und deshalb mußte ich es töten.«

Mr. Jason zündete die Pfeife an und reichte die Streichhölzer Bony zurück. Seine Wangen hatten sich leicht gerötet, die Augen wurden unstet.

»Ich bin froh, daß ich das Kind nicht getötet habe«, sagte er. »Ich hoffe, das Mädchen wird sich rasch erholen. Wenn ich eine Tochter gehabt hätte wie sie – aber das spielt jetzt keine Rolle mehr. Sehen Sie, Inspektor, mir hat das Leben böse mitgespielt. Mein Vater hat verhindert, daß ich ein großer Schauspieler wurde. Meine Frau verstand nicht, daß ich mir einen Sohn wünschte, der einmal das werden konnte, was mir verwehrt blieb. Sie schenkte mir dann – na, Sie wissen es ja selbst. Und als ich schließlich Trost darin fand, in einen laufenden Ventilator zu blicken, vereitelte mein Sohn auch das.«

»Was haben Sie denn gesehen, wenn sich dieses Windrad drehte?«

Jasons Gesicht begann plötzlich zu glühen, seine Augen leuchteten. Er umklammerte die kalte Pfeife mit beiden Händen.

»Es war für mich, als ob ich durch eine Tür schaute, und alle meine Träume wurden plötzlich wahr. Dann begann ich aufzuleben. Aber nun wartet das Grab auf mich.«

»Woher hatten Sie das Chloroform?« fragte Bony.

»Von meinem Bruder in Sydney.« Die Antwort klang gequält, jegliche Wärme war aus seiner Stimme gewichen. »Ich will die Wahrheit sagen. Ich habe es mir beschafft, als ich vor einiger Zeit in Melbourne war.«

»Und das Strychnin, mit dem Sie den Hund Ihres Sohnes vergiftet haben?«

»Ach, das kann man doch überall pfundweise kaufen, und Zyanid auch. Der Verkauf dieser Gifte hätte längst verboten werden müssen. Ich habe deswegen einmal an den Premierminister geschrieben, aber man hat überhaupt keine Notiz davon genommen.«

Mr. Jason stand langsam auf. Er hielt die Tabakspfeife in beiden Händen. Über Bony und Marshall hinweg starrte er durch das Fenster.

»›Der Tod ist besser denn ein sieches Leben‹« zitierte er mit seiner tiefen, klaren Stimme. »›Der Tod ist ein schwarzes Kamel, das vor jeder Tür niederkauert.‹«

Seine rechte Hand, die den Pfeifenkopf umklammert hatte, fuhr an den Mund, und Jason verschluckte das kleine Bodenkäppchen, in dem sich das Nikotin absetzte.

Gleeson kam zu spät. Er umschlang Jason, packte seinen rechten Arm, doch Jason spuckte das Käppchen bereits wieder aus, und es rollte über den Schreibtisch.

»›Wer da stirbt, zahlt alle seine Schulden‹«, zitierte er. »Ich werde nicht am Galgen enden, und auch nicht im Irrenhaus. Ich –«

Die dunklen Augen funkelten wie schwarze Opale. Jasons Rükken krümmte sich, und dann wich die Wärme aus seinem Blick. Es war, als ob eine Lampe verlöscht. Gleeson ließ den Toten zu Boden sinken.

25

Bony telefonierte sofort nach Dr. Scott. Sergeant Marshall war aufgesprungen und blickte auf die beiden Wachtmeister herab, die neben dem Toten knieten. Als sich der Doktor schließlich meldete, bat Bony ihn, sofort zur Polizeistation zu kommen.

»Wem von uns hat das Leben nicht auch böse mitgespielt?« sagte er, nachdem er den Hörer aufgelegt hatte. »Aber wir haben dagegen angekämpft.«

Gleeson stand auf. Sein Gesicht war undurchdringlich, aber seine Augen blitzten.

»Tut mir leid, Sir, daß ich zu spät kam.«

»Sie haben sich nichts vorzuwerfen, Gleeson«, erwiderte Bony. »Wir hatten die Pistole und das Messer. Niemand konnte ahnen, daß er Gift in der Nikotinkappe seiner alten Pfeife versteckt hatte. Ich hätte ihm nicht erlauben sollen, zu rauchen.«

Der Doktor kam zur Tür hereingestürmt. Er musterte die Anwesenden, dann betrachtete er den Toten. Er kniete nieder, stand aber gleich wieder auf. »Tot!« bellte er. »Vergiftet! Was soll das?«

»Setzen Sie sich, Doktor«, bat Bony, und der Arzt nahm auf dem Stuhl Platz, auf dem vor wenigen Minuten noch Mr. Jason gesessen hatte. »Jason war der Mann, den wir gesucht hatten. Ich gestattete ihm, während des Verhörs zu rauchen. Sie sehen hier die kleine Metallkappe, die am Boden seines Pfeifenkopfes angebracht war, um das Nikotin abzufangen. Offensichtlich ahnte Jason, daß seine Zeit abgelaufen war. Er verstopfte nämlich das winzige Loch im Pfeifenkopf und füllte die Kappe mit pulverisiertem Zyanid.«

Der Doktor nahm die kleine Kappe in die Hand und betrachtete sie. Sie war gesäubert worden, und obwohl Jason sie im Mund gehabt hatte, war das Innere auch jetzt noch trocken und enthielt ein wenig Gift.

»Eine ausgezeichnete Idee«, meinte Scott. »Da geht genügend Zyanid hinein, um ein Dutzend Leute umzubringen. Jason war also der Mörder, wie? Und Sie hatten ihn festgenagelt?«

»Ja, wir haben den Fall restlos geklärt«, erwiderte Bony.

»Von ›wir‹ kann natürlich überhaupt keine Rede sein, Doktor«, mischte sich Marshall ein. »Inspektor Bonaparte hat den Fall ganz allein geklärt.«

Dr. Scott stand auf.

»Schön, ich kann hier nichts mehr tun«, sagte er frohgelaunt. »Ich hoffe, Inspektor, daß Sie mir noch alles erzählen, bevor Sie abreisen. Ihrem Mädel geht's schon besser, Marshall. Vor einer halben Stunde hat sie das Bewußtsein wiedererlangt. Jetzt schläft sie sich gesund. Nein, nein! Vor morgen darf niemand zu ihr! Auf Wiedersehen.«

Er verschwand genauso wieselhaft, wie er gekommen war.

Der Wachtmeister, der vor Dr. Scotts Haus Posten stand, wurde zurückbeordert. Mrs. Marshall gab ihm und seinem Kollegen Abendessen. Anschließend brachten die beiden Beamten ihren Wagen zur Hintertür und verluden die Leiche von Mr. Jason. Dann fuhren sie los. Als Marshall und Bony schließlich zum Abendessen kamen, war es bereits dunkel geworden.

»Ich wünschte, ich könnte Rose Marie noch kurz sehen«, murmelte Mrs. Marshall traurig.

»Der Doktor hat aber gesagt, daß es nicht geht«, brummte ihr Mann.

»Vielleicht gestattet er es, wenn ich ihn darum bitte«, meinte Bony. »Aber Sie müssen versprechen, nicht lange zu bleiben.«

»Klar, Sie müssen natürlich wieder zu meiner Frau halten«, knurrte der Sergeant.

»Ja, möchten Sie denn Rose Marie nicht sehen?«

»Natürlich möchte ich sie sehen. Aber wenn der Doktor nein sagt, bleibt es für mich dabei.«

»Wenn die Leute nein sagen, dann juckt es mich jedesmal, das Gegenteil zu erreichen«, erklärte Bony.

Um neun Uhr rief er Dr. Scott an. »Wie geht es Rose Marie?« fragte er.

»Sie schläft wundervoll.«

»Gut! Marshall und seine Frau möchten sie gern noch einmal kurz sehen, bevor sie ins Bett gehen.«

»Nein, kommt nicht in Frage!«

»Sie versprechen, ganz leise zu sein. Sie werden nicht –«

»Donnerwetter, Inspektor, ich habe nein gesagt!«

»Gewiß, so ähnlich klang es«, meinte Bony. Aber wie wär's, wenn Sie den Inspektor weglassen und dafür Bony sagen? So nennen mich meine Freunde.«

»Hm, dagegen habe ich nichts einzuwenden. Wie wär's, wenn Sie herüberkämen und mir die Geschichte erzählen? Ich bin schrecklich neugierig.«

»Nein. Kommt nicht in Frage!« sagte Bony barsch. »Und morgen fahre ich ab.«

»Aber Sie hatten doch versprochen, mir alles zu erzählen«, widersprach Dr. Scott.

»Nein, kommt nicht in Frage!« wiederholte Bony.

»Ach, schon gut. Sie sollen Ihren Willen haben. Richten Sie den Marshalls aus, sie sollen gleich kommen. Und Sie kommen ebenfalls und erzählen mir die Geschichte.«

»Klingt schon besser«, entgegnete Bony. »Ich verspreche Ihnen, bestimmt morgen früh zu kommen, denn jetzt habe ich noch viel zu tun. Gute Nacht.«

»Na, dürfen wir kommen?« fragte Mrs. Marshall von der Tür her.

»Natürlich. Sie sollen sich gleich auf den Weg machen.«

Mrs. Marshalls Augen wurden feucht.

»Danke, Bony. Sie sind ein Prachtkerl«, flüsterte sie.

Nachdem die Marshalls gegangen waren, schrieb Bony eine kurze Nachricht für den Sergeanten und legte den Zettel auf die Schreibunterlage. Eine Minute später klopfte er an Jasons Tür.

»Oh, Sie sind's«, brummte der junge Jason. »Was wollen Sie?«

»Ich habe Nachricht von Rose Marie.«

»Oh! Gute Nachricht? Kommen Sie herein.«

Bony wurde ins Wohnzimmer geführt. Es war groß und kühl. Rechts neben dem Kamin hingen Dutzende von Pfeifen.

»Nun, was bringen Sie?« fragte der junge Mann.

»Darf ich mich setzen?«

»Selbstverständlich.«

»Zunächst einmal muß ich Ihnen etwas über Ihren Vater sagen, Tom.«

»Da weiß ich Bescheid«, knurrte der junge Mann wütend. »Ich habe jede Einzelheit aus ihm herausbekommen. Ich hätte ihn am liebsten umgebracht – aber er ist trotz allem mein Vater. Ich wußte, daß er nicht ganz richtig ist im Kopf. Aus allem, was Sie mir gesagt hatten, wußte ich, daß er meinen Hund vergiftet und die Morde begangen hatte – und ich wußte auch, warum. Aber man wird ihn ja nicht hängen? Wenn er in laufende Ventilatoren und Windräder starrt, ist er bissig wie eine Schlange.«

»Hat er diese Angewohnheit schon lange?«

»Vor ungefähr zwei Jahren kam ich dahinter. Aber was ist mit Rose Marie?«

»Einen Augenblick noch. Ihr Vater hat alles zugegeben, als er sah, daß wir alles herausbekommen hatten. Zum Schluß nahm er Gift.«

Mit vorsichtigen Worten schilderte Bony, was sich ereignet hatte. Aus dem Gesicht des jungen Mannes wich der feindselige Ausdruck. Er schnaufte mehrmals, ohne den Inspektor anzublikken.

»Ich bin froh, daß er euch Polizisten doch noch reingelegt hat«, sagte er leise. »Im Grunde war er ein anständiger Kerl. Er wäre gern ein großer Schauspieler geworden, und das hat ihn verrückt gemacht. Ich war auch eine schwere Enttäuschung für ihn. Komisch – nun wird er mit dem alten Leichenwagen, auf den er so stolz war, seine letzte Reise antreten.«

»Die beiden auswärtigen Wachtmeister haben ihn mitgenommen. Er wird nicht in Merino beerdigt werden. – Und nun zu Rose Marie. Sie hat das Bewußtsein wiedererlangt. Der Doktor hat ihr ein Schlafmittel gegeben. Morgen wird sie aufwachen, und mit der Zeit wird sie wieder ganz gesund werden.«

Die Augen des jungen Mannes leuchteten. »Wirklich?«

Bony nickte.

»Ich hätte sie gern gesehen, aber man läßt mich nicht zu ihr«, meinte der junge Mann, und seine Stimme klang wieder mürrisch.

»Heute abend nicht«, erklärte Bony entschieden. »Aber morgen früh dürfen Sie sie sehen. Wenn Sie wollen, können Sie mich begleiten, wenn ich mich von Rose Marie verabschiede.«

»Sie nehmen mich wirklich mit – Ehrenwort?«

Bony nickte und stand auf. Dann hockte er sich auf die Tischkante und blickte auf das häßliche Gesicht mit den schönen Augen herab.

»Nun möchte ich Sie um einen Gefallen bitten«, sagte er. »Es ist schon spät, meine Sachen sind noch in Sandy Flat. Würden Sie mich heute nacht hier aufnehmen? Sie brauchen sich keine großen Umstände zu machen. Und etwas zu essen brauche ich auch.«

Über das Gesicht des jungen Mannes glitt ein Lächeln.

»Selbstverständlich können Sie bleiben«, erklärte er. »Für heute bin ich reichlich bedient. Und wenn mein alter Herr nicht da ist, wirkt das Haus etwas leer. Ich mache Ihnen Rührei mit Schinken und koche eine Kanne Kaffee.«

Bony mußte über diesen Eifer lächeln.

»Das wäre schön«, sagte er. »Also dann los! Ich habe einen gewaltigen Hunger – und außerdem bin ich hundemüde.«

Am nächsten Mittag läutete bei dem jungen Jason das Telefon. Nach dem Gespräch schloß er die Garage ab, schrubbte sich sorgfältig Hände, Arme und Gesicht, dann bürstete er das Haar, ließ seine fleckige Mütze zu Hause und eilte davon. Bony erwartete ihn vor dem Gartentor der Polizeistation.

Fünf Minuten später beugte sich Dr. Scott über Rose Marie.

»Draußen ist Besuch für dich«, sagte er leise. »Sollen wir die beiden hereinlassen?«

Die dunkelgrauen Augen in dem blassen ovalen Gesicht weiteten sich ein wenig.

»Sind es mein Thomas und meine Edith?«

»Nein. Aber möchtest du nicht raten?« fragte der Arzt.

»Ich weiß nicht. Mami und Daddy können es nicht sein. Ich weiß es nicht.«

Die Stimme klang müde, und die Augen gehörten nicht zu der Rose Marie, die durch das Gitter in Bonys Zelle gelugt hatte.

»Nun, dann will ich dir's sagen«, fuhr der Doktor fort. »Der eine ist Bony, und der andere – nun, das ist der junge Mr. Jason.«

»Oh! Ja, ich erinnere mich an Bony.«

»Natürlich erinnerst du dich«, versicherte der Doktor. »Nun kann dich aber nur einer auf einmal besuchen. Wer soll zuerst kommen? Bony?«

»Ja.«

Das Gesicht des Doktors schien in der Wand zu verschwinden, dann löste sich der Mann, den sie zuerst im Gefängnis gesehen hatte, aus einem verschwommenen Hintergrund und nahm Gestalt an. Über ihr Gesicht glitt ein schwaches Lächeln.

»Nun, Rose Marie, es scheint dir schon besserzugehen«, sagte eine bekannte Stimme. »Ich freue mich, daß wir uns noch sehen können, bevor ich nach Sydney zurückfahre. Ich schreibe dir auch bald.« – »Werden Sie lange fortbleiben, Bony?«

»Ja, wahrscheinlich sehr lange. Und du wirst ganz schnell gesund und gehst wieder in die Schule. Wirst du mich auch nicht vergessen?«

Rose Marie nickte.

»Versprich es mit gekreuzten Fingern«, bat er. Und als sie seinem Wunsch nachgekommen war, flüsterte er: »Und brich niemals ein Versprechen, Rose Marie. Ganz gleich, was auch geschieht, ja?«

Wieder nickte sie, und Bony merkte, daß sie sich an etwas zu erinnern versuchte.

»Zerbrich dir jetzt nicht den Kopf«, sagte er. »Du kannst mir ja später schreiben, was du auf dem Herzen hast.«

Doch sie schüttelte den Kopf und lächelte.

»Jetzt weiß ich es. Ich hörte einmal, wie der junge Mr. Jason zu seiner Katze sagte, Sie seien ein sonderbarer Mensch, und die Leute würden auf Sie genau herabblicken wie auf ihn. Aber ich blicke nicht auf Sie herab, Bony. Ich habe Sie sehr gern – wie den jungen Mr. Jason.«

»Ach, ich vergaß ganz, Rose Marie – der junge Mr. Jason wartet draußen. Soll ich ihn jetzt hereinschicken? Gut! Auf Wiedersehen, und nochmals vielen Dank für den schönen Tee, den du mir am ersten Tag in die Gefängniszelle gebracht hast.«

Sie lächelte, als er ging und den jungen Jason heranwinkte. In der Tür drehte er sich noch einmal um und winkte dem Mädchen zu.

In der Halle verabschiedete Bony sich von Mrs. Sutherland und Dr. Scott. Auf der Veranda traf er Pfarrer Lawton-Stanley und Edith Leylan und auf der Straße Mrs. James. Er erkundigte sich nach ihrem Mann und mußte hören, daß es dem Herrn Pastor gar nicht gutging. Durch die Aufregungen des Vortags hatte er heftige Kopfschmerzen. Mrs. James bedankte sich noch einmal dafür, daß Bony ihr das Holz gehackt hatte.

Kerzengerade wie ein Ladestock stand Wachtmeister Gleeson neben dem Wagen, Sergeant Marshall saß bereits am Steuer.

»Auf Wiedersehen, Gleeson.« Bony reichte dem Wachtmeister die Hand. »Ich werde Sie in meinem Bericht nicht vergessen. Alles Gute.«

»Ebenfalls alles Gute, Sir«, erwiderte Gleeson zackig.

»Danke. Und vergessen Sie nicht, daß mich meine Freunde Bony nennen.«

Er setzte sich neben Marshall, der ihn nach Ivanhoe zum Bahnhof bringen sollte. Von Mrs. Marshall hatte er sich bereits verabschiedet, aber plötzlich kam sie aus der Tür der Polizeistation gerannt. Atemlos drängte sie Bony einen kleinen Karton in die Hand.

»Ein paar Bissen für die Reise«, flüsterte sie.

Bony lächelte und drückte ihr die Hand. Dann fuhr der Wagen ab. Viele Leute winkten, und schließlich lag Merino hinter ihnen. Vor ihnen aber erhob sich die Chinesische Mauer, blickte erhaben herab auf die Menschen mit ihren Plänen und Hoffnungen, mit ihrer Liebe und ihrem Haß.